Klaus Rülke
&
Marion B. Lange

Die Stunde der Wölfe

Ein Kriminalroman der 1990er

Autoren

Klaus Rülke, Jg. 48, studierte von 1966 bis 1971 Geschichte und Germanistik an der Universität Greifswald, arbeitete anschließend als Journalist und ab 1981 im Bereich Öffentlichkeitsarbeit der Akademie der Künste, nach der deutschen Wiedervereinigung wechselte er 1991 in die private Wirtschaft, lebt in Berlin und ist seit 2012 im Ruhestand.

Marion B. Lange, Jg. 56, studierte in der zweiten Hälfte der 70er Jahre Literaturwissenschaft am „Johannes R. Becher"-Institut der Karl-Marx-Universität Leipzig, arbeitete anschließend als Fachreferentin beim Leipziger Bezirkskabinett für Kultur. 1983 lernte sie Klaus Rülke kennen, übersiedelte nach Berlin, ist seit 1991 in der privaten Wirtschaft tätig – zuständig für Marketing und PR.

Copyright © 2020
Berlin Crime Edition
Alle Rechte vorbehalten.
Der Inhalt darf – auch auszugsweise – nur mit Genehmigung
der Autoren veröffentlicht werden.
Umschlaggestaltung: Marion B. Lange
Typografie: Klaus Rülke
Printed in Germany

Buch

Berlin im Frühjahr 1991: Die Unterschriften unter dem Einigungsvertrag sind kaum trocken, wird an allen Ecken und Enden fieberhaft geflickt, was auf ewig zerrissen schien.

Astrid Jensen, Hamburger Kriminalistin, die in den frühen Achtzigern an der Freien Universität im Berliner Westen ihr Jura-Studium abschloss, will beim Neuanfang hautnah dabei sein. Voller Elan, und weil ihr die Stadt ans Herz gewachsen ist, bewirbt sie sich zum Dienst im geeinten Berlin.

Als Leiterin einer Mordkommission im ehemaligen Volkspolizei-Präsidium am Alex eingesetzt, übernehmen sie und ihr neues Team im Kaltstart die Untersuchung eines Doppelmords, der eine Wochenend-Idylle sonnenhungriger Städter am Rande Berlins in helle Aufregung versetzt.

Die Aufklärung der brutalen Taten, deren Motiv im Dunstkreis des seit dem Mauerfall florierenden Straßenstrichs inmitten der City Ost verborgen scheint, erweist sich zunehmend als bizarre Jagd auf intimes Wissen der Stasi über einflussreiche bundesdeutsche Persönlichkeiten aus Politik und Wirtschaft.

Danke allen, die uns halfen, aus einer launischen Idee heraus dieses Buch zu schreiben, die uns langmütig zur Seite standen und stets ermutigten, das Ziel nicht aus den Augen zu verlieren.
Dank auch an ‚Wikipedia' für das einfache Nachschlagen, wenn uns wirklich ein konkretes Datum mit seinen Geschehnissen entfallen war.

Akteure der Zeitgeschichte ausgenommen, sind alle Namen der Personen dieser fiktiven Geschichte frei erfunden. Für etwaige zufällige Ähnlichkeiten bitten wir um Nachsicht.

K.R. & M.B.L.

Prolog

Schluss mit lustig! Liane sucht verzweifelt mit den Augen ihr Auto und findet es nicht. Erschrocken erinnert sie sich, dass sie gestern wegen ihrer dämlichen Trödelei woanders parken musste, weil ihr angestammter Platz am Monbijou-Park längst besetzt gewesen war.
Im Gehen befühlt sie die Beute in ihrer Gürteltasche. Mickrig für Freitag, denkt sie verdrossen.
Es ist sehr spät, oder sehr früh, je nachdem, wie man es betrachtete. Von Osten her steigt Dämmerlicht über die Hausdächer um die Hackeschen Höfe. Die Absätze ihrer Stiefel klacken hart auf den unebenen Gehwegplatten. Glassplitter zerschlagener Flaschen knirschen zuweilen unter den Sohlen und frische Kastanienblättchen rascheln im kühlen Luftzug, der den Tagesanbruch begleitet.
Seltsame Geräusche, denkt sie. Voll künstlich, wie aus einer billigen, alten Heule. Angst kriecht an ihr hoch. Musst deine Karre immer im Blick haben, hatten Nicole und Zlatko ihr eingeschärft. Damit du jederzeit die Flocke machen kannst, falls dir jemand an die Gurgel will. Sie hält sich an den Rat.
Viel zu weit weg heute, haucht ihr ein flüchtiger Gedanke zu, wenn du sie gebraucht hättest. Bisher war gottlob nichts passiert. Kein Irrer, kein Besoffener hatte sie beschimpft, bedroht, geschlagen.
Bis jetzt... Alle Freier, ob schüchtern, frustriert oder egoman, verhielten sich durch die Bank verklemmt,

argwöhnten, beobachtet zu werden oder Bekannten über den Weg zu laufen.
Sie ist kaputt, fühlt sich durch die Mangel gedreht. Vermutlich bedrängt sie deshalb wieder die dämliche Sorge, wie lange das so weitergehen soll? Mit der Muschi Geld zu verdienen, ist für sie nicht neu. Aber das Anpreisen, der Futterneid, die Quickies im Auto sind es schon. Und alles nur, weil sie als PP, sprich „Persönliches Präsent", zur deutschen Einheit ihren Job losgeworden war. Gründe dünn, geheuchelt. Die wahre Ursache erahnte sie nur. Sie hatte wahrlich Besseres verdient.
Liane fühlt sich zum Kotzen, wenn Sinnfragen über sie herfallen. Solange der Schotter stimmt, ist doch egal, woher er kommt! Die Brave ist letzten Endes immer nur die Dumme.
Sie öffnet den Kofferraum, schnappt sich die Ballerinas, schlüpft hinein, atmet wohlig auf. Endlich Erholung fürs lädierte Fahrgestell! Achtlos wirft sie die Stiefel zum Einkaufskorb, schreckt hoch.
Ist da was? Du stehst genau im Lichtkegel der Laterne neben dir!
Sie rennt fast ums Auto, steigt ein, hält nochmals inne. Sie ist allein. Die Straße liegt verlassen. Niemand fällt ihr auf. Weiter oben kreuzt ein Paar die Fahrbahn, verliebt, mit sich beschäftigt. Trotzdem triezt sie das üble Gefühl, als säße ihr jemand im Nacken.
Du spinnst echt, ruft sie sich zur Ordnung.

Wer soll dir hier um diese Zeit an den Hacken kleben, wenn außer Nicole doch niemand weiß, wo du bist? Sie fährt Richtung S-Bahnhof, weiter zum Alex. Es ist kurz vor Vier. Die Angst weicht ihr nicht von der Pelle. Je näher du sie an dich ranlässt, umso zudringlicher wird sie!

Als Ablenkung spult sie im Stillen die öden, zurückliegenden Stunden ab, denkt an den Jüngling, der sie schüchtern fragte, ob er mal probieren dürfe, wie er es mit der Freundin richtig anstellt.

Kurz vor Mitternacht kam der Onkel vom Lande, der sie eindeutig mit seiner Psychotherapeutin verwechselte. Und als wäre das alles nicht schon ätzend genug gewesen: Ritas Auftritt.

Zorn wallt in ihr hoch, wenn sie nur daran denkt. Dumme Kuh. Bildete sich ein, jetzt was Besseres zu sein, weil sie seit Kurzem ‚in Westberlin' wohnte. Mehr Schein als Sein... Nichts Neues.

Nach dem Landmann hatte sie sich eine Pause gegönnt, ging ins ‚Manon' nahe der Synagoge, um einen Espresso zu schlürfen. Just in dem Augenblick marschierte Rita herein: Blasiert, Fresse verzogen, sah keinen, grüßte nicht und ihr Sonnyboy durfte ihr artig den Stuhl unter den Hintern schieben.

Liane erinnert sich an das dürre Mädchen, das Rita früher mal war und wie ungelenk sie sich angestellt hatte, wenn es zur Sache ging. Jetzt angeblich Edelhure, geprägte Visitenkarte und Topkunden... Welche Karriere!

Nur kein Neid... Sie feixt still. Wir werden ja sehen, wer zuletzt lacht...
Nach ausgiebig Langeweile strandete der Kraftprotz vom Wedding bei ihr, der am laufenden Band narzisstisch in den Rückspiegel glotzte, kehlige Laute röhrte und behauptete, er sei Kickboxer. Spaßvogel! Diese kleinen Wichser, die sich so tierisch ernst nehmen, sollten lieber joggen oder ins Fitnessstudio gehen, statt zu ihr zu kommen.
Als sie schon an Abgang dachte, tauchte die Hungerlatte auf. Wessi. Schien erfahren am Strich. Die Lichter seines Autos tasteten sich durch den Dunst. Er stand auf einmal neben ihr, öffnete die Beifahrertür, deutete wortlos auf den Sitz. Sein Gesicht blieb im Dunkel. Auch später konnte sie es nicht richtig sehen, oder erinnerte sich einfach nicht.
Korrekter Typ, löhnte ohne zu feilschen. Trotzdem hatte sie einen Heidenbammel gehabt wegen seines Schweigens und den eisigen Pfoten, mit denen er ihr die Scheinchen reichte. Fast wie Gevatter Tod...
Sie schaudert. Da sind ihr die hemdsärmeligen Typen, dauernd knapp bei Kasse, hundertmal lieber.
Sehe aus wie ausgespuckt. Liane mustert die Falten um ihre Mundwinkel, die sich kaum noch wegschminken lassen. Mit siebenundzwanzig!
Scheinwerfer blenden sie im Spiegel, zeichnen sich glasklar ab. Sind die schon die ganze Zeit hinter ihr? Sie drückt aufs Gas, ohne Erfolg. Sie überholt den Bully. Es ändert nichts.

Ein Verkehrsrowdy, der seine neue Westkarre ohne Blitzerrisiko testen will?
Mir ist um diese Zeit nicht nach Formel eins, knurrt sie, trommelt mit den Fingern aufs Lenkrad. Als sie hinter der Elsenbrücke links abbiegt, hinter dem Treptower Park Richtung Schöneweide fährt, sind die Scheinwerfer weg.
Da hast du es. Ein Spinner, mehr nicht...
Doch als sie Adlershof hinter sich gelassen hat, sind sie wieder da. Sie sieht den Dürren vor sich. Kam der nicht im BMW? Jedenfalls in einer Chaise mit Leuchten, die denen hinter ihr wie einem Ei dem anderen glichen. Südländischer Typ wie Zlatko...
Liane starrt in den Spiegel, als könne sie herausfinden, ob der Angeber tatsächlich hinter ihr her ist.
Merkwürdig, denkt sie, dass ihr der abstoßende Vogel nicht aus dem Kopf geht.
Sie erinnert sich daran, wie er sie vorhin musterte als schätzte er ihren Wert. Dann hielt er ihr die Scheine hin, murmelte etwas, das sich nach Danke anhörte, und verschwand, ohne was ihr von verlangt zu haben.
Es passierte ab und an, dass Kunden kamen, die sich nur die Seele leer quatschen wollten oder gern die eigene Stimme hörten. Ganz selten gab es welche, die nur schwiegen, guckten und wieder gingen.
Dieser Fiesling allerdings hatte nicht so ausgesehen, als hätte er nur was verschenken wollen.
Liane fährt durch Grünau.

In Gedanken bei ihrem sonderbaren Verehrer, merkt sie erst in Schmöckwitz, dass hinter ihr alles leer ist. Glück gehabt!
Weshalb sie erleichtert ist, weiß sie nicht genau. Total ausgeflippt! Willst du echt vor jedem Idioten ausreißen, der nachts hinter dir herfährt, was soll das werden? Wohler ist ihr allemal ohne gleißende Lichter im Nacken. Sie zwingt sich, ruhig zu atmen, nestelt eine Zigarette aus der Packung und wartet, dass der Anzünder klickt.
Sie fährt aufs Grundstück, freut sich diebisch, endlich allein zu sein. Duschen, Essen, vor allem Schlafen. Drei Nächte am Stück um die Ohren gehauen, das reicht, denkt sie.
Fernab vom Stress wird sie übers Wochenende abwarten, ob alles tatsächlich so reibungslos läuft, wie Nicole begeistert prahlt. Frank kommt sowieso nicht vor Dienstag von seiner Spanien-Tour zurück...
Schlafen! Versteckt in ihrer Sommerhütte, wie zu Kinderzeiten im Baumhaus bei Oma auf dem Land, fühlt sie sich sicher, das war schon so, lange bevor Frank die Bildfläche betrat und sie noch schlicht Stein hieß.
Ihr Paradies, nur einen Katzensprung vom Ufer des Krossinsees entfernt, war ein echtes Schnäppchen gewesen. Mark für Mark hatte sie eisern gespart, weil sie von einem Ruhepol träumte, um dem nie endenden, tosenden Krawall der Stadt zu entfliehen. Als die Kröten reichten, hatte sie Uwe, ihrem Boss und

Liebhaber, mit dem Wissen um viele seiner kleinen Mauscheleien, keine andere Wahl gelassen, als den Kauf für sie einzufädeln. Mochten sich die Nachbarn noch so sehr das Maul zerreißen, es kratzte sie nicht. Sie hatte redlich und in bar bezahlt, basta.

Die Vorbesitzer, Anfang der Achtziger ausgereist, wie sie gerüchteweise von Berger gehört hatte, interessierten sie einen feuchten Kehricht. Für sie zählte nur das Fleckchen, das sie für sich hatte. Sie war gewappnet für den Zoff, der jetzt allerorts losbrach. Konnte aber auch sein, dass ihre Sorgen total umsonst waren.

Als Frank ihr vor gut zwei Jahren über den Weg gelaufen war, schwärmte er abgehoben: So was haben ja manche Bonzen nicht. Er übertrieb maßlos, es gab hübschere Wochenendhäuser. Aber auch das lässt sie kalt. Im Mai '89, als bereits alles zu bröckeln begann, heirateten sie. Richtig. In wenigen Tagen ist ihr zweiter Hochzeitstag.

Sie sorgt sich um ihr kleines Geheimnis. Ahnt er etwas? Ausgeschlossen! So viel Raffinesse, ihre Notlügen wegen der Kündigung zu durchschauen, traut sie ihm nicht zu. Schließlich beherrscht sie die Rolle der Serviererin im Grand-Hotel.

Geht Nicoles Plan auf, ist Gott sei Dank Schluss mit Anschaffe, freut sie sich. Ein stilles Glück, mehr will sie nicht. Dass Fernfahrerlohn und Stütze ihren Wünschen nicht genügt, ist klar wie Kloßbrühe. Aber selbst, als sie den Ford Sierra, einen Tag zugelassen, im vergangenen Herbst kauften und sie die Anzahlung cash auf den Tisch blätterte, hatte Frank nicht eine kritische Frage gestellt.

Am Camper-Laden auf dem Wernsdorfer Markt, der nicht mehr ist als ein simpler Container mit einigen Klapptischen im Innern, von einem findigen Krämer aus dem Westen kürzlich aufgestellt, werden neue Kartoffeln, Spargel, Erdbeeren und andere leckere Sachen abgeladen.

Bück-Dich-Ware. Nicht lange her!

Ich könnte was mitnehmen, überlegt sie, guckt zur Uhr. Viel zu früh! Sie gibt Gas und biegt in den ausgefahrenen Waldweg ein, der zum See führt. Über der Lichtung, die sie quert, wabert Frühnebel. Ein Käuzchen schreit. Oder ein Uhu? Woher soll sie das wissen. Allemal ein Vogel, der erregt ist, weil jemand in seinem Revier... Sie kurbelt die Scheibe runter. Scheiß Panik! Schweiß, Pulsrasen, Nervenflattern...

Das Hinterrad überrollt einen trockenen, armdicken Ast. Ein brachialer Knall zerfetzt die Stille.

Ein Schuss? Sie bremst. Der Wagen steht. Sie legt den Kopf seitlich auf das Lenkrad.

Beruhige dich, verdammt! Du bist völlig im Arsch, alles Gespenster, Trugbilder. Die Angst treibt Adrenalin ins Blut.

Liane hebt den Kopf, guckt hinaus. Der Bodennebel ist wie geschaffen für Horrorfantasien, aber drüben, am östlichen Ufer des Sees, beginnt die Sonne den Himmel über den Wipfeln blutrot anzumalen.

Der Motor brummt gemütlich. Immerhin eine verlässliche Größe. Sie fährt weiter, schaukelt durch Mulden, in denen Regenwasser steht, schlägt einen Bogen um die Gruppe Kiefern, die sich wie ein Kreisverkehr vor ihr aufbaut.
Nur noch hundert Meter, vielleicht ein paar mehr. Sie stoppt, reißt die Tür auf, hastet die paar Schritte bis zum Tor, als wäre der Teufel hinter ihr her.
Rasch öffnet sie, läuft zum Wagen zurück, fährt ihn unter das schützende Dach. Dann drückt sie die Flügel zu. Geschafft. Mit dem Rücken lehnt sie sich gegen den Pfeiler, der Carport und Haus miteinander verbindet. Sie prüft das Grundstück. Alles normal. Nichts ist anders, nichts stört. Und hinter ihr? Naht da jemand aus dem Unterholz?
Sie fährt herum. Im Wald jenseits des Weges rührt sich nichts.
Du bist echt reif für die Klapse!
Langsam stößt sie sich ab, stapft durch den Sand zum Auto. Sie öffnet den Kofferraum, greift den Einkaufskorb und klemmt sich ein paar Handtücher unter den linken Arm. Die Reisetasche mit den Arbeitsklamotten lässt sie zurück. Darfst sie nur nicht vergessen, mahnt sie sich. Spätestens, wenn Frank zurück ist, muss sie versteckt sein.
Sie müht sich zur Haustür. Selbst mit leichtem Gepäck tut sie sich mit den wenigen Schritten schwer um diese Zeit. Die Schlüssel. Wo sind die Schlüssel? Im Auto?

Sie läuft zurück, findet sie auf dem Beifahrersitz. Wieso? Sie kramt in ihrer Erinnerung. Egal, die blöden Schlüssel sind da. Was man nicht im Kopf hat, hat man in den Beinen... Während der unnötigen Schritte zurück zur Haustür kehrt die Angst zurück. Blitzschnell. Liane verharrt, lauscht.
Die Baumkronen wiegen sich gemächlich in der Morgenbrise, ein Traktor tuckert, und einige Grundstücke weiter kläfft Wanda, der Dackel von Remscheids. Wieder ist ihr, als würde sie beobachtet. Es ist dieses Kribbeln im Rücken, das elektrisiert und zugleich die Sinne schärft.
Lianes Blick schweift wie der eines Jägers. Sie dreht sich um, tastet mit den Augen suchend den Weg ab, den sie gekommen ist, schwenkt hinüber, zum anderen Pfad, der am Nachbargrundstück vorbei in den Wald führt. Sie wittert vergeblich. Nichts, absolut nichts Verdächtiges.
Bei Edith kräuselt sich Rauch über der Esse. Sie ist also auch da und allein. Ihr Trabbi parkt neben dem Haus. Der Platz für Lothars alten Lada, von dem er sich partout nicht trennen kann, ist leer. Macht ihr pfiffiger Elektromeister wohl mal wieder das, was er am besten kann: schwarz ackern oder Fremdgehen.
Sie schließt das Haus auf, legt die Handtücher auf den Schrank unterm Spiegel im Flur, verriegelt hinter sich, schleicht in die Kochecke, öffnet den Kühlschrank und schnappt sich die angebrochene Flasche Whisky.

Sie nimmt einen Schluck. Puh! Scharfes Zeug. Ekelhaft, was Männer so saufen...
Sie verzieht das Gesicht. Beunruhigt, obwohl völlig erschöpft, wirft sie sich in ihren Lieblingssessel. Erst mal eine Lulle, ganz in Ruhe. Den Sonnenaufgang genießen. Genießen geht nicht. Die Gardinen! Sie springt auf, zieht sie beiseite, neigt den Kopf. Da ist er. Tiefrot, verhangen, unpersönlich.
Die abgestandene Luft stinkt. Sie öffnet das Fenster. Ediths Klofenster ist auf. Seltsam, wo sie sich doch sonst stets verbarrikadiert, wenn Lothar rumtingelt. Liane geht zurück, spürt, wie sich die Anspannung verflüchtigt. Der Whisky wirkt. Sie schließt die Augen, der Raum weitet sich, saugt sie auf. Als sie sich einigermaßen beruhigt hat, hasst sie sich für ihre Panik, schaltet das Radio an, um auf andere Gedanken zu kommen.
Jazz ist nicht ihr Ding, sie sucht, findet konzertante Musik, leise und schmeichelnd, sie beginnt, sich auszuziehen.
Duschen? Ohne warmes Wasser? Sie geht ins winzige Bad, um die neue Therme einzuschalten, die ihr Lothar vor ein paar Tagen eingebaut hat, öffnet den Hahn, hält die Hand unter den Strahl. Igitt, nur für Hartgesottene. Eilig zieht sie den Arm zurück, lässt das Wasser laufen.
Das dünne Rauschen sediert, schläfert ein, in ihrem Zustand allemal. In Pullover und Slip, nimmt sie sich ein Glas, greift erneut zum Whiksy im Kühlschrank,

gießt, ohne auf den Eichstrich zu achten, genau einen Doppelten ein. Dann setzt sie sich wieder.
Als sie hochschreckt, labert ihr das Radio Nachrichten um die Ohren und die zweite Zigarette ist auf dem Rand des Aschers bis zum Filter verkohlt. Sie weiß nicht, wie lange sie getrieft hat.
Eine Viertelstunde?
Wrasen, ähnlich dem Nebel auf der Lichtung, fällt über sie her, als sie die Bad-Tür öffnet. Sie klappt das kleine Fenster auf. Frische Luft.
Rasch wirft sie Pullover und Slip auf den Sessel. Nackt fröstelt sie plötzlich. Sie steht im Zug zwischen offenen Fenstern, schließt das im Zimmer. Als sie endlich unter die heiße Dusche gehen will, sieht sie die Armbanduhr am Handgelenk, geht zurück, legt die Uhr ab, schnappt sich zwei Handtücher. Der kleine Raum ist jetzt frei von Dunst, sie wirft die Handtücher auf den Hocker aus Kiefernholz, hält prüfend die Hand unters Wasser.
Da weht Wind. Wieso zieht es? Du hast doch eben...
Sie hat das Bein gehoben, als sie glaubt, ein Scharren zu hören. Bevor sie erschreckt, meldet sich Ärger. Wieder ein mutiges Tier mit hereingehuscht?
Dann hört sie das Geräusch deutlich, als schlurfe jemand in Pantoffeln über den Teppich...
„Hallo?" fragt sie kaum lauter als ein dürftiges, ängstliches Pfeifen im dunklen Wald. Sie hebt die schützend Arme, als wolle sie Schläge abwehren, und hüstelt sich einen Frosch aus dem Hals.

„Hallo, ist da jemand?"
Nichts bewegt sich. Die Panik ist sofort wieder da. Grell, eminent. Sie späht ins Zimmer.
„Du?" fragt sie wütend wie überrascht, langt nach dem Handtuch, hält es vor den nackten Körper. Der Mann kommt auf sie zu, wortlos.
„Was willst Du? Hau ab! Ihr seid fertig. Geht nicht in Deine Birne, was?" schreit sie hysterisch.
Der Schatten schnellt vor, packt sie. Sie weiß, dass es ihm ernst ist, will schreien.
„Wo ist es, Du Schlampe", presst er hervor.
Vergeblich versucht sie, sich zu befreien. Sie rudert mit den Armen, findet keinen Halt. Stattdessen krallen sich ihre Hände in den Duschvorhang, reißen daran. Der Vorhang fällt.
Seine Armbeuge schließt sich unter ihrem Kinn wie eine Schraubzwinge.
„Rück das Zeug raus, verdammt, das Ihr eigenmächtig abgezweigt habt. Tot bist Du so oder so!"
Sie spürt, wie sie den Horizont verliert, in die Waagerechte gerät, sich der Raum Purpur einfärbt.
Es ist ihre letzte Wahrnehmung.
Der folgt sekundenschnell ein leises, raues Knacken, dann ist ihr Körper augenblicklich schlaff. Der Mörder läßt ihn zu Boden gleiten.
Er sieht das geöffnete Fenster gegenüber, erkennt verärgert im fahlen Morgenlicht das blasse Gesicht, das über dem Sims in dessen Mitte schaukelt. Die Frau starrt zu ihm herüber.

Einen Augenblick lang halten beide völlig regungslos inne. Dann dreht sich der Mann hastig weg, taucht ab ins Dunkel im Inneren der Hütte, weiß, dass er nicht umhin kann, zu tun was nötig ist.

1

Das Chefzimmer wirkte auf Astrid Jensen steril bis in den letzten Winkel. Es roch nach frischer Farbe, neuem Spannteppich und putzigerweise nach kühler Minze. Zimmerdecke, Wände und selbst die Schreibtischplatte, alles strahlte in Weiß. Und die ladenneuen Stores blendeten geradezu.

An der Wand hinter dem wuchtigen Chefsessel mit Kopfstütze, von der vor dem Tapetenwechsel vermutlich Erich Honeckers Antlitz siegesgewiss herablächelte, schmunzelte nun Richard von Weizsäckers Konterfei, spendete all jenen Trost, die hier stehen, im Vorzugsfall sitzen durften.

Die Kriminal-Oberkommissarin war an diesem Montag zur ersten Audienz einbestellt, hatte ihren neuen Chef während ihrer ersten Arbeitstage bisher nur zwei-, dreimal aus der Ferne über den Gang huschen sehen. Besorgt vom Getuschel, dass er ziemlich stereotyp bei der Bewertung von Mitarbeitern vorginge, malte sie sich in düsteren Farben aus, in welchem Raster sie demnächst hängenblieb. Auf den Gängen munkelte man, er studiere Akten, arbeite sich in offene Fälle ein.

Akten? Danach sah es hier nicht aus. Das Einzige, was auf der riesigen Tischplatte auffiel, war ein gerahmtes Foto, das mit dem Rücken zu ihr stand und vermutlich die Gattin daheim im Rheinland zeigte.

In der Ecke versauerten verpackte Stühle, dazu ein runder Tisch, ebenfalls noch in Folie eingeschweißt.

Sie saß in einem kultigen Sessel im Design der Fünfziger, der wahrscheinlich vom Restinventar des Vorgängers übriggeblieben war. Es ginge um ihre Berufung sowie Fragen effektiver Teamarbeit, war ihr von Chefsekretärin Helga Förster übermittelt worden.
„Pünktlich. Perfekt!" schnarrte ihr künftiger Chef, während er hektisch, beinahe aus dem Nichts hereinstürmte.
„Tässchen Kaffee?"
„Nein, danke", lehnte sie bescheiden ab.
Kriminaloberrat Heidkamp sank in sein luxuriöses Sitzmöbel und vermerkte wohlwollend: „Meine Verehrung, Frau Dr. Jensen. Makellose Referenzen, die Ihnen mein Hamburger Kollege ausstellt. Wäre ich Zyniker, würde ich fast annehmen, dass er sie loswerden wollte." Scheinbar pointiert schlug er ihre Akte auf, die er aus dem obersten Schubfach gezogen hatte, blätterte darin wie in einer belanglosen Illustrierten, ließ sie dann lässig auf den Tisch gleiten. „Wie ich lese, haben Sie ihr Jura-Examen an der FU in Berlin abgelegt. Ist Ihnen die Stadt wenigstens nicht völlig fremd. Großer Vorteil", er räusperte sich, ließ den rheinisch gefärbten Bariton in den Keller sinken, bevorzugte den anbiedernden Duktus. „Wissen um Hindernisse, die uns das Leben erschweren, setze ich als bekannt voraus. Abgesehen von dürftiger technischer Ausstattung, ist unsere Arbeit leider auch durch die Distanz belastet, die einzuhalten wir dringend aufgefordert sind."

Donnerwetter, zollte sie seiner brillant gedrechselten Rede stumm Applaus, zählte die Kringel auf seiner Krawatte und addierte: Siebenundneunzig..., Hundertzwanzig, Zweihundertvierzig, mit Rückseite?
„Natürlich haben auch die verbliebenen Leute loyal dem gestürzten Regime gedient, was die Arbeit nicht eben leichter macht." Heidkamp hüstelte, um das Gewicht seiner Ausführung zu unterstreichen. „Obwohl die oberen Ränge ausgemustert sind, gibt es also noch genügend Differenzen..."
Was sollte das jetzt werden, fragte sich Kommissarin Jensen entsetzt, die wenig Zugang zu hochtrabenden Belehrungen fand. Sie erwartete ein Räuspern. Es blieb aus. Stattdessen legte ihr Heidkamp seine Sicht auf die Verstrickungen dar, in denen sich die in den Dienst übernommenen ‚Ostkriminalisten' befänden.
Sicher gäbe es guten Willen, sich von alten Doktrinen zu lösen. Es stellten sich auch erste Erfolge ein, doch, eine Sache von Tagen, oder wenigen Monaten, wäre dies keinesfalls.
„Wir..., Oberkommissarin", gefiel sich Heidkamp unvermittelt in blasierter Bescheidenheit, „sind Vorhut einer neuen Ära. Pfadfinder sozusagen, die Wege erkunden."
Jensens Miene verdunkelte sich. War sie hierhergekommen, um einem solchen A... unterstellt zu werden? Entsetzt fragte sie sich, wer behauptete, dass im Rheinland die Frohnaturen zu Hause wären?

Dieser steife Bürokrat, dachte sie bei sich aufsässig, war spröder als ein Hansischer Kaffeebohnenzähler. „Mir kölsche Jecke werde det Jör schon schunkeln", murmelte Heidkamp indes gekünstelt heiter, räusperte sich und entwarf mit trainiert strenger Miene Konturen, wie er sich effektives Zusammenspiel vorstellte, signalisierte, dass Loyalität, Führungsstärke und Disziplin für ihn Priorität besäßen. Seien diese Pfeiler tragfähig, so könne man mit ihm Pferde stehlen.
Ha, ha, lachte sie still in sich hinein.
„Sie sind ja aus bestem Stall, um das Bild aufzugreifen", leistete sich Heidkamp einen taktlosen Fauxpas, den er dem Anschein nach für profundes Lob hielt. „Ja, Ihr Herr Vater, brillant!" Er blätterte: „Jensen & Partner, Consulting-Gesellschaft. Erste Adresse. Bestens, bestens, meine Liebe."
Wessen „Liebe"? Was hatte sie mit Vaters Leumund zu schaffen? Heidkamp indes zollte der Finanzakrobatik des Hauses Jensen seine Hochachtung: „Kluger Mann, Ihr Vater", nickte er beifällig, „einer, der den Mumm besitzt, den Roten aufzuzeigen, wo Bartel seinen Most holt."
Vor ihren Augen blitzte kurz der mannigfaltige Streit mit Paps auf, der ihr die Flucht nach Berlin erleichtert hatte. Aber auch das behielt sie für sich.
„Ich setze voraus", fasste der Oberrat anmaßend zusammen, „dass wir, Sie und ich, auf derselben Seite stehen."

Es fiel der Kommissarin zunehmend schwerer, den steigenden Frustpegel stumm zu ertragen.
Erwarte bloß nicht, dass ich mich widerspruchslos vor irgendeinen Karren spannen lasse, räsonierte sie innerlich verkrampft.
„Ich habe Sie wunschgemäß zu Mord und Totschlag gesteckt. Obwohl...", er griff erneut zur Akte, „obwohl ich gedacht hätte, dass Ihre Intention mehr zur Ahndung von Regierungskriminalität tendiert..." Er taxierte sie: „Sie haben Jura studiert..."
„Ja."
„Und dann lassen Sie die Schweinereien der hiesigen alten Garde kalt? Ich dachte, deren Strafverfolgung wäre für Sie eine geeignetere Aufgabe..."
„Als Polizistin lassen mich Sauereien nie kalt, Herr Oberrat. Ich möchte aber, wie in meiner Bewerbung dargelegt, bei den ‚*Delikten an Menschen*' arbeiten."
„Gut. Aber da werden Sie Nerven wie Drahtseile und Hornhaut auf der Seele brauchen. Das ist Ihnen klar?"
„Ja, Herr Oberrat."
Heidkamp wirkte unsicher, schien nicht gelesen zu haben, dass seine Neue der ‚*Sitte*' und der ‚*Organisierten Kriminalität*' ihr Rüstzeug verdankte.
Nachtclub-Barone und Autoschieber waren nicht unbedingt zartfühlend in der Wahl ihrer Mittel. Aber offenbar passte es nicht in seine Gedankenwelt, dass sie als Tochter aus „gutem Hause" Mörder und Totschläger jagen wollte.

„Gut", gestand ihr Heidkamp maliziös zu: „Ihr psychologischer Exkurs, der hier erwähnt wird, ist für Ihre neue Aufgabe sicher kein Nachteil. Obwohl die Analyse der Täterpsyche inzwischen anerkannte Wissenschaft ist", fuhr er fort, „sind für mich Profiling und ähnliche Mätzchen nur die halbe Wahrheit."
Jensen erwartete, wegen ihrer Promotion bespöttelt zu werden. Sie irrte.
Heidkamp verzichtete darauf, pries lieber den eigenen Werdegang anmaßend als mustergültig, schwor auf Bewährtes: Von der Pike an auf der Leiter hocharbeiten. Fakten blieben für ihn das A und O des Kriminalisten, meinte er, hervorheben zu müssen, weil das akademische Bla bla bla, wie die Praxis beweise, meist weniger halte, als es verspräche.
Prononciert legte er ihr erneut ans Herz: „Wie gesagt, im Verhältnis zu Untergebenen korrekt, freundlich, aber Distanz wahren! Gründe nannte ich. Sie haben studierte Leute im Team. Also bitte: Feingefühl. Es ist Wille der Führung, keinen spüren zu lassen…"
…dass wir das Sagen haben und alle Ostintellektuellen chronisch an Röteln leiden, ergänzte die Kommissarin sein Credo im Stillen.
Ihr Frust wandelte sich in Zynismus.
Sie hasste Leute abgrundtief, die sich als sakrosankt wähnten, meinten über allen und allem zu stehen und zwar überall, hasste all die Deckmäntelchen, unter denen teils schwere Straftaten versteckt wurden.

„Achten Sie mir besonders auf Linke", warnte Heidkamp sie derweil eindringlich. „Humboldt-Uni, Vorzeigeanstalt, Sie wissen. Vorsicht! Der Mann ist ein Insurgent. Neigt gelegentlich zu übler Propaganda."
„Was ist der bitte?"
„Ein Umstürzler."
Die Kommissarin hätte fast laut gekreischt hinsichtlich des klerikalen Eifers ihres Chefs, wäre ihr nicht das Frühstück beinahe wieder hochgekommen.
Bourgeoiser Jesuit, schimpfte sie stumm: Hinter Akten lauern, Vorurteile pflegen und sich auf die Vorzüge der Inquisition besinnen, wenn die Dinge nicht nach Gusto laufen.
„Tja, das wär's..."
Begleitet vom vertrauten Räuspern erhob sich ihr Chef.
Jensen blieb im altmodischen Sessel kleben, wartete verstimmt auf ihre Verabschiedung.
Heidkamp sah ihr erfreut ins Antlitz und verkündete hochoffiziell: „Kriminal-Oberkommissarin Dr. Astrid Jensen, hiermit übertrage ich Ihnen vorerst kommissarisch die Verantwortung für die Mordkommission bei der Polizeidirektion Ost. Gültig ab...", er sah dezidiert auf die Uhr, „Acht Uhr fünfundzwanzig."
Ein Befehl und ein Rausschmiss.
Sie erhob sich aus dem Sessel.
Heidkamp reichte ihr zum Abschied seine knochentrockene Hand: „Viel Glück! Auf allzeit gute Zusammenarbeit."

Jensen atmete dreimal tief durch, als sie die Tür des Sekretariats hinter sich schloss. Enttäuscht und aufgewühlt warf sie Block und Stift auf das nächstbeste Fensterbrett, starrte hinab in den begrünten Innenhof.

Die Räume, in ihrer Tristesse einer Intensivstation ähnlich, der reaktionäre Widerling, auf längere Sicht ihr Vorgesetzter, all das war meilenweit entfernt von dem, was sie sich erträumt hatte!

Hielt Heitkamp sie für eine dumme Zimperliese, die mit goldenem Löffel im Mund geboren worden war? Was es hieß, Tochter eines Despoten zu sein, zudem verwitwet, davon besaß der Mann keinen blassen Schimmer. Inventar war sie gewesen, hatte Vater neben Gymnasium und Studium assistiert, Herrenabende, die er regelmäßig gab, mit Platten und Gesöff ausgestattet sowie den Haushalt geschmissen.

Daher verzog sie sich nach dem vierten Semester Richtung Berlin, um endlich eigenverantwortlich zu leben. Paps hatte es geduldet, aber nie verziehen.

Als die Mauer fiel, war sie instinktiv nach Berlin gereist: Ein riesiges Volksfest. Sie stand inmitten Jubelnder, Weinender, Verstörter, heulte selbst wie ein Schlosshund. Bis ihr plötzlich ein älterer Mann im Taumel einen Kuss auf die Wange drückte.

Die Erlösung aus schier endloser Eiszeit in einem winzigen Zeitfenster gerafft. Da hatte sie begriffen, dass dieser Besuch für sie wie eine Heimkehr gewesen war.

Wochen später hatte sie den Aushang im Hamburger Polizeiräsidium gelesen, der dringlich aufforderte, sich zum Dienst in den neuen Ländern zu bewerben. Sie bewarb sich, weil sie zurückwollte und wurde genommen.

Dem kühlen Hamburg nach der Einheit erneut den Rücken zu kehren, war ihr nicht schwergefallen. Sie bewarb sich für einen Job in Berlin, weil sie die Stadt liebte wie ein zweites Zuhause, weil ihr Fuß eingeklemmt war zwischen Sprossen auf der Karriereleiter, auf der Anwesenheit oft schwerer wog als Leistung. Und weil die sechs Semester an der FU die prägende Zeit ihres Lebens gewesen waren. Wovon zumindest sie überzeugt war.

Eine wildromantische, ganz sicher jedoch verrückte Zeit, zwischen Nylonblusen und Lederschlipsen, *Depeche Mode* und *OMD, Rio Reiser* und *Killing Joke*.

Grenzen trennen nicht Völker und Staaten, sondern oben und unten. ‚Aufriss ist billiger als Abriss, Bullen sind wie Schnittlauch: Außen Grün, innen hohl und treten in Bündeln auf', erinnerte sie sich cooler Sprüche der Szene, die oft genug juristische Unterstützung benötigte.

Ihr gefiel die schlagfertige, freche Art der Menschen, mit der sie das Leben in dieser Stadt meisterten. Sie mochte Leute, die ihr Herz auf der Zunge trugen.

Ihr kamen jene in den Sinn, die friedlich mit Kerzen Unrecht und Beton entsorgt hatten. Nicht sie allein, aber sie voran.

Sie dachte an Gabi und Thomas, die im kirchlichen Widerstand aktiv, ihre Gesinnung mit Stasiknast bezahlt hatten. Astrid lernte die beiden zufällig in der Samariterkirche nahe der Frankfurter Allee kennen. Neugierig duch das Gerücht an der Uni, in Ostberlin gäbe es einen Prediger, dessen Blues-Messen so unvergleichlich wären, dass man sie einmal gehört haben müsse, hatte sie sich auf den Weg dorthin gemacht. Und eben jener Pfarrer war im vergangenen Jahr nach den ersten freien Wahlen im Osten Minister für Abrüstung und Verteidigung geworden...
Was, verdammt, verstanden verkalkte Beamte wie Heidkamp davon, die nicht einmal hergebeten worden waren? Alternative? Die neuen Präfekten? Nachdem sie keine halbe Stunde hier gesessen hatte und belehrt worden war, zweifelte sie stark daran. Ihre Vorstellungen von den riesigen Chancen eines vereinten Neuanfangs sahen wahrlich anders aus!
‚Wir erleben jetzt Sternstunden der Opportunisten', hatte Thomas ein bitteres Fazit gezogen, als sie die Freunde Monate nach dem Mauerfall besuchte. ‚Sie schlagen Maximalprofit aus der Anarchie. Schau Dir die Typen an', meinte er, ‚wie sie schwadronieren und rechten, schachern und kassieren. Pack schlägt sich, Pack verträgt sich!'
Schon deshalb sträubte sie sich mit Händen und Füßen gegen einen Einsatz in der ZERV, der Zentralen Ermittlungsgruppe Regierungs- und Vereinigungskriminalität.

2

„Und? Ritterschlag?" fragte Andreas Linke munter, als sie am Boden zerstört ins Büro zurückkehrte.
Sie nickte kommentarlos.
„Na dann, Glückwunsch."
„Danke", erwiderte sie verhalten. „Ist der immer so selbstgerecht?"
„Ist im Job ist er ganz okay, aber mein bester Freund wird er ganz sicher nicht."
Er meinte es erkennbar ehrlich. Nach ihrem Gespür war Linke zwar geradeaus, aber bestimmt kein Rebell. War er etwa nur deshalb postwendend in der Aufrührer-Schublade gelandet?
„Für einen kleinen Einstand bleibt leider keine Zeit, Chefin", bedauerte er. „Ich nehme an, unser Häuptling hat Sie informiert, dass wir Jwd, womit Berliner *,Janz weit draußen'* meinen, einen beschissenen Einsatz an der Hacke haben."
„Nein...", wunderte sich Jensen irritiert. Dann setzte sie an: „Ich muss aber erst..."
„Ich weiß", Linke winkte mitfühlend ab. „Die unausweichliche Odyssee durchs tosende Meer der Bürokratie. Thorsten und ich fahren bei Proll von der Spurensicherung mit und Sie kommen, wenn hier alles erledigt ist, okay?"
Die Unterschriften, Waffenempfang, *SigSauer, Kaliber 9 mm*, mit zwei vollen Magazinen, hatten sie länger aufgehalten als erwartet.
Ihr erster Mordfall...

Sie machte sich keine Illusionen über ihren neuen Job, aber etwas Stolz gönnte sie sich dann doch. Erst eine Stunde in der Pflicht, und schon ins kalte Wasser geworfen.

Jensen ahnte nicht, dass sie auf eben jener Route zum Tatort eilte, die auch die Tote, die sie dort vorfinden würde, am Sonnabend in aller Frühe nahm. Die übervolle Handtasche, die Waffe im Halfter obenauf, stand neben ihr auf dem Beifahrersitz.

Sie wusste nicht recht, was sie mit der Pistole sollte, außer, sich mit ihr als obligatem Ballast zu arrangieren. In Hamburg trug sie in den ersten Monaten ein ähnliches Teil mit sich rum, um es letztendlich ohne viel Aufhebens im Wäschefach zu versenken. Obwohl sie häufig genug an gefährliche Zeitgenossen geraten war, hielt sie sich zugute, im Dienst bisher noch nie die Waffe benutzt zu haben.

Während sich Jensen an den Kiefern vorbeischlängelte, die einer Insel gleich mitten auf dem Fahrweg wuchsen, erkannte sie Linke. Er wies Uniformierte ein, zeigte zu Grundstücken. Die beiden liefen los. Sie hielt nahe bereits abgestellter Fahrzeuge und stieg aus.

„Na, Herr Linke? Wie sieht's aus?" fragte sie verhalten, wies zur Hütte. „Was erwartet mich?"

„Weibliche Tote", informierte er sachlich, deutete zur Tür, die ein uniformierter Kollege bewachte. „Liane Schneider. Gerade Siebenundzwanzig. Verheiratet."

Sie stutzte, zeigte auf den parkenden Funkwagen:

„Sind wir hier außerhalb des Stadtgebiets...?"
„Ja. Im Landkreis Königs-Wusterhausen", murmelte Linke unkonzentriert.
„Und weshalb dann wir?"
„Weil das Opfer laut Personalausweis Berlinerin ist und die Kollegen um Hilfe gebeten haben, bei denen es augenblicklich noch ein Stück weit konfuser zugeht als bei uns am Alex."
Sie sah sich neugierig um. Außer ihrem Golf, standen Funkwagen, ein Krankenfahrzeug sowie zwei weitere PKWs auf dem Waldweg.
„Wer schwirrt denn hier alles am Tatort herum?"
„Pathologe, Spusi, und Wörner, der Dorfschulze, der sie gefunden hat", warf Linke unzufrieden hin.
„Der Bürgermeister?" fragte sie erstaunt.
„Ja. Er fand die Tote heute früh. Tatzeit erfahren wir sicher gleich", ergänzte er. „Doktor Winkler ist drin und die Experten rundum am Ball."
Sie wandten sich dem Holzhaus zu, an dessen Außenfront Männer in weißen Overalls emsig Wände und Boden untersuchten. Die Kommissarin lief los. Linke folgte ihr, sorgsam auf Abstand bedacht.
Der Pathologe, ein älterer, grauhaariger Herr, packte eben seine Tasche, als sie auf ihn zuging.
„Ah, die Neue?"
„Ja."
„Sie hätten Ihrer Glücksfee heute besser nicht freigeben." Er hielt ihr die Hand hin. „Doktor Winkler."
„Astrid Jensen", grüßte sie lächelnd, reichte auch

Thorsten Stoll die Hand, der ihr morgens nur grußlos auf dem Flur über den Weg gerannt war.

„Solch Debüt wünscht man keinem", seufzte Winkler und zeigte auf den Fußboden.

Kopf und Oberkörper der Toten lagen in der kleinen Nasszelle, Becken und Beine ragten in den kurzen Flur, der an der Wohnraumtür endete. Vermutlich hatte Winkler sie behelfsweise mit dem abgerissenen Plastik-Duschvorhang zugedeckt. Blondes Haar sowie ein Unterarm lugten hervor.

Sie bückte sich ins Bad, lupfte taktvoll die Plane an und fühlte sich von stickiger Luft umzingelt, obwohl Eingangstür und alle Fenster geöffnet waren.

„Der Täter muss sie blitzschnell gepackt haben", erklärte ihr Winkler sonor, „hat sie, ihren Hals in der Armbeuge, gewürgt, erkennt man am Zungenbein, aber nicht erwürgt."

„Was dann?" fragte sie unsicher.

„Genick gebrochen, zweiter Halswirbel. Rückenmark durchtrennt. Deutet, wie das Fehlen üblicher Abwehrverletzungen, auf professionelle Nahkampfausbildung."

„Sie war ausgezogen?" erkundigte sie sich.

„Splitternackt", bemerkte Stoll.

„Vergewaltigt?" Sie sah Winkler an. Der zuckte nur die Schultern: „Keine Anzeichen. Heißt aber vorerst nichts. Tot ist sie, ungenau geschätzt, achtundvierzig Stunden, also seit Sonnabend zwischen drei und sieben Uhr früh. Alles Weitere später."

„Sieht nach Bruch aus, der voll in die Hose gegangen ist", mutmaßte Stoll eilfertig. „Sehen Sie..."
Er führte die Chefin in den Schlafraum. Matratzen, Decken, Kissen waren aufgeschlitzt, alle Schranktüren offen. Die herausgerissenen Schubladen lagen samt ausgekippter Dessous, Gürtel, Schals und Badesachen über den Fußboden verteilt.
Jensen verharrte regungslos. Schade um die frische Wäsche, dachte sie, fast bühnenreif, fragend sah sie zu Linke. Der nickte, sagte, als hätte er in ihren Gedanken gelesen: „Wirkt verdammt inszeniert."
„Etwas zu plump?" zweifelte sie, riss das Fenster weit auf und schnappte nach Luft.
„Null Indiz für gewaltsames Eindringen, meint die Technik", ergänzte Linke. „Tür, Fenster, Schloss, alles unbeschädigt. Spricht für Schlüssel und dafür, dass sich Opfer und Täter kannten."
„Der verarscht uns doch nur", verteidigte sich Stoll, „Der sucht Kohle, Klunker, Klamotten, plötzlich taucht das Opfer auf und er zündet eine Nebelkerze, um uns auszutricksen."
„Mann, Thorsten, überleg doch mal", spottete Linke. „würdest Du hier am Wochenende auf Raub gehen, wenn die Sonnenanbeter den Grill anschmeißen und Saufen?"
„Einbruchdiebstahl schließe ich definitiv aus", unterbrach die Chefin das kurze Wortgeplänkel. „Nahkämpfer! Ich lach mich tot! Klar, veralbert der uns. Sehe ich auch so, Herr Stoll. Nur umgekehrt, dass er

missglückten Raub verkaufen will, der tödlich endete, um brutalen Mord zu verschleiern. Dem ging es ausschließlich um diese Hütte und diese Frau. Kennen wir die Berliner Adresse des Opfers und wissen, woher sie in aller Frühe kam?"
„Knaackstraße, Prenzlauer Berg", las Linke ab. „Woher sie in aller Frühe kam, ist bis jetzt ungeklärt."
„Sie war nackt und wurde nicht bewegt, richtig?"
„Splitternackt, sagte ich. Gefunden vom Bürgermeister", murrte Stoll. „In der Lage, in der sie Dr. Winkler untersucht und zugedeckt hat."
„Die Schneider kam im Morgengrauen, sie hatte das saubere, erst später demolierte Bett, noch nicht benutzt, wollte duschen. Und erst als sie nackt war, sich eine Frau am verletzlichsten fühlt, schlägt der Mörder zu."
„Wirft die Frage auf", mischte sich Linke ein, „wartete der Täter im Haus, saß er im Auto, hier irgendwo im Gelände, oder hat er sie bis hier raus verfolgt?"
„Richtig! Zuerst müssen wir rausfinden, was er statt üblicher Beute tatsächlich suchte, dann sehen wir weiter." Nach Blickkontakt mit Winkler fragte Astrid Jensen ihn direkt: „Affekt oder Absicht?"
„Raten ist nicht meins, aber das ganze Drumherum sieht für mich nach Plan aus. Könnte doch sein, dass er vom Opfer erpresst wurde, das sich störrisch weigerte, ihr Faustpfand rauszurücken."
„Okay", lenkte Stoll ein, zeigte auf die Plastikbox und den Rekorder daneben. „Eigenartig, kein Band. Von

ihm", er deutete auf Wörner, „wissen wir aber, dass die Tote viel und vor allem laute Musik hörte, was ihr oft genug gehässige Beschwerden von der Menzel gegenüber einbrachte."

Die Kommissarin zupfte Linke am Ärmel und zeigte auf den Hocker neben der Spüle.

„Erzählen Sie mal", bat Linke den Bürgermeister, der aus dem Fenster starrte, „wann und wie Sie die Tote aufgefunden haben."

Wörner ähnelte einem dachsgesichtigen Kobold, wenig größer als eins sechzig und zappelte mit den Füßen, die nicht ganz bis auf den Boden reichten.

„Kam gegen neun. Wollte mit den Schneiders reden."

„Worüber?" erkundigte sich Jensen.

„Rückforderung. Frau Schneider ist die aktuelle Eigentümerin."

„Eigentum?" entfuhr es Andreas Linke. „Ich dachte, ist alles Pacht?"

„Nein. Die hat zweite Hälfte der Achtziger gekauft", erklärte Wörner unbestimmt. „Deshalb ja, vorige Woche bekam ich ein Schreiben vom Kreis, weil die Alteigentümer ihr Land zurückwollen. Ich habe geklingelt", lispelte der Kleinwüchsige, „als sie nicht öffnete, obwohl der Ford im Carport stand, dachte ich: die schläft noch. Also zur Menzel rüber. Aber die machte auch nicht auf. Also wieder zurück." Wörner druckste, erzählte dann weiter: „Übern Zaun. Es war so... still, richtig unheimlich, ich hatte plötzlich so ein Gefühl, dass..."

„Was für ein Gefühl?"

„...dass was passiert ist. Die Gardine wehte aus dem Fenster, diese Stille. Was bei der nie vorkam, wenn sie da war. Und dann fand ich sie. Auf dem Fußboden, nackt. Ich habe nichts angerührt, nur sofort 110 angerufen..."

„Das Haus stand offen?"

„Offen nicht, unverschlossen."

„Eingeklinkt?"

Wörner nickte. Der Kommissarin setzte erneut die vermeintlich stickige Luft zu. Ihre Nerven streikten, die Tote unter der Plane. Feurige Kreise tanzten vor ihren Augen. Sie stützte sich auf den Kühlschrank. Wörner achtete nicht auf sie, redete von pikantem Kauf, Enteignung, Rückübertragung und Kilian, seinem Vorgänger im Amt.

Luft! Luft, bloß raus hier. Durchatmen, Lungen vollpumpen mit frischer Waldluft.

Sie konnte an nichts Anderes denken.

Linke verfolgte die Panikattacke seiner Chefin stillschweigend, ging zum Auto und kam mit einem Papiertaschentuch zurück, auf das er Kölnisch Wasser gespritzt hatte.

„Erster Mordfall?" fragte er nicht uneitel. „Hilft."

Sie hielt sich das Tuch vor die Nase, nickte ihm zu. Allmählich ließ das Drehen im Kopf nach. Der Wald roch würzig, weil es seit Freitag ein paar Tropfen geregnet hatte. Die Spusi war bestimmt nicht angetan von der milden Würze, dachte Jensen verschmitzt.

Sie lehnte mit dem Rücken an der Wand, spürte, wie ihr Selbstgefühl zurückkehrte. „Danke", flüsterte sie Linke zu. Der tat, als wäre nichts gewesen.
„Vielleicht jemand, dem sie ohne Hemmungen nackt aufmachte", lästerte Jensen. „Die Tür war ja nicht verschlossen... Wörner fand sie nur eingeklinkt vor."
„Trauen Sie das dem Opfer zu?" tat Linke erstaunt.
„Liegt jedenfalls nah, dass sie ihren Mörder kannte."
„Klar trau ich ihr das zu, hier, wo jeder jeden kennt", ergänzte die Kommissarin erholt und wies hinter sich, „Apropos, was hat hier so was gekostet?"
„Schätze um vierzigtausend Ost", Linke massierte sein Kinn. „Ist aber nebensächlich. Wichtiger ist: Wie ist sie dazu gekommen? Schließlich trugen unsere Immobilienmakler alle den Nachnamen Warteliste."
Wörner schob sich aus der Tür und erkundigte sich, ob er gehen dürfe. Er habe zu tun.
Jensen notierte seine Personalien, entließ ihn und sah zwei Männer, die aus dem VW-Bus mit der Aufschrift *Gerichtsmedizin* stiegen und sich fragend umblickten.
„Chefin!" rief ihr ein Techniker vom Carport her zu. „Das müssen Sie sehen."
Sie hob den Kopf, stutzte einen Moment, bis sie begriff, dass sie gemeint war.
„Nuttenkoffer", stellte der Kollege trocken fest, als sie neben ihm stand. „Nettes Spielzeug. Alles drin, was das Herz begehrt."
„Meins nicht", schimpfte sie sauer.

„Untersuchen wir im Labor", reagierte er verstimmt auf ihre Humorlosigkeit.

„Zweitjob", weihte sie Linke bitter ein, dem sie zugewinkt hatte. „Spricht für Winklers Idee."

„Scheiße", maulte Linke unglücklich. „War wohl üblicher als wir dachten, dass die Tote nackt Türen öffnete. Prost Mahlzeit."

„Für Sie." Der Uniformierte an der Tür winkte ihr zu, wedelte aufgeregt mit dem Gerät in seiner Hand. Sie löste sich von der Hauswand, ging zu ihm.

Linke erkannte, wie das Gesicht der Chefin bleich wurde, sie zum Auto stürmte, auf den Beifahrersitz plumpste und auf den Waldweg starrte.

„Fahren Sie", befahl sie ihm blass. „An der Chaussee Richtung Autobahn, kurz vor Niederlehme liegt eine weitere Tote." Er hievte das Blaulicht aufs Dach und preschte los. Bereits von Weitem sahen sie den einsamen Trabbi in einer Parkbucht stehen, der von einem Polizisten bewacht wurde.

„Dort drüben." Er wies zum See und bremste Schaulustige aus, die versuchten, den Ermittlern zu folgen. Obwohl außer dem abgestellten, reichlich verdreckten Trabant und dem Streifenwagen nichts zu sehen war, hatte die Kunde vom grausigen Fund offenbar längst die Runde im Ort gemacht.

„Wurde eine abgemurkst", flüsterte ein junger Mann, als sie vorübergingen.

Vorm direkten Fundort wartete ein korpulenter Polizist, der alle Hände voll damit zu tun hatte, Leute

aufzuhalten, die ins Waldstück unmittelbar an der Uferböschung drängten. Die Szene ähnelte einem grausigen Volksfest, bei dem um die besten Plätze gerangelt wurde: „Bitte treten sie doch zurück!" appellierte er verzweifelt an die Vernunft der Gaffer.
Jensen sah die Frau an. Wie die Bilder sich glichen. Mitte Fünfzig, die Haare von blonden Strähnchen durchzogen, eine Miene auf dem Gesicht, die mehr Staunen als Entsetzen verriet. Man konnte meinen, dachte sie, die Tote hätte, ebenso wie die Schneider, ihren Mörder erkannt. Die Würgemale am Hals, der schlaff hängende Kopf...
Sie schluckte. Beherrsch dich, befahl sie sich.
„Identifiziert?" erkundigte sich Linke derweil beim Obermeister, der die Fundstelle bewachte.
„Personalausweis im Portemonnaie auf dem Beifahrersitz vom Trabbi gehört Edith Menzel, wie mir gesagt wurde", informierte der ihn eifrig.
„Die Nachbarin, bei der Wörner umsonst geklingelt hat", erinnerte Linke seine Chefin.
Sie nickte, starrte der Toten ins Gesicht, als könnte sie ihr auf diese Weise ihre Geheimnisse entlocken.
Linke eilte unterdessen zum Auto, um Winkler und Prolls Team zum zweiten Fundort zu beordern.
„Wer hat sie gefunden?" fragte sie den Obermeister trübsinnig.
„Lehrkräfte mit Schulklasse. Wandertag. Warten mit den Kindern unten am See, wo das pompöse Hotel und die Golfanlage gebaut werden."

„Auch das noch..."
„Eigenartig, dass sie erst heute gefunden worden ist. Muss bereits länger hier liegen", ergänzte der Obermeister beflissen. „Ein Ortsansässiger, der die Strecke täglich fährt, hat den Trabbi bereits Sonnabend gesehen, aber Spaziergänger vermutet."
„Ist der Mann da?"
„Ja. Bei den Kindern."
„Sorgen Sie bitte dafür, dass die Lehrkräfte und der Mann möglichst schnell befragt werden und schicken Sie die Leute dann nach Hause", empfahl Jensen dem Kollegen.
Gegen die beharrliche Übelkeit ankämpfend, schlängelte sie sich zurück zur Straße.

3

„Zwei tote Frauen. Gleich am ersten Tag", klagte Jensen malade, den Blick zur Decke gerichtet. „Heftig."
Linke und Stoll saßen im Büro ihrer neuen Chefin, jeder seinen Pott voll starkem Kaffee vor sich.
„Kopf hoch", riet ihr Linke zuversichtlich, „kalt duschen härtet ab."
„Bin kein Weichei", verteidigte sich die Kommissarin aufsässig, weil sie meinte, in seinem Zuspruch Häme zu hören. „Herr Stoll, holen Sie bitte Kollegen Kellner, damit wir alle auf den gleichen Stand kommen."
Kommissar Kellner, Monate vor der Pensionierung, war im Innendienst Mädchen für alles. Er organisierte, koordinierte, recherchierte, stand mit Technik, Labor und Archiv auf Du und Du.
Jensen vertrieb sich die Zeit, indem sie schweigend aus dem Fenster schaute, direkt auf den Betonklotz am Alex, der sich Jahrzehnte betrügerisch als ‚Haus des Reisens' ausgegeben hatte.
„Tag miteinander", grüßte Kellner in die Runde, griff sich den Stuhl neben dem Schreibtisch der Chefin und erkundigte sich beim Setzen: „Na? Wo brennt's heute?"
„Überall", nuschelte Jensen ironisch. „Auch Kaffee?"
„Nee, danke", lehnte er ab. „Zigarette wär gut."
„Hier nicht!" verbat sie sich derb, holte das jungfräuliche Flipchart aus der Nische zwischen Regal und Fenster. Beim Ausklappen schurrte sie Spuren in den nagelneuen, grauen Spannteppich.

„Nicht so forsch", zog Linke sie auf. „Lassen Sie das nicht den Boss sehen."
„Wie bitte?"
„Kratzer." Er zeigte auf den Boden. „Der kriegt doch sein Hemd über der Hühnerbrust kaum zu, weil er die Sanierung der Etage nachgerade aus dem Boden gestampft haben will."
„Na und", konterte Jensen patzig. „Wer Leistung fordert, muss Bedingungen dafür schaffen."
„Ist ja schon gut", verschloss sich Linke beleidigt.
„Also", bewaffnet mit einem Filzstift aus dem würfelbecherähnlichen Lederbehältnis auf ihrem Schreibtisch, fasste sie zusammen, „zwei tote Frauen: Liane Schneider, von Wörner nackt in ihrer Hütte aufgefunden, Tatzeit am Sonnabend zwischen drei und sieben Uhr früh, und Edith Menzel, ihre Nachbarin, zirka fünf Kilometer entfernt in einem Wäldchen am Krossinsee zufällig von Lehrkräften entdeckt. Tatzeit: Gleicher Tag nach neun Uhr vormittags. Beide gebrochenes Genick. Nach vorläufiger Einschätzung gleicher Täter, der nach Winklers Auffassung profunde Kenntnisse in lautlosem Töten besitzt. Waren die Opfer mehr als nur Nachbarn, kannten sie sich näher, waren sie befreundet? Was sagen die Leute im Dorf? Sind ihnen Fremde aufgefallen, wissen wir von Angehörigen, Bekannten oder Kollegen?"
„Klinkenputzen war voll für die Tonne", räumte Stoll ernüchtert ein. „Kaum wer da. Montag eben. Entweder schon zur Arbeit oder nur Wochenende draußen

verbracht. Die Bergers, auch Nachbarn, sind Sonnabend sogar in den Urlaub nach Spanien gedüst."

„Super! Also niemand, der am Vormittag des Tages der Tat in dem Kaff aufgefallen ist? Gerüchte?"

„Bis auf wenige Alte gibt's im Speckgürtel doch nur Neubürger, meist Wessis", rechtfertigte sich Stoll abfällig. „Fakt ist, dass Frau Menzel gleich um neun in die Apotheke ging, weil sie dringend was gegen Heuschnupfen kaufen wollte."

„Okay. Sie ist dem Mörder also erst danach in die Arme gefahren. Weshalb sie spazieren fuhr, wenn ihr die Pollen zusetzten, wusste natürlich keiner?"

„Nee", Stoll sah sie aufmüpfig an. „Vielleicht wollte sie nach Niederlehme in den Supermarkt."

„Kann sein", gab Astrid Jensen zu. „Aber wieso hielt sich der Täter noch vor Ort auf? Wie folgte er Frau Menzel, ohne aufzufallen? Die Mienen der Frauen sahen nicht so aus, als wären sie ihrem Mörder zum ersten Mal begegnet. Was mir sagt, dass ihn auch andere Dörfler kennen könnten."

„Die Menzel hat alles gesehen", brabbelte Linke. „Sie ist Tatzeugin. Laubenknacker, Humbug", er tippte sich mit dem Zeigefinger an die Stirn, „Die Schneider hat nicht nur Liebe verkauft, Winklers Einfall, sie könnte als i-Tüpfelchen Freier erpresst und ins Klo gegriffen haben, klingt doch plausibel. Der Täter sucht das Material und ist bereit, dafür zu töten. Täuscht vergeigten Raub vor, damit wir uns am besten gar nicht erst fragen, wonach er suchte…"

„Folgern Sie immer aus der Hüfte?" unterbrach ihn die Chefin barsch. „Ihnen ist auch aufgefallen, dass seine Mühe etwas übertrieben oder zu plump war, um uns auf die falsche Fährte zu locken. Lautloses Töten? Da liegt für mich der Knackpunkt! Heißt im Klartext Profi und wenn ich nicht komplett irre, haben die Auftraggeber. Theorien sollten wir also erst äußern, wenn wir wissen, worüber wir reden."

„Passiert, dass Intuition die Routine rechts überholt", bemerkte Linke trocken, wobei er pedantisch in seinem Notizbuch blätterte. „Bis wir alle Berichte und die Obduktionsbefunde haben, steht sowieso jede Menge Kleinkram an..."

„Ach! Und das wäre was?" schnitt ihm die Chefin enerviert das Wort ab. „Noch mehr unnütze Belehrungen über sich ergehen lassen?"

„Bloß keinen Streit vermeiden, Herrschaften", meldete sich Kellner zu Wort. „Regt die grauen Zellen an. Ich denke, wir sollten zunächst das Personenensemble durchgehen."

„Klingt nach Besetzungsliste fürs Theater", versetzte die Chefin ironisch.

„Was ist das Leben anderes als Theater", stellte Kellner stoisch fest. „Also, nach Thorstens Anruf aus Wernsdorf ist bisher folgendes auf dem Zettel: Gatte erstes Opfer ist Frank Schneider. Fernfahrer oder Trucker, wie sie sagen. Seit zwei Jahren verheiratet, keine Kinder. Nach Auskunft von Schneiders Chef kommt der erst morgen von Spanien-Tour zurück."

Während die Chefin finster zu Stoll sah, der den Kopf einzog, fuhr Kellner ungerührt fort: „Mann von Opfer zwei: Lothar Menzel, selbstständiger Elektromeister, Geschäft und Werkstatt in Weißensee. Das verflixte siebente Jahr verheiratet, ebenfalls kinderlos. Wohnung Tassostraße, nahe Antonplatz. Und dann noch Hildegard Stein, Mutter von Liane Schneider, sie wohnt in der Bornitzstraße in Lichtenberg."
„Die Spusi und wir müssen uns die Stadtwohnungen der Opfer ansehen", schlug Linke behutsam vor. „Mit Menzel und Hildegard Stein sollten wir besser gleich reden. Vielleicht erfahren wir von ihr, woher ihre Tochter Sonnabendfrüh kam und Frank Schneider ist, wie gesagt, morgen dran."
„Einverstanden."
Kellner deutete dezent an, dass er mit seinen Anmerkungen noch nicht durch war.
„Bitte", forderte die Chefin ihn auf.
„Die Menzel war Hausfrau. Da wird also wenig zu holen sein", fuhr er fort. „Aber Frau Schneider arbeitete bis Dezember vorigen Jahres als Kellnerin im Grand Hotel. Ich denke, die Kollegen der Direktion 5 sollten ihr letztes berufliches Umfeld checken und ehemalige Kollegen befragen. Und Thorsten zumindest formal Kontakt zur Sitte suchen."
„Noch nicht", widersprach Jensen, schaute auf ihre Armbanduhr und fügte sarkastisch hinzu: „Und den Kleinkram erledigen wir am besten bis zum Schlafengehen, sehe ich das richtig?"

„Zeit ist Geld", mahnte Linke spöttisch.
„Und Hast Intimfeind von Sorgfalt", schoss sie zurück. „Überreaktion. Entschuldigung."
„Nicht der Rede wert", murrte Linke.
„Lieber Herr Kellner...", die Chefin sah in die Runde.
„Olala, gefährliche Einleitung", rief der sofort. „Ich liebe Spezialaufträge."
„Würden Sie bitte alles über die Opfer zusammentragen, was Sie in die Finger kriegen können?" bat Jensen. „Und Sie, Herr Stoll, machen das Gleiche zu den Ehegatten. Beziehungstaten sind Hits auf der Motivskala. Heißt für mich, von Beginn in jeder Hinsicht gewappnet zu sein. Herr Linke und ich fahren jetzt zum Elektriker und anschließend zu Mutter Stein. Morgen zum Dienstbeginn treffen wir uns hier wieder. Alles klar?"

4

Fakten, Analyse, Ansätze, super! Oberrat Heidkamp stand der Sinn nach Wochenendlektüre.

Finster starrte Jensen am Freitagmorgen ihren PC-Bildschirm an, auf dem sich drei Sätze graulten. Ihre Resultate der ersten Woche waren so dünn, wie sie dünner kaum sein konnten. Verärgert überlegte sie, welcher Teufel ihre Vorgesetzten wohl geritten hatte, angesichts dieses kläglichen Sachstands an ihr vorbei die Presse einzuladen!

Angefressen ging sie daran, aus den drei säuberlich sortierten Häufchen von Protokollen, Berichten und Notizen ihre bescheidene Bilanz zu ziehen.

Ehemann Frank Schneider schied als Täter aus. Es sei denn, man unterstellte ihm paranormale Fähigkeiten. Am Dienstag zurückgekehrt, hatte ihn sein Chef sofort ins Präsidium gejagt.

Stoll und sie hatten ihn über den Tod seiner Frau informiert. Am Boden zerstört, konnte er überhaupt nicht begreifen, weshalb jemand seine Liane ermordet haben sollte. Als Stoll die nicht alltägliche Tasche erwähnte, fragte, ob er davon wisse, dass seine Frau auf dem Strich dazu verdient hätte, war er aus den Latschen gekippt, kollabiert, musste behandelt und nach Hause gebracht werden.

Stoll hatte Route und Pausen bis zur Rückkehr nach Berlin lückenlos geprüft. Am Morgen des Tattages frühstückte Schneider mit Kollegen in einem Motel, dass über tausend Kilometer vom Tatort entfernt lag.

Mehr wasserdicht ging nicht! Ein Techniker, Linke und sie waren mitgefahren, als man Schneider nach Hause gebracht hatte.

Jensen sah die 3-Zimmer-Wohnung in der Knaackstraße vor sich, deren Zustand sich kaum von dem der Wernsdorfer Datsche unterschied. Ob sie bereits Freitag oder erst nach den Morden auf den Kopf gestellt worden war, ließ sich nicht mehr feststellen. Menzels Wohnung hingegen zeigte sich Montagabend bei ihrem Besuch sauber, adrett und aufgeräumt, was den Elektriker für Linke als Tatverdächtigen mehr ein- als ausschloss.

Wo waren die Kassetten, von denen sich laut Schneider mehr als dreißig in der Hütte befunden haben sollten? Wo war das Notizbuch seiner Frau, von dem er zu wissen glaubte? Die erneute Suche im Bungalow, den Wohnungen Schneider und Menzel hatte keine Überraschung zu Tage gefördert.

Sie selbst hatte die Wohnung mit anderen Augen als der Techniker durchkämmt, die Klamotten des Opfers inspiziert. Begehrtes bekannter Designer darunter, für Ostmark kaum erhältlich. Nicht topaktuell, aber die Kledage bestätigte, dass Frau Schneider Wert auf ein anspruchsvolles Äußeres legte.

Mobiliar, Klamotten, Auto, die Hütte, sie fragte sich, woher das Geld stammte. Strich? Puff? Abzocke? Bereits im Osten? Selbst Interhotellohn und Westtrinkgeld hätten kaum für diesen Lebenswandel gereicht. Sie wusste nicht, was sie davon halten sollte.

Auch weil Schneider bieder darauf beharrte, dass sie Tag für Tag hart geschuftet hätten, um sich all ihre Wünsche zu erfüllen.

Hilde Stein, Lianes Mutter, war tief betroffen gewesen, als sie ihr die Nachricht vom Tod der Tochter überbrachten. Leider wusste sie nichts über deren aktuelle Lebensumstände und schon gar nicht, wo genau sie sich in der Nacht zum Sonnabend aufgehalten hatte.

Sie erzählte ihnen lieber lang und breit davon, wie ihr Mann sie sitzen ließ, als sie ihn am nötigsten gebraucht hätte, schilderte den häufigen Streit mit der renitenten Tochter, bis die von zu Hause weglief und schob der besten Freundin, Nicole Tiffert und deren Bruder Bernd, die Schuld dafür in die Schuhe.

Unterstellt, überlegte die Kommissarin, die Schneider suchte während der Fernfahrten ihres Mannes erwerbsmäßig Sex, dann war die Vermutung nicht zu weit hergeholt, dass sie als Zuverdienst Freier erpresst haben könnte. Allein oder mit Komplizen. Eine Praxis, die ihr aus Hamburg geläufig war, insbesondere jetzt, wo der Kampf um die Vorherrschaft im Kiez zwischen Alteingesessenen und den fremdländischen Clans an Schärfe zunahm.

Die Suche nach bloßstellendem Material, Bildchen, Tonkassetten oder Videos, wäre zumindest eine evidente Erklärung für den chaotischen Zustand von Datsche und Wohnung der Schneiders gewesen. Sie las Beurteilungen, die Kellner besorgt hatte, stöberte

in Personalunterlagen. Liane Schneider hatte bei der Vereinigung „Interhotel" gelernt, ihre Lehre vor neun Jahren mit ‚sehr gut' beendet und arbeitete anschließend in Restaurants, die sogar Jensen seit dem Studium als Top-Adressen im Osten Berlins kannte.
Sie stand im Ruf, zuverlässig und korrekt zu sein. Ihre Vorgesetzten bescheinigten ihr Kollegialität und Entgegenkommen. Kritisch vermerkten sie nur, dass sie bisweilen sprunghaft und launisch gewesen sei, wirklich Nachteiliges gaben die Einschätzungen aber nicht her. Sie hatte im Linden-Hotel an der Friedrichstraße gelernt, war nach Eröffnung ins Grand-Hotel gewechselt, wo ausschließlich ausländische Gäste verkehrten. Mehrfach las sie, dass die Schneider sich zudem als Hostess bei Events und Messen bewährt hätte. Was hieß ‚bewährt', fragte sie sich unsicher, die mit dem Kauderwelsch östlicher Personalabteilungen nichts anzufangen wusste.
Wovon hatte die Schneider nach gut vier Arbeitsjahren das Grundstück mit Datsche bezahlt? Wieder quälte sie die Frage nach der Quelle, aus der sich ihre fürstlichen Einkünfte speisten.
Ihr fiel auf, dass die Karriere des Opfers im Herbst Neunzig jäh abbrach. Vor dem Einigungsvertrag zum Jahresende gekündigt, beantragte sie im Dezember Stütze und tauschte Luxus gegen Destille. Jensen fiel schwer, sich vorzustellen, dass sie, die jahrelang das gediegene Ambiente bester Hotels und nobler Restaurants gewohnt war, damit zufrieden gewesen

sein sollte, in biederen Kneipen als Bierschlepperin ein paar Mark dazu zu verdienen. Oder benutzte sie den Aushilfsjob als Tarnung für die Nachtschichten? Ihrem Mann hatte sie die Kündigung schließlich verschwiegen.

Sie musste doch schnellstens mit den Kollegen von der Sitte reden, sich umhören, ob die Schneider, vielleicht sogar unter ihrem Mädchennamen Stein, auffällig gewesen war.

Edith Menzel war laut Kellner in zweiter Ehe mit dem sechs Jahre jüngeren Elektriker Lothar Menzel verheiratet. Seit der Trauung Anfang der Achtziger biedere Hausfrau, hatte sie davor als Maskenbildnerin an der Volksbühne gearbeitet.

Die Rückforderung der Altbesitzer, die drei Grundstücke betraf, war laut Kellner das Einzige, was die Käufer Menzel, Stein und Remscheid gleichermaßen betraf und somit kein solides Mordmotiv begründete. Elektriker, Serviererin, Zahnarzt. Sie wunderte sich. Keine Feten? Keine Leichen im Keller?

Lothar Menzel jedenfalls hatte Linke und sie dreist belogen.

Bei ihrem Besuch am Montag nachmittags in seiner Weißenseer Wohnung, als sie ihn über den Tod seiner Frau informierten, war er aus allen Wolken gefallen. Im Gegensatz zu Schneider allerdings, löste die Nachricht bei ihm kein emotionales Beben aus. Nach seinem Alibi befragt, behauptete er unverfroren, am Wochenende gar nicht in Wernsdorf gewesen zu sein, weil er von Freitag bis Sonntag schwarz auf einer Baustelle in Zeuthen gearbeitet hätte und als seine Frau Sonntagabend nicht nach Hause kam, annahm, sie bliebe ein, zwei Tage länger im Grünen. Als Linke ihn tags darauf damit konfrontierte, dass am Sonnabend niemand auf dieser Baustelle gesehen worden wäre, brüstete er sich damit, dass er die Schwarzarbeit nur wegen seiner Frau erfunden hätte und bereits Freitagabend zu Elvira Fengler, seiner Geliebten, gefahren wäre.

Ihre spontane Aversion gegen den Elektriker reizte sofort wieder ihre Galle: Seelenlos wie ein Golem, herzlos wie ein Pferdeschlächter. Und nur eine weitere Lüge.

Als sie Elvira Fengler baten, Menzels Alibi zu bestätigen, verlor sie die Nerven und gestand, dass er von Freitagabend nach zehn Uhr bis Sonnabend gegen Mittag nicht mit ihr zusammen gewesen war. Von ihr erfuhren sie auch, dass er der Spezies Männer angehörte, die jedem Rock nachstiegen, der ihnen in die Quere kam.

Wie stand es mit dem Rock der Nachbarin, fragte sie sich. Wusste er vom Nebenjob? Gehörte er gar zu ihrem Kundenkreis? Wollte die Schneider seiner Gattin einen Wink zu geben, falls er nicht extra zahlte? Familienmitglieder und Bekannte belegten bei Tötungsdelikten tatsächlich konstant Spitzenplätze. Vor allem wenn Eifersucht, Geld oder Neid ins Spiel kamen.

Die geplatzten Alibis konnten als handfestes Indiz dafür gelten, dass Menzel sich Liane Schneider vom Hals schaffte, weil sie zu gierig wurde. Man kannte sich, hauste Tür an Tür. Für ihn wäre es leicht gewesen, Schlüssel nachzumachen. Und auch die Arglosigkeit der Opfer würde durch ihn am verständlichsten erklärt.

Jensen verspürte Skepsis, die sich einfach nicht abschütteln ließ.

Nur mal gesponnen, Menzel stieg in Wilmersdorf bei seiner Geliebten in den Lada, fuhr nach Wernsdorf, wartete, überraschte die nackte Schneider auf dem Weg unter die Dusche und brach ihr das Genick...

Genickbruch, professionell, hieß es bei Winkler. Er verwies auf Kenntnisse, meinte es medizinisch, um zu betonen, dass der Täter wusste, wo und wie man zupacken musste. Besaß ausgerechnet Menzel dieses spezielles Wissen? Stoll erwähnte in seinen Recherchen nichts dergleichen.

Anhand der Tatortfotos hatte Astrid erkannt, dass sich Menzels WC-Fenster und das Klappfenster in der Nasszelle von Schneiders Bungalow direkt gegenüberlagen, was Linkes Vermutung bestätigte, wie sie schweren Herzens zugeben musste.

Edith Menzel könnte, zur falschen Zeit auf dem Örtchen, Tatzeugin geworden sein. Aber warum sollte Menzel seine Frau Stunden später, Kilometer entfernt am Seeufer töten? Wollte ihn seine Frau nicht decken? Verzichtete sie darauf, ihn lebenslang in der

Hand zu haben? Drohte sie ihm gar mit Anzeige, weil es ihr stank, regelmäßig betrogen zu werden? Aber wäre sie in dem Fall überhaupt in die Apotheke gekommen und am See herumspaziert?
Die Gleichung ging nicht auf!
Sie griff nach Winklers Bericht. Bei beiden Opfern gab es keine Anzeichen für ein Sexualdelikt. Warum auch, wenn es Menzel gewesen wäre?
Die Kommissarin kämpfte gegen ihre Zweifel, weil der grobe Menzel so überhaupt nicht in ihr Täterbild passte. Sie suchte Prolls Tatortbericht zwischen den Papieren. Keine Reifenspuren von Menzels Lada in der Nähe beider Tatorte. Es gab ohnehin nur einen Reifenabdruck bei der Kieferninsel auf dem Weg zu den Bungalows, der weder zum Ford der Schneider, noch zu den Autos der Menzels passte. Keine Fingerabdrücke von Menzel in der Hütte seines Opfers.
War Menzel wirklich so abgebrüht, Handschuhe zu tragen, so abgefeimt, seine wahre Absicht hinter einer, wenn auch plumpen Inszenierung zu verbergen? Sie konnte das partout nicht glauben.
In ihren Augen war er viel eher der Typ, der die Hütte kurzerhand abgefackelt hätte, um seine Spuren zu beseitigen. Weniger überraschte sie, dass er Montag so oder so unbedarft ins Geschäft fuhr. Was hätte er auch anderes tun sollen, entweder unwissend oder um von sich als Täter abzulenken?
Grelles Gebimmel des ältlichen Telefons riss Jensen aus ihren Gedanken.

Abwesend griff sie zum Hörer.

„Schlinge, Pressestelle", blökte eine kratzige Frauenstimme. „Ich darf Ihnen von Oberrat Heidkamp ausrichten, dass Sie sich bitte zur PK in den Konferenzraum bemühen möchten."

„PK?", fragte sie irritiert.

„Die Pressekonferenz, Frau Oberkommissarin", belehrte sie die PR-Referentin süffisant.

Kaum aufgelegt, stürmte sie, hektische Flecken im Gesicht, zur Toilette, warf einen prüfenden Blick in den Spiegel, zerrte die Bluse aus dem Jeansbund, stopfte den Top wieder hinein und fummelte ordnend am Seidentuch unter dem Blusenkragen.

Mist, verfluchter. Chefs!

Ohne präsentable Fakten auf den Präsentierteller. Das war so gar nicht ihr Ding. Mühsam legte sie sich ein paar Sätze zurecht.

Bloß nicht gleich beim ersten Auftritt von den Aasgeiern zerfetzen lassen.

Beziehungstat? Rotlicht klang besser, das zog immer... Die vermutliche Nähe zum Strich musste vorerst von den mageren Ergebnissen ablenken...

5

Kaum war die Farce transparenter Medien-Information zum Stand der Aufklärung im Fall „*Landhaus-Mörder*" eher schlecht als recht über die Bühne gebracht, hastete die Kommissarin aus dem Saal. Völlig durch den Wind, mit Tunnelblick rannte sie über den Gang Richtung Büro.

„Eh, Blondie, warte!" blökte jemand außer Atem hinter ihr her.

Ihr Spitzname aus Studienzeiten, gellte ihr in den Ohren. Nur weil ihre Haare in Farbe und Schnitt den blonden Zotteln der gleichnamigen Pop-Diva ähnelten, war sie irgendwann so gerufen worden.

Bevor sie stoppte und sich umwandte, wusste sie, wer rief.

„Bist Du's wirklich?" Christian Klamm winkte ihr zu, mit den Gurten der Fotoausrüstung beschäftigt, in denen er sich verheddert zu haben schien. Als er vor ihr stand, hielt er die Kamera wieder in Position.

„Lass das", schnaubte sie böse und verdeckte ihr Gesicht mit den Händen. „Persönlichkeitsrechte..."

„Verdammt, was hast Du auf diesem Podium verloren?" Christian grinste und nahm sie draufgängerisch in den Arm, als hätten sie sich erst vorgestern getrennt.

„Ich verdiene meine Brötchen. Was sonst! Und Du? Zu bieder für die autonome Juristenszene?"

Sie dachte an die Opfer, seufzte und fand seine beschwingte Laune völlig daneben.

„Bei den Bullen?" Christian schüttelte seine Mähne, verzog das Gesicht, als hätte er an einer Zitrone gelutscht. „Ist ja... wie Meißner-Porzellan in der Keramikscheune..."
„Wenn Du das sagst." Sie lächelte gequält.
„Na ja. Als wir uns, freundlich gesagt, aus den Augen verloren haben, hast Du nicht unbedingt zu den Bewunderern der Exekutive gezählt."
„Die Zeit heilt Wunden", erklärte sie seicht, wusste, wie dämlich die Antwort klang und setzte hinzu: „Wir sind alle älter..., sagen wir, vernünftiger geworden."
Die klassische, rituelle Randale am Maifeiertag in Kreuzberg vor Jahren stieg aus dem Keller ihrer Erinnerung. Freunde, Christian und sie gerieten damals zwischen die Fronten und ein übermotivierter Polizist brach ihr mit dem Knüppel den Arm.
„Ach ja", spottete Christian, maß sie anzüglich. „Du als Constable? Wär mir im Traum nicht eingefallen."
„Detective Chief Inspector, wenn schon alberne Vergleiche. Irren ist menschlich."
Sie wollte ihm erklären, dass es ihr zum Hals raushing, abhängig zu sein. Und dass sie es an der Zeit fand, frischen Wind in die Polizei zu bringen. Doch sie hielt es für zu läppisch, sich derart durchsichtig zu rechtfertigen. Also zuckte sie mit den Schultern.
„Bist Du wieder in Berlin... ich meine... fest?"
„Ja."
„Wohne in Zehlendorf. Besuch mich mal!" Christian kramte eine Visitenkarte heraus und reichte sie ihr.

„Ich würde mich freuen. Wirklich."
„Okay, ich ruf' an."
Im Augenblick des Händedrucks gesellte sich ein Mann zu ihnen, ebenfalls mit Kamera vor der Brust, grinste breit und pflaumte Christian an: „Wie immer! Beste Kontakte, was Klamm?"
Christian guckte irritiert, stellte ihr den Fremden hörbar reserviert vor: „Hans Scholz. Freier Fotograf. Konkurrenten als Bekannte machen einem das Leben nicht eben leichter."
„Und, Frau Kommissarin?" Scholz grinste ungeniert. Er war größer als Christian und an Ego kaum zu übertreffen.
„Astrid Jensen", sagte sie knapp. Sie fand den Kerl fies, selbst wenn er hundertmal Christians Bekannter war. Einer der Idioten, dachte sie intuitiv, der jeden Morgen einen Sieger im Spiegel sieht.
„Besuch mich mal!" rief Christian aufgedreht, als sie Richtung Büro verschwand.
Linke, der Zeugen im Wohnhaus der Schneiders befragt hatte, fand die Chefin nach der Selbstinszenierung des Chefs mies drauf in ihrem Zimmer vor.
„Na?" fragte sie teilnahmslos.
„War in der Knaackstraße", brummte er missmutig. „Hab mir die vorgeknöpft, die bislang nicht anzutreffen waren. Wenig Neues. Ein paar Infos, die vielleicht unser Bild von der Schneider weiter schärfen."
„Inwiefern?"
Sie sah ihn fragend an.

„Dagmar Schüler, direkte Nachbarin, hatte offenbar ein ziemlich gestörtes Verhältnis zu ihr."
„Wie gestört?"
„Gerissenes Aas. Hätte schon im Osten den Hintern immer an die Wand gekriegt." Linke sog hörbar Luft ein. „Verzeihung, Originalton, in dem sie motzte." Er schob ein Pfefferminzbonbon in den Mund und fuhr dann fort: „Mit allen Wassern gewaschen, hätte ihren netten Gatten von Anfang an voll verarscht und sich einen Scheiß darum gekümmert, was andere von ihrer, so wörtlich, Promiskuität hielten."
„Ach, die wusste, wovon sie redet?" warf die Kommissarin abfällig ein. „Könnte heißen, dass die Schneider ihrer Klientel schon im Grand-Hotel mehr als nur Speisen und Getränke servierte. Falls das überhaupt in Betracht kam."
„Gut möglich", räumte Linke ein. „Aber Frau Schülers Fahne lässt mich am Wert ihrer Tirade zweifeln."
„Besoffene und kleine Kinder sagen die Wahrheit", alberte sie und konfrontierte ihn mit ihrer Quintessenz von Bedenken: „Lohn und Westtrinkgeld dürften gut vier Jahre nach Lehrabschluss nicht für eine Sommerhütte am Krossinsee gereicht haben?"
„Sicher nicht", bestätigte Linke. „Vielleicht verstellt der Schüler auch nur Penisneid den Blick. So elend tückisch, wie die sich aufführte."
„Macho?" tadelte ihn die Chefin.
„Nee, kein Dickhäuter", wiegelte Linke ab. „Bei derart geifernden Hexen Ernst zu bleiben, fällt schwer."

Ehrenwertes Haus. Nette Nachbarn wie jeder sie kannte und liebte.

„Egal, ob neidisches Aas oder das berühmte Körnchen Wahrheit", sagte sie, „wissen sollten wir schon, wie die Schneiders ihren Lebenswandel finanzieren und zwar nicht erst hier und jetzt."

6

„Der Chef hat Sehnsucht, werte Oberkommissarin", säuselte Helga Förster, Heidkamps Vorzimmerdame, Minuten nach Dienstbeginn süßlich am Telefon.
Perfekter Wochenstart! Jensen verzog das Gesicht.
„Pressearbeit ist nicht ihr Hobby, was?" fiel der Oberrat mit der Tür ins Haus, ehe sie Guten Morgen sagen konnte. „Na ja, das kriegen wir auch noch hin."
Die Kommissarin schwieg aufsässig. Sein Refugium schien unberührt wie beim Antrittsbesuch. Nur der Tisch und die Stühle waren ausgepackt, die Sitzmöbel um den primitiven Plastiktisch verteilt worden, alles aseptisch weiß wie das restliche Interieur.
Heidkamp, die Brauen skeptisch nach oben gezogen, erpicht, seine Bewertung loszuwerden, nötigte sie auf einen der neuen Sitze.
„Ihr Elaborat hat's in sich", eröffnete er ihr intrigant, „subtil, stellenweise nahezu poetisch." Er räusperte sich, lächelte geziert, wirkte gleichsam begeistert von seiner Art, Kritik kunstvoll zu formulieren. „Ginge es um die akademische Reputation, würde ich meinen: summa cum laude."
Er erhob sich steifbeinig und kam zu ihr an den Katzentisch, glaubte, mit dieser Attitüde ein intimeres Gesprächsklima zu schaffen.
„Sie rauchen?" fragte er und stellte einen Ascher auf den Tisch. „Nun", er streckte knackend die dünnen Finger, „Sie haben mir ein Essay geliefert. Intelligent, mit einigem Humor, wenn man so will."

„Herr Oberrat, ich habe..."
„Ich weiß, Sie sind neu im Geschäft. Deshalb nehme ich mir ja die Zeit, auf Details einzugehen."
Die Kommissarin war auf Standpauke, nicht aber auf langatmige Belehrung eingestellt.
„Schauen Sie, wir haben Morde aufzuklären, die, wie Sie darzulegen versuchen, eng verwoben sind. Aber, liebe Frau Doktor, ich will nicht erheitert oder überredet, sondern durch Tatsachen überzeugt werden. Falls ich, Sie gestatten den Einwurf, eine literarische Caprice genießen will, greife ich zum Feuilleton der Frankfurter Allgemeinen am Sonntag. Doch als Leiter dieser Direktion verlasse ich mich einzig und allein auf die Autorität der Fakten." Nach obligatem Räuspern in erkennbarem Moll-Timbre, fuhr Heidkamp fort. „Was ich wissen muss, sind anklagerelevante Ergebnisse für den Staatsanwalt."
„Die haben Sie, schwarz auf weiß."
„Chiffriert, Frau Doktor. Sehr verschlüsselt mit zügellosem Fabulieren, kriminologischen, wie moralphilosophischen Mutmaßungen im Konjunktiv. Solide, hilft mir aber beim Staatsanwalt höchstens als Placebo. Insbesondere mangelt es Ihnen an konkreten Tatverdächtigen."
„Mein Bericht gibt den aktuellen Stand wieder. Mehr ist nicht. Tut mir leid." Sie ärgerte sich über ihre abstinente Eloquenz, hätte sich am liebsten auf die Zunge gebissen, doch ihr fiel nichts Gewitztes ein. Drum herumreden mochte sie erstrecht nicht.

Mehr hatte sie nicht zu bieten. Basta.

„Sie bringen mir denkbare, aber keine zwingenden Motive, bieten mir kunstvolles Kalkül, statt Täter. Ich bin Praktiker, kein Linguist. Meine Präferenzen liegen berufsbedingt auf Fakten und Indizien. Also, wie steht's mit uns beiden?"

„Wenn Ihnen mein Stil nicht gefällt, würde ich knapp in mündlicher Form..."

„Ich bitte darum."

„Wir fokussieren die Ermittlungen derzeit auf Menzel, Ehemann des zweiten Opfers. Sein Alibi ist wertlos. Als Weiberheld verschrien, nehmen wir an, dass er mit Liane Schneider Sex gehabt haben könnte."

Konjunktiv!

Sie wusste, dass ihr Beweise für diese Behauptung fehlten.

„Wir verfügen über Kenntnisse, dass die Schneider auf dem Strich unterwegs war. Unsere Hypothese ist daher, dass sie Freier allein oder mit Komplizen erpresst hat, darunter Menzel. Ein starkes Motiv, wie ich meine. Diese Annahme wird erhärtet durch die fieberhafte Suche nach Notizen, Tonträgern und demütigenden Fotos", sie holte erregt Luft. „Wir nehmen des Weiteren an, dass Frau Menzel, das zweite Opfer, nachweislich Tatzeugin war, den Täter, also ihren Mann, aus Eifersucht anzeigen statt decken wollte und deshalb von ihm ermordet wurde."

„Geht doch", lobte Heidkamp. „Ich zweifle ja nicht an der Integrität Ihrer Mühen. Aber das ist zu wenig.

Wir brauchen Ergebnisse. Die Innenministerkonferenz steht an und der Senator..."

„Wir sind nicht die Zauberer von Os", warf sie ihrem Vorgesetzten respektlos an den Kopf.

Jensen kochte innerlich.

Daher wehte also der Wind! Darum die PK.

„Es dürfte Ihnen bekannt sein, dass auch ich Rede und Antwort zu stehen habe. Unser Präsident wird, sagen wir, ungeduldig." Heidkamp schob das Kinn vor und seine Stirn krauste sich erneut. „Zwei Morde vor den Toren Berlins und das beim Ehrgeiz, als baldige Hauptstadt Leuchtturm zu sein. Deswegen dürfen und wollen wir nicht als Hochburg krimineller Elemente gelten."

Die Kommissarin wollte einwenden, dass Hamburg und Frankfurt sich kaum von Berlin unterschieden, dass in manchen Regionen der neuen Länder die Kriminalität ebenso rasant anstieg. Doch sie sagte nichts, es hätte wie eine billige Ausrede, ein Beschönigen ihrer Erfolglosigkeit geklungen.

Der Oberrat sah sie kritisch an, eine bündige Antwort oder Abbitte erwartend.

„Rotlicht", baute er ihr eine Brücke. „Sind denn Ihre Ansätze, die ins Milieu weisen, hinreichend belastbar, um die Szene in der Ost-City aufzumischen? Stichwort Erpressung. Abgesehen von Menzel."

„Die gesicherten Sex-Spielzeuge sind ein eindeutiges Indiz", nuschelte die Kommissarin kaum hörbar und strich verkrampft eine Strähne hinters Ohr, die ihr ins Gesicht gefallen war. „Und wir haben Zeugenaussagen, die zwar noch zu prüfen sind, aber die Vermutung erhärten, dass Liane Schneider sich bereits vor dem Mauerfall prostituiert hat und damit wohl sogar ihre Sommerlaube finanzierte."

„Dünn. Und wie geht's jetzt weiter?"

„Ich werde zunächst Menzel in die Mangel nehmen, die Sitte kontaktieren, mit Kellner die Vorwende-Akten auch unter Stein, Mädchenname der Schneider, durchforsten und Linke wird die Vita der Opfer zerpflücken sowie den fraglichen Grunderwerb unter die Lupe nehmen."

„In Herrgotts Namen", entschied Heidkamp, stelzte zu seinem Sessel zurück, „machen Sie, aber bitte etwas flotter als in der ersten Woche. Sie wissen, die Oppression der Politik..."

7

Bis obenhin satt von Heidkamps Geschwafel, fiel Jensen kalkweiß in ihren Bürostuhl. Missmutig haderte sie mit ihrem Unvermögen, diesem blöden, eitlen Snob die Stirn zu bieten.
‚Oppression der Politik'... Blödmann!
Mauerten Mutter Stein und Ehemann Frank Schneider oder wussten sie tatsächlich nichts? Und wenn sie mauerten, warum? Wütend auf sich fegte sie die Akten vom Tisch. Ihr ‚Frühstück', landete mit Tüte auf dem Besucherstuhl. Kaffee schwappte aus der Tasse und ein Bach rann über die Tischplatte, der die Papiere eins ums andere bräunlich einfärbte.
„Scheiße!" schrie Jensen ohne alle Rücksicht auf Anstand. Als sie merkte, dass es ihr guttat, schrie sie gleich noch dreimal: „Scheiße, Scheiße, Scheiße!"
Stoll, der ihren Ausbruch nebenan verfolgte, steckte den Kopf rein und bedauerte sie gehässig: „Na, Chefin, Kaffee beim obersten Feldherrn ungenießbar?"
„Kaffee?" flötete sie böse. „Kriegen nur Auserwählte. Oder man hat bei der Kollegin Förster einen Stein im Brett." Die Kommissarin hätte ihm nur zu gern die angebissene Schrippe an den Kopf geworfen, doch sie bremste sich rechtzeitig.
Stoll hätte sicher herzlich wenig Verständnis für solcherart unbeherrschte Reaktion gezeigt.
„Langer vom KDD sagt, dass er harmlos ist, solange er nur nölt", meinte er verschnupft, „haarig wird's erst, wenn er höflich Backpfeifen verteilt."

„Keine Zeit für Klatsch", fertigte ihn die Chefin kurz ab, „sagen Sie mir lieber, ob Menzel da ist."
„Verhörraum 1."
Sie hob die Hefter auf, die sie zuvor schwungvoll vom Tisch gefegt hatte und kramte den abgewetzten roten hervor, auf dem ‚Menzel' stand.
Die Kommissarin betrat den karg möblierten, in grelles, kaltes Licht getauchten Raum, bemerkte sofort, wie Menzel misstrauisch ihre Bewegungen verfolgte.
„Morgen, Herr Menzel", grüßte sie zuckersüß, nachdem sie Platz genommen und das Aufnahmegerät angeschaltet hatte. „Ist viel passiert seit meinem Besuch vorigen Montag." Die protokollierte Aussage von Elvira Fengler vor sich, fuhr sie fort: „Sie wissen, warum Sie hier sind?"
„Nicht so richtig. Nein."
Was Frauen an dem fanden? Sie konnte den eingebildeten Casanova ums Verrecken nicht ausstehen, der jedes weibliche Wesen mit den Augen auszog.
„Sie haben Frau Fengler also nicht zur Falschaussage angestiftet?"
„Ich wollte sie nicht in Verlegenheit bringen…, ehrlich", stotterte Menzel ertappt.
„Haben Sie aber", erwiderte Jensen kühl.
„Sie verließen die Wohnung Fengler am Freitag kurz nach zweiundzwanzig Uhr und sind erst Sonnabend kurz vor Mittag zurückkehrt. So sieht's aus. Und deshalb haben Sie schlicht Ihre Geliebte genötigt, eine Straftat für Sie zu begehen."

Menzel knetete mit den Händen nervös seine muskulösen Oberschenkel: „Ich hatte Angst, dass Elvira mitkriegt, dass ich außer ihr noch eine Andere besuche... und dann die Lebensversicherung..."
Die Kommissarin horchte auf, geriet aus dem Konzept. Sie las in seiner Miene, dass er den Lapsus sofort bereute.
„Lebensversicherung?" hakte sie sauer nach.
„Von meiner Frau abgeschlossen, gleich nachdem die D-Mark kam. Also... für jeden von uns zugunsten des anderen...", stotterte Menzel.
„Wie hoch und zu welchen Konditionen?"
„Zu welchen was?"
„Ich will wissen, was im Todesfall gezahlt wird!"
„Die Police... ah, so. Ausgezahlt wird, wenn einer von uns beiden stirbt. Der andere bekommt..."
„Wie viel?" bohrte sie ungehalten.
„Zweihunderttausend."
„Hübsches Sümmchen", konstatierte sie.
„Hab ich geahnt", Menzel zuckte die Schultern, „dass Sie versuchen, mir daraus einen Strick zu drehen."
„Ich drehe gar nichts! Erstens kenn ich viele, die für weniger getötet haben und zweitens, wenn wir Ihnen Mord nachweisen, sehen Sie sowieso keinen Pfennig vom Geld", warf sie ihm bissig an den Kopf.
„Unsere Ehe war... irgendwie... wir hatten uns noch gern, wenn Sie verstehen." Er schwieg einen Moment verkniffen, verteidigte sich dann: „Als Kumpels eben. Aber da sind halt Elvira und Tina, und... ich dachte,

die Versicherung würde Sie mit der Nase darauf stoßen, dass ich Edith…"

„Liane Schneider?" fragte sie ihn auf den Kopf zu, „Gehörte die auch zu Ihren Trophäen? Oder hat Sie Ihre tugendhafte Verschwiegenheit abgehalten, mir davon zu erzählen?"

„Niemals! Ehrenwort, Frau Kommissarin", Menzel hob schützend die Hände.

„Okay. Lassen wir's vorerst", gönnte sie ihm Zeit zum Luftholen. „Zurück zu Freitagabend. Weshalb haben Sie uns vorgelogen, Sie wären die ganze Nacht bei Frau Fengler gewesen?"

„Ich wollte nicht, dass sie erfährt…"

„Wer sie?"

„Elvira sollte nicht erfahren, wo ich war. Und als Sie mich befragt haben, da habe ich sie vors Loch geschoben und am Abend angebettelt, dass sie mir aus der Patsche hilft. Tut mir ehrlich leid."

„Und bei wem waren Sie in der fraglichen Zeit, wovon Frau Fengler nichts wissen sollte?" Sie musste an sich halten, um nicht die Beherrschung zu verlieren.

„Bei Tina. Also, Christine Zänker, Platanenallee 17. Im Westend." Sein Blick verklärte sich wie der eines Knaben zu Weihnachten.

„Frau Zänker empfängt nachts Besuch? Was wollten Sie dort?" Jensen bereute ihre Frage, bevor sie im Raum stand.

„Frau Kommissarin!" schnaubte Menzel ähnlich einem Vollblüter, brach aber ab, als er ihre gefrorenen

Gesichtszüge sah. „Was soll ich gewollt haben!" Sein eingetrübter Blick hellte sich auf. „Toller Feger, die hat so was von Feuer unterm Herd!"

„Herr Menzel, bitte."

Sein träger Prozessor registrierte langsam, dass er einer Frau gegenübersaß, schwieg verdutzt, verfiel dann aber erneut in Begeisterung: „Die ist heiß wie eine Herde Stuten. Die kann einfach nicht genug..."

„Lassen Sie die Zoten, Menzel. Sie begreifen anscheinend immer noch nicht, dass Sie dringend des zweifachen Mordes verdächtig sind! Wieso sollte Ihr Alibi nicht wieder erstunken und erlogen sein."

„Ich würde Edith nie was antun...", begehrte er fast trotzig auf, und prustete in sein ölbeschmiertes Taschentuch. „Und weshalb ausgerechnet am See?"

Eben. Weshalb?

„Um von sich abzulenken", erwiderte sie listig. "Sie haben mindestens ein Motiv. Wie viele Liebchen wollen Sie noch aus dem Hut zaubern, bis Sie zugeben, doch ins Grüne gefahren zu sein."

„Machen Sie sich nicht lächerlich", verwahrte sich Menzel ungelenk. „Prüfen Sie mein Alibi."

„Wer einmal lügt... Wer sagt mir, dass Sie Frau Zänker nicht ebenfalls nötigen!"

„Die nicht. Zu clever. Mich braucht die nur zum Vögeln", gestand er resigniert. „Alles andere hat die im Griff. Wenn die einen guten Butler hätte für die Villa und ihren dicken Mercedes, wäre ich bei der nie an die Tete gekommen."

„Aha", tat Jensen gleichgültig. „Und wovon lebt Frau Zänker?"

„Immobilien", brummte Menzel wortkarg.

„Nochmal zur Nachbarin", provozierte sie ihn erneut. „Wussten Sie, dass sie auf den Strich ging?"

„Gewusst? Nein, gespürt vielleicht..., so... so aufgemotzt wie die oft vorfuhr", stotterte er völlig überrumpelt.

Gespürt! Er? Sie glaubte, sich verhört zu haben.

„Sie folgten also Ihrem untrüglichen Gespür und haben sie angebaggert?"

„Ja. Vorigen Sommer. Edith war einkaufen und mir stand das Ding bis zur Halskrause. Da bin ich zu ihr rüber."

„Soviel zum Thema Ehrenwort", warf sie ihm erleichtert an den Kopf. „Waren Sie oft bei ihr? Besaßen Sie einen Schlüssel?"

„Schlüssel? Spinnen Sie! Drei-, viermal vielleicht."

„Und?"

„Stolzer Preis", knurrte Menzel.

„Hat Sie die Schneider erpresst? Drohte sie, Edith reinen Wein einzuschenken?"

„Unsinn", wies Menzel die Vermutung Jensens gequält zurück, als säße ihm Ediths Zorn im Nacken.

„Westend, Funkturm, Autobahn, Neukölln, Treptow, Adlergestell, Krossinsee, nachts. Was schätzen Sie?" forderte ihn Jensen schnippisch heraus. „Gute halbe Stunde? Kein Problem, denke ich, selbst mit einem älteren Lada-Modell. Tina schläft, passt perfekt."

„Muss ich kapieren, was Sie sich da zusammenspinnen?" stöhnte Menzel verzweifelt. „Sparen Sie sich die faulen Tricks. Denken Sie, ich bin mit dem Klammerbeutel gepudert?"

„War es nicht so, dass Sie am Freitag heftigen Streit mit Edith hatten, weil sie ihr Aufträge als Vorwand untergejubelt haben, um mit Elvira und Tina ins Bett zu kommen? Und Edith, der Ihre Lügen zum Halse raushingen, stinksauer allein nach Wernsdorf gefahren ist?"

„Klingt, als wären Sie dabei gewesen."

„Herr Menzel, kommen Sie mir bitte nicht so blauäugig. Sie stehen nicht erst seit gestern vor der Wahl, von der Schneider ausgenommen oder von Edith vor die Tür gesetzt zu werden. Und Sonnabendnacht, als keiner richtig ahnte, wo Sie sich befanden, entschieden Sie, das Problem ein für allemal aus der Welt zu schaffen."

„Gott bewahre Ihnen die blühende Fantasie", stammelte Menzel.

„Ich hoffe für Sie, Herr Menzel, dass Sie dieses Gespräch nicht für eine Märchenstunde halten. Wann haben Sie und Frau Schneider zuletzt...?"

„Erntefest", antwortete Menzel wie aus der Pistole geschossen. „Mitte Oktober."

„Wow! Ganz genau gemerkt? Wäre super gewesen, Ihr Gedächtnis hätte öfter so gut funktioniert."

„War das einzige Mal, dass sie mich umsonst rangelassen hat. Dafür habe ich ihr die neue Therme im

Bad angeschlossen. Ich habe die Weiber nicht umgebracht. Hab mehr als genug unter denen gelitten."
„Wann haben Sie Therme und Elektrik installiert?"
„Zu Saisonbeginn. Anfang April."
„Und da haben Sie Ihre Nachbarin zuletzt gesehen?"
„Ja."
„Hat Ihre Frau eventuell ohne Zutun Dritter spitzgekriegt, dass Sie…"
„Um Himmelswillen!" rief Menzel entsetzt.
„Hatte Frau Schneider häufig Besuch im Grünen?"
Menzel schüttelte den Kopf.
„Anfangs kam ab und an so ein blasierter Schnösel. Aber nach der Hochzeit mit Frank war sie nur noch die Brave." Erneut schwoll ihm der Kamm vor törichtem Stolz. „Nur Eingeweihte…, Sie wissen schon."
„Würden sie den Schnösel wiedererkennen?"
„Weiß nicht. Über zwei Jahre her, dass der bei ihr war. Kam meist mit einer schwarzen Funktionärsschleuder, Citroën BX 16, glaub ich."
„Wie sind Sie eigentlich an das lauschige Plätzchen gekommen?"
„Egon, also Berger, früherer Kollege, der ist dort aufgewachsen und hat das mit Kilian, dem damaligen Bürgermeister, gedeichselt."
„Zu welchem Preis?"
„Sechzig Mille."
„Sechzigtausend. Das konnten Sie sich leisten?"
„Handwerker waren gefragte Leute, junge Frau. Eine Hand wäscht die andere, so einfach war das."

„Waren Sie beim Bund, Herr Menzel?" überfiel ihn die Kommissarin unvermittelt.
„Was?"
„Militär, Armee, oder so", präzisierte sie.
„Ach Fahne...", kollerte Menzel von der Rolle. „Achtzehn Monate, wie alle", bestätigte er widerwillig.
„Und was haben Sie dort gemacht?"
„Wozu wollen Sie das denn wissen?"
„Antwort! Nicht Gegenfrage."
„Was ich gelernt habe. Strippen ziehen, wenn nötig Gas, Wasser, Scheiße. Eggesin, genauer Karpin", erklärte Menzel angewidert. „Fast bei den Polacken. Instandsetzung." Missbilligend fügte er hinzu: „Edelstahlspülen, Boiler, verchromte Armaturen, fast alles haben wir den Offiziersweibern beschafft und eingebaut, was im Handel nicht zu kriegen war. Und nicht nur das..."
„Sie bleiben vorläufig, bis Ihre Angaben geprüft sind. Oder auch länger", beschied ihm die Kommissarin angewidert. „Abführen."

8

Am liebsten hätte Jensen die Axt aus dem Schrank geholt, wäre dort eine gewesen, um alles kurz und klein zu schlagen.

Zur Beruhigung, und weil bereits ihr nächster Zeuge wartete, wischte sie den getrockneten Kaffee vom Tisch und warf die fettige Tüte nebst Brötchenrest in den Mülleimer.

Michel gehörte zur Belegschaft des Grand-Hotels, die auf Kellners Bitte den zuständigen Kollegen befragt worden war.

Michel kannte die Schneider seit der Lehre, weigerte sich aber strikt, vor Ort auszusagen. Ob er tatsächlich Hilfreiches beizutragen hatte, oder nur zu den Selbstdarstellern gehörte, würde sich gleich zeigen.

Langsam spürte sie Boden unter den Füßen. Ihre angestaute Wut auf Heidkamp, auf ihre dürftige Bilanz blieb und mischte sich mit dem Gefühl von Versagen und Pessimismus. Selbstmitleid war ihr zwar fremd, weil im robusten Männerhaushalt bei Paps kein Platz für Seelenstriptease gewesen war, aber die bohrende Vermutung, den Fall von Grund auf falsch anzufassen, machte sie krank. Sie fühlte sich gelinkt, spürte intuitiv, dass die Dinge wesentlich vielschichtiger waren, als sie sich äußerlich darstellten. ‚Was soll's', rief sie sich in die Gegenwart zurück, ‚kein Butler, ha, ha, wird dir Erfolge auf dem silbernen Tablett kredenzen. Könnte es sein, dass du dich eventuell etwas überhoben hast?'

Die Alternativen, die ihr einfielen, gaben allerdings auch kaum Anlass zu Hoffnung.

‚Für Vaters Fußstapfen bist du zu sozial', dachte sie, ‚für die Politik zu sensibel, für juristische Fleißarbeit zu spontan und als Hausfrau klassische Fehlbesetzung. Hausfrau???'

Astrid erinnerte sich an Christians Einladung, sah das Telefon vor sich. Wo hatte sie seine Visitenkarte gelassen? Ach ja. Er war sofort am Apparat.

„Hallo! Schön, dass Du anrufst."

„Du, ich bin ziemlich daneben."

„Nanu. Blondie, seit wann ist bei Dir die Flasche halb leer? So kenn ich Dich ja gar nicht."

„Spott ist momentan wenig hilfreich. Mir geht's ziemlich bescheiden."

„Was ist los? Zoff mit dem Präsidenten?"

„Nichts fürs Telefon." Sie stockte. Sich selbst einzuladen war eigentlich nicht ihr Stil. „Ich brauche einfach Abstand. Kann ich vorbeikommen? Am besten gleich heute?"

„Gern. Freue mich. Wann?"

„Abends gegen sechs. Passt das...?"

„Du passt immer. Okay, Schlag sechs also."

„Tschüss!" Sie legte schnell den Hörer auf, denn Stoll öffnete die Tür und trat ein.

„Gut, dass Sie kommen", empfing ihn seine Chefin kühl und eröffnete ihm, ehe er zu Wort kam: „Jetzt werde ich ausnahmsweise mit ausgesuchter Höflichkeit Backpfeifen verteilen."

„Wieso?"
„Sie haben sich vorige Woche um die Recherche zu den Ehepartnern der Opfer gekümmert, richtig?"
„Ja", reagierte Stoll pikiert. „Alles, was ich über Menzel und Schneider rausgefunden habe, lag in zwei getrennten Mappen auf Ihren Tisch."
„Menzels haben gleich nach der D-Mark-Einführung eine Lebensversicherung abgeschlossen, der Hinterbliebene erhält bei Tod des anderen zweihunderttausend D-Mark. Fünf Sterne Motiv, finden Sie nicht? Hätte Menzel sich eben nicht verplappert, wüssten wir davon nichts."
„T'schuldigung", stammelte Stoll. „Aber Kellner…"
„Keine Ausflüchte", unterbrach sie ihn, „miteinander reden! Schuldzuweisungen passen nicht in mein Bild von Teamwork. Und jetzt Sie."
„Michel ist da." Stoll verdrehte die Augen.
Astrid Jensen sah ihn fragend an.
„Na dieser lauwarme Oberkellner."
„Ich muss doch bitten, Herr Stoll. Ersparen Sie sich den Vorwurf der Diskriminierung. Schicken Sie ihn bitte rein."
Gerald Michel schwebte herein. Sie erinnerte sich spontan des NDW-Songs ,Sternenhimmel'. Fast wie Mary oder Gordy, hätte Michel eine durchaus hübsche Frau abgegeben. Geraldine, dachte sie spöttisch, auch nicht übel.
Michel klemmte sich keusch auf die Stuhlkante, den Rücken gerade, auf Figur und Fassung bedacht.

Sie entsann sich des Brötchens, das auf den Stuhl geflutscht war und schmunzelte. Michel fasste es als Ermunterung auf.

„Wie darf ich Sie ansprechen, Frau Jensen… oder Kommissarin?"

„Ihre Entscheidung."

„Ja, also Liane…"

Sie drückte auf die Taste ihres Diktafons, was Michel für Sekunden verstörte, doch dann legte er sich kokett eine Haarsträhne zurecht, bettete seine gepflegten Hände in den Schoß auf seine keusch zusammen gepressten Beine.

„Zunächst sollten Sie wissen, dass Liane und ich… Also, dass wir uns toll verstanden haben?"

„Sollte ich?" Sie zuckte die Schultern. „Und weshalb?"

„Weil wir viel Zeit miteinander verbracht haben."

„Wie viel?"

„Beste Freundin und so. Sie wissen garantiert, wovon ich rede… Nicht im Bett, da bin ich anderweitig…" Michel zierte sich wie eine Primaballerina, sah die Kommissarin um Verständnis heischend, lammfromm an.

Die nickte aufmunternd.

„Na ja, als sie noch ledig war, sind wir viel gemeinsam rumgezogen. Kino, Kabarett, Kneipe. Wir trafen uns regelmäßig zum Schwof."

Jensen staunte über Michels ungewöhnliche Wortwahl: Schwof!

„Wann war das?"

„Na…, praktisch vom Anfang des zweiten Lehrjahres bis achtundachtzig. Eigentlich bis sie sich diesem", Michel reckte beleidigt den Hals, „diesem Bananenkutscher an den Hals geschmissen hat."

Er zupfte eine Zigarette aus der Packung, brannte sie manieriert an.

„Darf ich?"

„Ausnahmsweise."

„Schade", fuhr Michel fort. „Sie war ein toller Kumpel. Aber dieser unzivilisierte Rowdy, der nun absolut nicht zu ihr passte, untersagte ihr den Kontakt zu mir…"

Jensen wurde ungeduldig.

„Herr Michel, bitte, meine Zeit ist begrenzt."

„Verstehen Sie doch, mir ist das peinlich, weil…"

„Weil was?"

„Weil… Na ja, man soll halt nichts Schlechtes über Tote reden, und außerdem… ich mochte Liane wirklich…" Er schlenkerte mit dem Arm hin und her, in dessen Hand er die Zigarette hielt, blinzelte gegen das Licht. Offenbar suchten ihn erdrückende Erinnerungen heim. „Sie hatte stets Geld, wissen Sie. Mir fällt kein Tag ein, an dem sie blank gewesen wäre. Devisen. Sagt Ihnen nichts, was? Noch vor Monaten war das hierzulande das A und O. Wer Westgeld besaß, war schlicht King."

„Und Liane Schneider gehörte zu den Kings? Hatte genügend D-Mark?" Sie betrachtete Michels Gesicht aufmerksam. „Dass es für Grundstück mit Sommerhaus reichte?"

„Liane besaß eine Datscha?" fragte Michel konsterniert. „Wusste ich nicht."

„In der sie vor einer Woche umgebracht worden ist", ergänzte sie dramatisch.

„Solche Summen waren für Normalos jenseits von Gut und Böse", fing sich Michel wieder. „Ich meinte eher, wenn wir nobel ausgingen, und wir gingen immer nobel aus, dann hat sie sich nicht lumpen lassen. Wir speisten stets in besten Restaurants. Liane hatte Geschmack, eine verwöhnte Zunge und konnte blendend vorlegen. Sie verstehen?" Er sah die Kommissarin abwartend an.

Sie musste passen.

„Sie servierte blendend. Während der Lehre punktete sie damit immer. Wenn sie Ente tranchierte oder Fasan… wirklich, eine Augenweide. Na gut, jedenfalls, sie war immer flüssig. Wir haben nicht schlecht verdient, auch Trinkgeld. Und da wir fast nur Ausländer bedienten, auch Devisen. Bei mir haben sie trotzdem nie lange gereicht. Wenn wir im Intershop einkauften, hat sie bei mir meist was dazugelegt. So war sie halt, weitherzig und liebenswürdig. Wenn auch mitunter etwas ordinär im Ausdruck. Schade, dass ich mich nicht für Frauen…"

Er hüstelte.

„Aus welcher Quelle der Geldsegen sprudelte, wissen Sie aber nicht?"

„Ich fragte sie einmal direkt danach. Doch sie lachte nur, meinte, ein Geheimnis stünde jedem zu."
„Ich las in ihrer Akte, sie wäre neben den Tagesaufgaben bei Events als Hostess tätig gewesen und hätte sich dabei ausgezeichnet bewährt. Heißt was?"
„Unsere Kaderfritzen waren ein Fall für sich. Wie die zu ihren Wertungen gekommen sind, fragen Sie mich besser nicht. Es stimmt allerdings, dass Liane in unregelmäßigen Abständen Tage weg war, in Gästehäusern bediente und auch in Notfällen ungeplanten Urlaub bekam. Insofern hatte sie schon eine Sonderstellung inne. Einige glaubten zu wissen, dass sie einen direkten Draht zur Direktion besäße, weil ihre Freundin im Einkauf hockte..."
„Freundin?" fragte die Kommissarin neugierig.
„Ja, Nicole irgendwas. Kannten sich seit der Schule. Nachnamen weiß ich nicht", antwortete Michel reserviert.
Hatte nicht Frau Stein eine Freundin namens Nicole erwähnt, die schlechten Einfluss auf ihre Tochter Liane ausgeübt hätte?
„Ich bin mit dem Versuch gescheitert, mir darauf einen Reim zu machen", hörte sie Michel gerade noch sagen.
„Inwiefern?" wollte sie wissen.
„Ich vermute, Sie hat illustre Gäste und andere hohe Tiere verwöhnt. Ist aber kaum mehr als Kaffeesatz. Wenn sie danach wieder zum Dienst kam, war sie super drauf, man konnte sie anpumpen. Natürlich

gab es auch jede Menge Neider, das will ich gar nicht kleinreden."

„Verwöhnt? Sie hat sich prostituiert?"

Michel zündete sich eine zweite Zigarette an, pustete den Rauch spitzlippig aus dem Mund. „So radikal?" schränkte er ein, „verwöhnt passt besser, finden Sie nicht?"

„Ist Frau Schneider deshalb Hals über Kopf gekündigt worden?" fragte die Kommissarin vorsichtig, „um lästigen Fragen aus dem Weg zu gehen?"

„Denkbar", räumte Michel zögernd ein. „War sie aber längst nicht die Einzige zu der Zeit. Schließlich sollen auch wir von der Treuhand verscherbelt werden." Ungehalten drückte er die angerauchte Zigarette im Ascher aus. „Aber es gibt noch etwas, was mir nicht aus dem Sinn geht", sagte er leise. „Als wir uns das letzte Mal trafen, im *‚Radisson'* gegenüber vom *‚Palast'*, auch weil man immer im Bilde sein sollte, was die Konkurrenz macht", er lachte ulkig glucksend, „bekam Liane jäh Panik und wurde weiß wie die Wand..."

„Wann war das?"

„Wenige Wochen vorm Mauerfall, als hier bereits alles drunter und drüber ging und ihr holder Trucker gerade wieder mal Bulgarien unsicher machte."

„Und weshalb die Panik?"

„Tja, wenn ich das wüsste. Sie sträubte sich nämlich wie eine Zicke am Strick überhaupt zuzugeben, dass sie vor Angst am liebsten im Boden versunken wäre.

Ihr Rausreden machte die Sache auch nicht viel besser. Ich kannte sie schließlich lange genug." Michel rutschte unruhig auf dem Stuhl hin und her. Die Schilderung regte ihn sichtlich auf. „Ich habe mich behutsam umgesehen, aber nur zwei Herren wahrgenommen, die sich eben setzten. Der eine ein verdammt gutaussehender Typ, auf den wäre ich absolut abgefahren... Gebräunt, superathletisch, toll."
„Was macht Sie so sicher, dass genau dieser Typ Frau Schneiders Panik auslöste?"
„Publikum war zu der Zeit recht übersichtlich, wissen Sie."
„Sie würden ihn wiedererkennen?"
„Adonis? Aber immer."
„Können Sie ihn beschreiben?"
„Groß, schlank, sehr elegant. Das Gesicht... auffallend gutaussehend. Redford-Typ. Blond, mehr mittelblond, wenn ich nicht irre, kann aber auch heller gewesen sein. Eine Aura ging von dem aus... Haben Sie so etwas schon mal erlebt, Frau Kommissarin?", schwärmte Michel fast wie Menzel zuvor. „Mir wurde regelrecht schwindlig."
„Eine Idee, was der und Frau Schneider miteinander zutun gehabt haben könnten?"
Sie musterte Michel neugierig.
„Da kann ich nur spekulieren", er zuckte die Schultern. „Zuhälter war er nicht. Die waren auch bei uns nicht gerade unauffällig. Ringe, Kettchen, Amulette, Tätowierung. Aber der, die schlichte Eleganz, wenn,

dann Chef einer Edelabsteige ausschließlich für Devisenkunden. Maßanzug, Seidenhemd, ich wette, es war ein Seidenhemd."
„Gut, Herr Michel. Ich werde Sie jetzt in unsere Kartei schauen lassen. Vielleicht finden Sie ihn ja..."
Michel zog einen Schmollmund: „Ist da eine Belohnung..."
„Nein. Es gehört zu Ihren Pflichten, an der Aufklärung von Verbrechen mitzuwirken."
Verdammt, ärgerte sich Jensen, seit wann laberst du derart aufgesetzten Mist? Bei Heidkamp angesteckt? Fehlte gerade noch!
„Der Kollege bringt sie hin."
Sie rief Stoll zu sich und verabschiedete sich von Michel.
Das Diktafon auf ihrer Schreibunterlage zeichnete unermüdlich die längst eingetretene Stille auf.
Sie schaltete ab und fragte sich verwundert, was sie von Michels Aussage halten sollte. Zum einen implizierte sie, dass die Schneider seit Jahren ein Doppelleben führte, und zum anderen untermauerte sie, was Linke von der Zeugin Schüler erfahren hatte, unerheblich, ob besoffen oder nicht. War der von Michel beschriebene Edelpuff-Direktor unter Umständen der Gleiche, den Menzel blasierter Schnösel genannt und die Schneider anfangs häufiger in ihrer Hütte besucht hatte? Auch mit viel Fantasie tat sich Jensen schwer, die Konsequenzen aus dem Gehörten für ihre Ermittlungen einzuordnen.

9

Astrid verließ in Zehlendorf miesepetrig die S-Bahn, schlenderte gemächlich zur Clayallee und hatte den kuriosen Eindruck, in eine fremde Stadt gereist zu sein. Von den Außenbezirken kannte sie nur wenig. Kreuzberg, Schöneberg, Charlottenburg hatte sie während des Studiums unsicher gemacht, vor allem Dahlem kennen gelernt, im Wannsee gebadet und im Tiergarten gejoggt.

Hier begegnete ihr beamteter Ordnungssinn, roch es reinlich, blühte betuliche Wohlhabenheit. Ganz und gar nicht Christians Terrain! Sie wunderte sich gehörig. Entweder hatte ihn eine reiche Tante bedacht oder er hatte opportunistisch Frieden mit deutscher Spießigkeit geschlossen. Christian Opportunist?

Sie wehrte sich. Revoluzzer, Gerechtigkeitsapostel, immer linke Sprüche parat, wie passte der hierher? War er als Paparazzi an Geld gekommen? Mit Star-Acts von Sharon Stone oder Richard Gere auf dem roten Teppich der Berlinale? Kaum.

Hier war nicht Grunewald, kein Herthasee, keine Königsallee, nicht Schickimicki, hier war fad und kleinkariert. Astrid kam sich vor, als hätte ihr die Dame an der Kinokasse versehentlich eine Karte für den falschen Film verkauft.

„Wo bist Du denn hingekommen?" fragte sie betroffen, als Christian die Tür öffnete.

„Kosten kleinhalten", flüsterte er verklemmt. „Dem geerbten Barsch, guckt man nicht in den A... Onkel, der sich vor einigen Jahren meiner erinnerte. Friede seiner Asche!"

War es halt der Onkel, nicht die Tante.

„Damenbesuch?" Astrid sah verdutzt zu den Gläsern auf dem Tisch.

„Nee. Leider nicht. Doch jetzt." Christian grinste. Als er ihren scheelen Blick wahrnahm, setzte er hinzu: „Er wollte Dich unbedingt wiedersehen."

„Was? Wer?"

„Scholz...", stotterte Christian verlegen.

„Du, ich dachte, wir könnten reden... allein...?"

„Wollte ich ja. Mein Fehler! Der hat angerufen. Hab mich verquatscht, damit geprahlt, dass Du kommst und dann gab es kein Zurück mehr, abwimmeln ist bei dem ein Unding."

Astrids minimale Chance, ihrer Enttäuschung Luft zu machen, verschwand buchstäblich im Fallrohr. Hinter einer der Türen im Korridor rauschte die Spülung und schnelle Schritte näherten sich dem Wintergarten.

„Tag auch", rief Scholz gut gelaunt und tat larmoyant.

Armleuchter, dachte sie, tu bloß nicht, als hätten wir schon zusammen gefrühstückt. Ausdruckslos überließ sie ihm ihre Hand, während sie sich befremdet fragte, weshalb er in Anzug und Schlips umherlief.

Scholz ergriff sie, deutete einen perfekten Handkuss an. Astrid zuckte heftig zurück, was ihr sofort leidtat. Sie war nicht gekommen, um Zoff zu machen.

Dass sie Lackaffen nicht ausstehen konnte, dafür konnte er nichts. Und Christian erst recht nicht.

„Bisschen overdressed, finden Sie nicht?" attackierte sie Scholz ironisch, um den Affront zu überspielen.

„Inwiefern?" Scholz nahm die Sonnenbrille ab und lächelte, wie er glaubte, gewinnend.

„Bankett angesagt? Oder lieg ich schief?" Astrid beschrieb einen Halbkreis mit dem rechten Arm.

„So ist er eben, der Scholz", meldete sich Christian vom Barschrank, dessen Füllstand er prüfte. „Immer voll nobel, selbst wenn die Kacke am Dampfen ist."

„Ist sie das?" fragte Scholz leichthin, Astrid im Visier. Christian indes sorgte sich um ihr Wohl: „Was möchtest Du, Cola, Wein, Bier?"

„Rotwein wäre gut", bat sie, von der kuriosen Situation frustriert.

Astrid wanderte mit den Augen über die Fotos, die den weißen Wänden zwischen den Fenstern des Wintergartens Leben verliehen. Obwohl Scholz hinter ihr stand, spürte sie seine Blicke, die sich anfühlten, als berührte er sie. Anders als am plumpen Menzel oder den Kumpanen ihres Vaters, die angesäuselt auch nie zimperlich gewesen waren, störte sie an ihm der zynische Hang, Charme als Bonbon an Artige zu verteilen, weil sich früher oder später, wie er glaubte, ohnehin jede an seinen Hals warf.

Keinerlei Selbstzweifel.

„Zufrieden", giftete Astrid, hielt ostentativ seinem Blick stand, ohne ablesbare Regungen im Gesicht.

„Wie bitte? Verstehe nicht...", stammelte Scholz einen Moment kalt erwischt, fing sich aber sekundenschnell und tat ihren Einwurf ab wie widerspenstiges Nörgeln einer unartigen Göre.

Astrid erinnerte sich nicht, dass ihr bisher jemand über den Weg gelaufen wäre, der lächelnd derart wenig Heiterkeit ausstrahlte.

„Und der *Landhaus-Mörder*?" fragte Christian neugierig, aus der Werkstatt kommend.

„Geht Euch nichts an."

„Immer noch alles im Dunkeln wie in meiner Kammer...?"

„Kann man sagen."

„Ich las, ein Opfer hat drüben einst in Nobelschuppen gekellnert und war nebenher am Bordstein unterwegs... Na die übliche Boulevard-Scheiße eben. Motiv wäre noch unklar", ließ Christian nicht locker.

„Stimmt", bestätigte Astrid widerwillig.

Was sollte das werden? Seine Fragerei weckte bei ihr den üblen Verdacht, sie säße nur auf dieser Couch, um ausgefragt zu werden: „Pass mal auf mein Lieber, falls Ihr mir Infos abluchsen wollt, um eine Story zu lancieren, bin ich sofort weg, ist das klar!"

„Nu ma langsam mit die jungen Pferden", mischte sich Scholz überheblich ein. „Könnte es vielleicht sein, dass wir außer der Reihe was für Sie haben?"

Astrid meinte zu erkennen, wie Christian kurz zusammenzuckte. Der klopfte mit dem Kuvert in seiner Rechten auf den Ballen der Linken: „Ich hatte schon

mit der Schneider zu tun", rückte er mit dem Anlass für Scholz' Einwand raus. „Kennst Du die?"
Christian öffnete das Kuvert und legte drei Fotos vor ihr auf den Tisch.
Zwei Unbekannte grienten in die Linse, die dritte hielt sich im Hintergrund, hob schützend die Hand, als hätte sie jede Menge dagegen, abgelichtet zu werden. Das nächste Foto zeigte die Schneider, die sich offenbar unbeobachtet wähnte. Sie lehnte an der Hauswand und gähnte.
Das letzte schließlich zeigte drei Frauen, einträchtig eine Straße überquerend, die Astrid wegen der Synagoge bekannt vorkam.
„Woher sind die?" fragte Astrid aufgekratzt.
„Ist mein Job, Blondie", erinnerte er sie dezent. „Ich wollte was zum aufblühenden Amateurstrich anbieten. Im Volksmund Stümpermeile genannt."
„Oranienburger?" riet sie verlegen.
„Genau", er nickte. „Heißes Pflaster, über das in den Zwanzigern schon Fallada und Döblin gezogen sind."
Enttäuscht gestand er: „Bin's nicht losgeworden. Andere waren schneller."
„Wann?" Sie griff nach den Bildern.
Trotz Lack erkannte sie die Schneider eindeutig, die sich zierte, dann aber doch erwischt worden war, abgelenkt oder mit den Gedanken längst woanders. Die Fotos hatten neben Unschärfe viel Obszönes, Voyeuristisches, als würde man beim Pinkeln geknipst. Aber das hatten derartige Fotos wohl immer.

„Muss Anfang April gewesen sein", überlegte Christian. „Die Schneider fuhr ganz schön ihre Krallen aus. Wundert mich nun aber nicht mehr. Verheiratet und, wie ich las, ihr Gatte unbedarft."
„Namen?" flüsterte Astrid, vorsichtige Hoffnung in der Stimme.
„Sind Schall und Rauch."
„Keiner veröffentlicht das anonym!"
„Wie denn sonst", widersprach er. „Du glaubst doch nicht wirklich, dass die, meistens tagsüber biedere Ehefrauen, für mich die Höschen runterlassen."
„Zuhälter?"
„Luden gibt's wie Sand am Meer. Haben dort aber zumindest noch schweren Stand. Die Damen lassen sich nicht so einfach an die Leine legen, wie das eben in den jetzigen Verhältnissen so ist."
Astrid sah die Fotos an, meinte zu ahnen, dass die Lösung ihres Falles, wie Linke intuitiv prophezeit hatte, tatsächlich am Rinnstein schlummerte.
Während sie noch grübelte, fiel ihr Blick unvermittelt auf Scholz, der seit Minuten schwieg. Er schien hypnotisiert. Ihm entging sogar, dass Astrid ihn aufdringlich musterte. Pervers der Kerl, beschlich sie ein ekliger Verdacht.
Als Scholz endlich ihre aufdringlichen Blicke mitbekam, suchte er eilends nach einer einleuchtenden Erklärung seiner Sprachlosigkeit: „Freund hat sich bei den Huren angesteckt... AIDS, scheußliche Sache."

Astrid wollte ihm gerade entgegnen, dass die Dirnen viel häufiger von irren Freiern infiziert wurden, die für jeden Preis barfuß ficken wollten. Sie ließ es jedoch, weil es ihr schnuppe war, was Scholz meinte oder nicht.

Als die Uhr auf neun zuging und Scholz sich verabschiedete, atmete Astrid befreit auf.

„Uff, den sind wir endlich los!" stöhnte sie, als er die Tür hinter sich schloss. Sie sehnte sich nach Musik, wollte vergessen.

Sanft bettelte sie: „Hast du Mozart?"

Christian hatte.

„Was hast Du gegen ihn?" fragte er naiv.

„Seit wann hofierst Du solche Typen?"

„Hofieren? Sehr überzogen. Wir treffen uns hin und wieder, beruflich und auf der Jagd."

„Früher hättest Du Scheißern wie dem glatt den Stinkefinger gezeigt", rieb ihm Astrid spöttisch unter die Nase, „zynische Professorensöhnchen, arrogante Bankerzöglinge, allgegenwärtige Yuppies, die an der Börse zockten und gleichzeitig Gras oder härtere Sachen vertickten." Stichelnd fügte sie hinzu: „Oder sollte ich Dich etwa völlig zu Unrecht angehimmelt haben?"

„Und Du, Millionärstochter? Ich frag mich bis heute, woher Deine Aversion gegen die Upperclass stammt."

„Hab' ich die?"

„Allerdings."

„Vielleicht, weil ich sie zu gut kenne..."

„Hm." Christian zuckte mit den Schultern, ihre Begründung schien ihm schlüssig. „Nur hat Scholz mit den Leuten so viel zu tun, wie ein Obdachloser mit Immobilienhaien. Er ist der typische Kleinbürger, stets bedacht, bloß nicht zu kurz zu kommen."
„Noch schlimmer", seufzte Astrid, „reden wir von was Anderem."
„Okay", pflichtete Christian ihr bei. „Aber zuerst will ich wissen, wieso Du bei den Bullen bist."
„Wieso nicht? Ich will Nützliches tun und muss meinen Lebensunterhalt verdienen."
„Konnte Dir Dein Alter nichts Besseres besorgen?"
„Danke auch", konterte Astrid bissig. „Unabhängigkeit ist Vorbedingung für Freiheit, wie Du weißt. Also habe ich ihn nicht gefragt."
„Ich dachte, promovierte Juristinnen hätten Besseres vor, als Killer zu jagen." Christian hätte auch sagen können, beste Grüße von Heidkamp. Laut hielt sie ihm vor: „Jeder ist seines Glückes Schmied."
Er verstand nur, dass sie Ideale nicht über Bord geworfen hatte. Sie legte sich gern an. Das wusste er, dass sie durchhielt, bewunderte er, sprach für Haltung oder Starrsinn. Vielleicht auch beides. Schließlich fragte er: „Wie alt bist du jetzt?"
„Charmant, Herr Klamm. Man fragt eine Dame nicht nach dem Alter! Einunddreißig."
Astrid verschwieg zwei Jahre.
Das war zwar albern, aber hin und wieder wollte sie sich als Frau treu bleiben.

Außerdem traute sie ihm diese Art Gedächtnislücke nicht zu.

„Fünf Jahre jünger als ich?" wunderte sich Christian. Und dann rückte er mit der Frage raus, die ihn offenbar seit ihrem zufälligen Treffen beschäftigte: „Du bist noch solo?"

„Ja." Sie blinzelte, weil er Licht machte.

„Also ist das eine zweite Chance...?" säuselte er verträumt.

Gedankenfern erwiderte Astrid reserviert: „Mit Aufgewärmtem kann man sich ganz schnell den Magen verderben."

„Jetzt mach aber mal einen Punkt. Du hast mich doch abserviert. Wegen dem dämlichen Gitarristen!" Er sah sie an, bedauerte ihr müdes, abgespanntes Gesicht: „Entschuldige!"

„Wegen des" belehrte sie ihn spitz. „Kluge Menschen bereuen Fehler nicht, sondern berichtigen sie."

Astrid streckte ihre Beine unter dem Tisch aus. Er setzte sich neben sie.

„Komm, leg noch was auf", schlug sie vor und lehnte ihren Kopf gegen seine Schulter. »Mahler, Vivaldi. Ich brauch Streicheleinheiten für die Seele."

Der Abschied von Christian fiel Astrid schwer. Die Musik befreite, putzte den Stress aus dem Hirn, die Couch machte faul, der Rotwein müde. Und dann war da seine Schulter... Pünktlich, ausgezeichnet Frau Oberkommissarin, plapperte Heidkamp plötzlich in der Halbwelt ihrer kruden Träumerei.

Auf der Stelle hellwach, wusste sie, dass sie es sich nicht, noch nicht, leisten konnte, unausgeschlafen zum Dienst zu erscheinen, außer infolge des Dienstes selbst.

Sie gab sich einen Ruck und machte kurzen Prozess. Ihre triste Bude im Apartmenthaus direkt an der Mollstraße, die hoffentlich nur ein kurzes Intermezzo blieb, war zwar wenig anheimelnd, aber dafür praktisch nah bei der Dienststelle.

Auf dem Weg von der Keller-S-Bahn durch die maroden Katakomben im Bahnhof Friedrichstraße, hoch zur Stadtbahn, stoppte Astrid mitten im Schritt. Oranienburger Straße war die nächste Station Richtung Norden. Man soll die Feste feiern, wie sie fallen... Sie machte auf dem Absatz kehrt und lief dorthin zurück, woher sie gekommen war.

Einigermaßen verblüfft über den Trubel, in dem sie sich wiederfand, nachdem sie die Treppe vom Bahnsteig ins Freie erklommen hatte, versuchte Astrid, sich zu orientieren. Touristen, Huren, Künstler, Autonome und Punks drängten sich auf den Gehwegen, derweil die Plätze vor Kneipen und Cafés restlos besetzt waren.

Sie verdrückte sich auf die Straßenseite, die ein Stück weit an einem Park entlangführte und auf der die Mädels offensichtlich Zigarettenpause machten.

„Mal 'ne Frage", sprach sie eine Raucherin an, die auf dem Sockel des Zauns saß, der die Grünanlage umgab.

„Verpiss Dir, blöde Tussi, sonst vergess ick mir!"
Jensen hielt der Brünetten ihren Ausweis vors Gesicht. Er war im trüben Licht der Straßenleuchte kaum zu lesen. Doch die Angesprochene kannte sich aus.
„Eh, die Sitte", grölte sie los und wollte weglaufen. Die Kommissarin hielt sie reaktionsschnell am Arm fest: „Richtig falsch. Mordkommission."
Die Frau wich zurück.
„Pfoten weg", bellte sie. „Ick will nischt mit Euch zu tun haben."
„Hören Sie", Jensen zog das Foto heraus, das die drei Frauen zeigte. „Kennen Sie eine davon?"
„Nee. Ick kenn niemand."
„Ansehen", verlangte sie, „bringt Sie nicht um."
„Weeß man's", schnaufte die Brünette trotzig.
Die Kommissarin war gewohnt, dass Kollaboration bei den Prostituierten verpönt war. Zu oft heuchlerisch pauschal als kriminell stigmatisiert, scheuten die gebrannten Kinder das Feuer.
„Jensen, Kriminalpolizei", stellte sie sich abgeklärt vor. „Es geht um den Mord an Ihrer Kollegin. Haben Sie sicher von gelesen."
„Kollegin... pah! Hier is jede der andern spinnefeind."
Trotz ihrer abfälligen Äußerung nahm sie die Fotografie und warf einen Blick drauf, schüttelte dann aber den Kopf. „Sind mir nie uffjefallen, die Tanten."
„Ich bin mir sicher, dass die hier angeschafft haben."
„Ick merk' mir nur Freier mit Kohle." Sie zögerte für

einen Moment, blickte der Kommissarin ins Gesicht, zeigte mit dem Arm die Straße entlang. „Frag'n Se mal Rachel. Oder Vanessa. Da hinten, wo die Reisebusse stehen."

Die Empfohlenen rauchten ebenfalls und reagierten ebenso zugeknöpft.

„Jeh mir bloß nich uff'n Senkel mit Dein Jequatsche. Bulle bleibt Bulle, is doch ejal, ob mit Muschi oder Pimmel", fertigte Vanessa sie prompt ab. „Wenn mir eener an de Karre pisst, kümmert's Euch doch ooch 'n Scheiß."

„Umlegen ist was Anderes, als an die Karre pinkeln", stellte Jensen trocken fest und hielt ihnen das Foto hin. „Liane", sie wackelte mit der Daumenkuppe über einem Kopf auf dem Bild, „die wurde ermordet."

„Vielleicht war se nich janz sauber?" meinte Vanessa. „Hat ihren Freiern Kohle jeklaut. Oder zuviel jequatscht über Sachen, die sie nischt anjehen."

„Sie kennen sie also?"

„Nee, nur Vermutung."

„Tratschen tötet niemand."

„Dein Wort in Jottes Jehör."

Rachel, die bislang geschwiegen hatte, bat die Kommissarin, ihr nochmal das Bild zu zeigen. Sie hielt es dicht vor die Augen, trat ein paar Schritte zur Seite, in den Lichtkegel der Laterne.

„Die", sie wies auf die Linke im Bild, „die kenn ick. Det is Nicole.«

„Nicole? Und weiter?"

„Hinternamen jibt's hier nich."
Nicole? Die Freundin?
„Und wo finde ich die?"
„Is weg. Ewig nich jesehen. Hat's Revier jewechselt, oder..."
„Oder, was?"
„Jeheiratet. Vielleicht 'n Dauerfreier mit dicke Marie, kann aber auch sein, dass Ihr sie längst kassiert und wegjesperrt habt."
„Wann war sie zuletzt hier?"
„Vor vier Wochen, vielleicht länger." Rachel warf ihre Kippe in den Rinnstein, holte Pfeffis aus der Umhängetasche, steckte zwei in den Mund. „Am besten Sie fragen Zlatko", flüsterte sie und verschloss sorgsam ihre Tasche.
„Zlatko?"
„Schutzengel", kicherte Vanessa und kratzte mit den Zeigefingern Anführungszeichen in die Luft. „Was sonst."
„Den finde ich wo?"
„Stevic", raunte Rachel giftig, „wahrscheinlich im feinen Grunewald. Aber janz jenau? Keene Ahnung."
Wie auf stilles Kommando stoben die Frauen hastig auf die andere Straßenseite.
Den Grund für den überstürzten Abgang vermutete die Kommissarin im Porsche Boxster, der hinter ihr die Oranienburger Straße entlang schlich und lautes Gedudel verbreitete. Nicole? Sie hörte den Groll von Lianes Mutter, erinnerte sich an Michels Gemunkel

und war überzeugt, dass Nicole und die Schneider hier Kaufkraft abgeschöpft hatten.

Hoffentlich war nicht nur ihr Wunsch der Vater des Gedankens! ‚Finde sie, nur dann weißt du es.' Astrid quälte sich auf schmalen, überfüllten Gehwegen zum S-Bahnhof, auf dem Bahnbedienstete gerade die Schilder *‚Marx-Engels-Platz'* durch neue ersetzten, auf denen *‚Hackescher Markt'* stand.

10

Der Kaffeeautomat brühte kollernd Elixier fürs Hirn, derweil die Chefin stolz ihre Trophäen herumzeigte, deren Quelle sie für sich behielt, stattdessen ausgiebig den Schwatz auf dem Strich schilderte.

„Streberin", stichelte Stoll, „als ob wir auf der Wurstsuppe hergeschwommen wären."

„Lass den Dummfug", fuhr ihn Linke an. „Bist Du heute mit Links aus dem Bett?"

„Liane Schneider", fuhr die Kommissarin schulterzuckend in ihrer Erläuterung der Fotos fort, „Nicole, vermutlich Tiffert, mit Madame X auf dem Kiez, wie man bei uns snacken würde. Abseits der Geschäftszeit, versteht sich. Abgelichtet etwa Anfang April."

Linke blätterte hektisch in seinem Zweitgedächtnis, kratzte sich verlegen am Hinterkopf, weil er seine Notiz nicht auf Anhieb fand.

„Frau Stein erwähnte den Namen Nicole Tiffert. Soll beste Freundin ihrer Tochter Liane gewesen sein", half ihm die Chefin auf die Sprünge, „und Zeuge Michel erwähnte gestern eine Nicole, die vorm Mauerfall zur Belegschaft des Grand-Hotels gehörte. Er wusste jedoch keinen Familiennamen. Ich denke, dass es sich jeweils um die gleiche Nicole handelt."

„Um deren Wohnadresse kümmere ich mich gleich", erbot sich Linke eilfertig.

„Warum so still, Herr Stoll", fragte die Chefin kühl, während sie Kaffee in die Pötte goss. „Was ist mit unserm Elektriker?"

„Die Immobilien-Susi bestätigt, dass er in der Nacht bei ihr war", blubberte er. „Ob er zwischendurch weg war, wusste sie nicht, zu fest geschlafen, sagte sie. Aber gemeinsam gefrühstückt hätten sie gegen elf Uhr vormittags."

„Elf Uhr? Sehr dünn!"

„Wie dünn?", fragte Stoll feindselig. „Die Zänker mit ihrer Villa im Westend steht nicht im Verdacht, ausgerechnet Menzel was zu schulden."

„Darum geht's nicht", stellte sie pampig fest. „Das ist alles Mögliche, nur kein Alibi! Der hätte nach neun Uhr noch genug Zeit gehabt, seine Frau umzubringen." Jensen entging nicht, dass Stoll genervt die Augen verdrehte. „Hat die Anfrage bei der Sitte was gebracht?" wechselte sie kurzerhand das Thema.

„Nicht die Bohne."

„Okay", entschied sie energisch, „Sie und Kellner tragen Infos zusammen, die uns über Zlatko Stevic vorliegen und wir, Herr Linke, fahren zu Frau Tiffert, sobald Sie deren Anschrift haben."

Allein mit sich im Zimmer, überlegte Jensen, welcher Affe Stoll heute gebissen hatte. Im Gegensatz zu ihr, wäre für ihn Menzels erneut geplatztes Alibi im Normalfall Wasser die Mühlen gewesen. Nur sie überzeugte es kaum mehr als vorher, dass er zum Doppelmörder taugt. Viel zu viele Unstimmigkeiten, keine Killer-Ausbildung, keine Tatortspuren.

Alles Wiederkäuen half nichts. Sie legte die Fotos vor sich auf den Tisch.

Wer ist die Dritte im Bunde? Sie sah, dass sie älter war als die beiden anderen, vor allem mondäner...

„Komisch", ohne Klopfen, stürmte Linke herein und riss sie aus ihren Gedanken. „Hauptwohnsitz der Tiffert, unverheiratet, Jahrgang wie die Schneider, ist laut Melderegister Leipzig-Mockau."

„Leipzig?" Sie sah ungläubig auf. „Und wieso dann hier auf dem Strich?"

„Besserer Tarif", Linke lachte. „In Prenzel-Berg hat sie lediglich eine Nebenwohnung. Und zwar im selben Haus wie Mutter und Bruder. Winsstraße 82."

„Gut, also auf, dann reden wir mit ihr."

Zur Winsstraße war es nicht weit, sozusagen gleich um die Ecke, doch die Greifswalder Straße war auswärts um die Mittagszeit reichlich verstopft. Froh, dass Linke am Steuer saß, nahm Jensen das Schleichen im Stau gelassen.

„Lernen Sie nebenher gleich mal Honeckers ehemaligen Dienstweg kennen", spottete Linke.

„Bei dem ging's bestimmt schneller."

„Hat die Stasi ja auch stets im voraus alles frei geräumt", erklärte Linke im Clinch mit einem Drängler.

„Apropos, haben Sie Kenntnis von Edelbordellen für Westkunden in Ihrem untergegangenen Arbeiterparadies?" fragte Jensen herausfordernd.

„Woher denn?" empörte sich Linke steif. „Denken Sie, ich hatte Freunde bei der Stasi?"

„Michel", warf sie lax hin und fügte hinzu: „Der Oberkellner machte gestern schwammige Andeutungen in der Richtung. Sie haben seine Aussage gelesen?"

„Noch nicht", gestand Linke verlegen, „war mit dem Katasteramt Königs-Wusterhausen beschäftigt."

„Lesen Sie das Protokoll und reiben der neidischen Schüler mal die Fotos unter die Nase."

Das Haus, in dem Nicole Tiffert wohnte, stand offen, besaß noch keine Gegensprechanlage. Linke prüfte die Hausbriefkästen, las laut Namensschilder: „M./B. Tiffert, hier zwei weiter rechts: N. Tiffert. Dritter Stock, falls richtig geordnet", schätzte er.

Im Treppenhaus roch es, als kochte jemand Essen. Jensen versuchte zu ergründen, ob Weißkohleintopf oder Erbsensuppe zubereitet wurde. Die Farbe an den Wänden, deren teils abblätterndes, verschmutztes Braun einst lichtes Beige vermuten ließ, das düstere, zerkratzte Eichenholz-Geländer, getragen von gedrechselten Säulen, versprühten marodes Flair, das sie depressiv stimmte.

Kurz zögernd hob sie den Metallbügel, der einem aus Messing gegossenen Löwenkopf im Maul hing. Das Klingeln blieb ungehört. Es rückte und rührte sich nichts.

Linke bedeutete ihr, etwas zur Seite zu treten, untersuchte das Türschloss und stellte fest, dass es beschädigt war. Das Schlossblech hing, unsachgemäß wieder befestigt, an nur drei Schrauben und der Schließzylinder schien unbrauchbar.

Feinfühlig ruckte er am Knauf. Die Tür sprang unversehens auf.

„War wieder wer schneller", ärgerte er sich. „Gleiches Muster wie bei Schneiders Wohnung."
„Und davon haben weder Mutter noch Bruder was mitbekommen?" fragte die Kommissarin rhetorisch. „Ich geh schnell mal runter..."
„Zeitvergeudung", bremste Linke sie. „Sehen Sie mal auf die Uhr, Chefin. Die sind jetzt bei der Arbeit."
In der Wohnung, ein Zimmer, Küche mit portabler Dusche und winzigem WC, empfing sie ähnliche Unordnung wie in Bungalow und Wohnung der Schneiders. Schubladen waren herausgezogen, der Inhalt lag auf dem Boden verstreut, ebenso wie Kleidungsstücke aus dem Schrank. Bettdecke und Sofaauflagen waren geschlitzt. Selbst die gusseisernen Türen von Feuerloch und Aschekasten des zimmerhohen Berliner Kachelofens standen offen.
Kein Meter Band, weder Video, noch Audio.
„Kassenzettel, Notizzettel", fragte sie verblüfft, „was in der Art gefunden?"
„Rein gar nichts", bestätigte Linke, der die Küche inspizierte. „Kein Schnipsel Papier, nicht mal im Abfall!"
Anders als im Bungalow wirkte das Kuddelmuddel hier nicht inszeniert und zum Glück gab es keine weitere Tote, dachte sie erleichtert und fühlte sich zugleich in der Überzeugung bestärkt, dass Menzel seine Finger dabei nicht im Spiel hatte.
Was wurde fieberhaft gesucht? Womit beabsichtigten die Frauen wen aufs Kreuz zu legen?

„Muss die Spusi sehen. Wird zwar nichts bringen, aber ich red mit Proll. Okay?" meinte Linke eifrig.
„Machen Sie, machen Sie", stimmte ihm die Chefin befremdet zu, weil ihr sein oft überflüssiges Rückversichern auf den Keks ging.
Auf dem Weg nach unten, klingelte er an jeder Wohnungstür. Zu seiner Überraschung öffnete im Parterre eine ältere Dame etwas verschlafen die Tür. Rasch sah er zum Namensschild.
„Hallo, Frau Freese. Linke, Kriminalpolizei." Er wies sich aus. „Wir suchen Frau Tiffert. Nicole Tiffert, genauer gesagt. Bei ihr wurde eingebrochen. Können Sie uns sagen, wo wir sie finden?"
Die Frau, deren feines Haar silbrig glänzte, altmodisch zum Dutt hochgesteckt war, der im Haarnetz steckte, blinzelte verdutzt durch ihre randlose Brille. „Nicole? Bestimmt zwei Wochen her, dass ich die zuletzt gesehen hab. Da fragen Sie mal besser ihre Mutter, die arbeitet drüben beim Stadtbezirk, direkt neben der Klinik." Bevor sie die Tür zuschlug, rief sie boshaft: „Die treibt sich doch dauernd nur in der Weltgeschichte rum."
„Und?" Linke spielte mit dem Autoschlüssel und sah seine Chefin fragend an, „besuchen wir Mutter Tiffert? Sind nur ein paar Schritte."
„Von mir aus. Ein bisschen frische Luft schadet keinem."
Während sie den kleinen Park durchquerten, der als grüne Barriere Krankenhaus und Bezirksverwaltung

vom Lärm auf der vierspurigen Danziger Straße abschirmte, roch Jensen den Duft herber Süße, der direkt aus der Erde zu quellen schien und ihr unverhofft ein lang vermisstes Glücksgefühl bescherte. Das frische Blattgrün an den Bäumen, sein Kontrast zu den pinkfarbenen Rhododendronblüten, stieß sie geradezu mit der Nase darauf, dass der Frühling allenthalben den Sommer wachküsste. Das fröhliche, zuweilen beruhigende Gezwitscher auf den Ästen, verscheuchte einer Musiktherapie gleich vorübergehend ihren schwelenden Kummer.

„Was ist so spektakulär, dass es diese verzweifelte Suche und selbst Morde rechtfertigt?" fragte sie in sich gekehrt. „Lässt mir einfach keine Ruhe, dass uns jede Idee fehlt."

„Vor allem sollten wir die Tiffert finden, bevor sie als Nächste auf Winklers Tisch landet", stellte Linke trocken fest. „Erpressung halte ich zugegeben nicht für völlig ausgeschlossen, aber für kaum wahrscheinlich. Solvente Kunden, die um Karriere oder Existenz fürchten müssen, falls man sie bloßstellt, bedienen sich selten am Straßenrand."

„Ist was dran", stimmte Jensen zu. „Übrigens meinte ich das mit den Edelpuffs vorhin nicht so persönlich, wie es offenbar rüberkam. Ich frage mich nur, ob wir Michels Gerüchte überhaupt mit zuverlässigen Information untermauern können?"

„Wenn, dann nur von der im Aufbau befindlichen Stasi-Unterlagenbehörde", hielt sich Linke bedeckt.

Das weiße Emaille-Schild an der Einfahrt zum weitläufigen Gelände zwischen Krankenhaus und Neubauten auf dem Areal des abgerissenen Gaswerks, war in Teilen mit Malerband überklebt, ‚*Prenzlauer Berg*‘ danach als einzig lesbarer Teil übriggeblieben.
„Der einwohnerstärkste Stadtbezirk hier im Osten und der einzige, der kein solides Rathaus besitzt", flachste er.
Die Information befand sich im ersten der mannigfachen, ockerfarbenen Klinkerhäuser. Sie wurde von zwei Damen betreut, die Zeitung lasen und ‚Service' vermutlich nicht zu buchstabieren wussten.
„Frau Tiffert. Würden Sie uns bitte sagen, wo wir sie finden?" erkundigte sich die Kommissarin leutselig.
„Nee", weigerte sich die Jüngere, die es nicht für nötig hielt, ihren Blick zu heben. „Besucherverkehr erst wieder ab halb Zwei."
„Neuer Versuch, hoffentlich richtige Antwort", strafte sie die Pampige süßlich ab. „Jensen, Kriminalpolizei. Wir müssen dringend Frau Tiffert sprechen."
„Abteilung Wohnungswesen, Haus 7, Zimmer 12", rasselte die Ältere, die sogleich aufsprang und fast ausschaute, als hätte sie Haltung angenommen.
„Entschuldigung", beeilte sich Linke zu erklären, als sie auf dem Wegweiser Ausschau nach Haus 7 hielten, „diese elende Duckmäuserei..., so sind hier nur noch wenige gestrickt."
„Alles gut, Herr Linke", beruhigte ihn Jensen maliziös, „ich bin nicht Heidkamp und Sie sind nicht für

das verkorkste Benehmen von Mitmenschen verantwortlich."

„Frau Tiffert? Hallo!" Sie öffnete die Tür und klopfte erst dann dreimal mit dem Knöchel des Zeigefingers gegen das Holz. „Jensen, Kripo, mein Kollege Linke, dürfen wir...?"

„Kommen Sie herein", die schmächtige Frau, schätzungsweise Anfang fünfzig, winkte ihnen zu. „Nehmen Sie Platz. Was kann ich für Sie tun?"

Die Kommissarin blieb bewusst stehen, fragte nüchtern: „Wir müssen dringend Ihre Tochter sprechen. Zuhause ist sie nicht. Ich hoffe, Sie wissen, wo wir sie finden können."

„Nicole...?" Ihre fahrigen Blicke maßen die Gesichter der Kriminalisten. „Hat sie wieder was angestellt?"

„Bitte, Frau Tiffert. Wo sie ist?" überging Linke ihre besorgte Gegenfrage. „Wann haben Sie zuletzt mit ihr gesprochen?"

Jensen beguckte indes die grauen Inseln in den kurzen, brünetten Haaren der Frau, wanderte mit den Augen zum vollen Aschenbecher auf ihrem Schreibtisch und kam zum Schluss, dass Probleme für sie nichts Besonderes darstellten.

„Jetzt am Wochenende, denke ich" erinnerte sie sich unsicher. „Da war sie kurz bei mir."

„Oben bei ihr waren Sie aber nicht?" vergewisserte sich Jensen vorwurfsvoll.

„Wozu denn", erwiderte sie abweisend. „Die kommt doch sowieso nur, wenn sie was will."

„Bei ihr wurde eingebrochen", stellte die Kommissarin verstimmt fest, „Haben Sie das nicht bemerkt?"
„Nein, wieso", behauptete Frau Tiffert, brannte sich nervös eine Zigarette an und mokierte sich danach säuerlich über die ihr unterstellte Gleichgültigkeit: „Ich weiß ja nicht, wie Ihr Tag aussieht, aber ich geh früh um Sieben aus dem Haus und komme, wenn's gut läuft, abends um Sechs nach Haus."
„Doch nicht am Wochenende..." raunte Jensen spitz.
„Dass Nicoles beste Freundin ermordet worden ist, wissen Sie aber schon?" platzte Linke überraschend in den blauen Dunst, der im Zimmer schwebte.
„Ja. Habe ich gelesen."
„Und? Sie haben Nicole wirklich dieses Wochenende gesehen und nicht an dem davor, als der Mord geschah?" bedrängte Linke sie. „Es deutet nämlich einiges daraufhin, dass sie danach untergetaucht ist."
„Weiß nicht", wich Frau Tiffert aus. „Vielleicht ist sie nach Leipzig, um sich die Bude dort vom Hals zu schaffen."
„Sie wissen, dass Ihre Tochter auf den Strich geht?" fragte die Kommissarin ärgerlich. „Und dass sie womöglich in Lebensgefahr schwebt, interessiert Sie das auch nicht wirklich?"
Frau Tiffert strafte sie mit bitterbösen Blicken.
„Nichts wusste ich. Erfuhr es erst aus der Zeitung", stieß sie nach zweimaligem Schlucken bitter hervor. „War nie anders. Ein Ei und ein Kuchen die beiden."
„Aha!"

„Nichts aha", ereiferte sie sich aufgelöst, „bis mein Mann aus heiterem Himmel tot umgefallen ist, haben Steins und wir im gleichen Haus gewohnt. Von Kindesbeinen an haben sich die Mädchen gegenseitig hochgeschaukelt mit ihren Rosinen im Kopf."
„Hörten wir, nur Lianes Mutter meinte, Nicole hätte schlechten Einfluss auf ihre Tochter ausgeübt", warf Jensen schnippisch ein.
„Hilde?" schimpfte Frau Tiffert. „Die hat's nötig. Die hat ihren Mann vergrault, Liane in Vorschriften ersäuft und jetzt will sie behaupten, meine Tochter sei der falsche Umgang für ihren Sonnenschein gewesen? Soweit kommt's noch." Frau Tiffert zupfte fusselig an der Zigarettenschachtel, legte sie jedoch wieder beiseite und fragte dann: „Möchten Sie Kaffee?"
„Danke, wird zu viel", lehnten die Kommissare unisono ab.
„Die Hotellerie hat sie versaut, so sieht's aus", griff Frau Tiffert ihren Faden wieder auf. „Meinten irgendwann, sie müssten auf großem Fuß leben wie ihre arrivierten Gäste. Haben dauernd mit irgendwelchen Kerlen gebumst, in der kindischen Hoffnung, dass sie einer von denen im Koffer mit in den goldenen Westen schleppt."
„Liane und Nicole haben neben ihrem Job mit Gästen geschlafen?" fragte Jensen ganz vorsichtig. „Und das wissen Sie genau?"
„Ich glaube nicht, dass ihre Chefs davon was wussten", behauptete Frau Tiffert.

„Das klingt mir dann aber doch sehr naiv für Ihren Staat."

Sie warf Linke einen erstaunten Blick zu.

„Falls sich Ihre Tochter doch bei Ihnen meldet, rufen Sie uns bitte sofort an", bat Linke und schob ihr eine Visitenkarte auf den Tisch. „Hier ist die Nummer."

„Wird sie nicht", Frau Tiffert sah mit feuchten Augen aus dem Fenster, das sich dringend nach einem Stück Lederlappen sehnte. „Siebenundachtzig ist sie Knall und Fall nach Leipzig. Drei Jahre haben wir kein Wort von ihr gehört. Und jetzt, im Januar steht sie plötzlich vor der Tür, angeblich arbeitslos und bettelt mich um eine Wohnung an..."

11

„Mir langt's bis hier hin", schimpfte die Chefin, zurück im Präsidium, hielt die rechte Hand waagerecht in Höhe der Unterlippe. „Noch eine verwüstete Bude, kein Einfall, was eigentlich läuft, Nicoles dickfellige Mutter. Wird langsam das Papier knapp für die Liste von Flops." Sie setzte sich und fuhr missgelaunt fort: „Ein Zuhälter als letzter Strohhalm, um die Tiffert zu finden, das muss man erst verdauen." Sie sah bettelnd zu Stoll und Kellner: „Haben Sie denn was über den Knaben, das uns weiterbringt?"
„Zwei Knaben", murmelte Kellner kryptisch. „Brüder. Mirko und Zlatko. Vater gibt's auch. Ich schenk mir die Litanei der Tatbestände, wegen denen gegen sie ermittelt wird: Drogendelikte, illegales Glücksspiel, Zuhälterei. Suchen Sie sich das Beste aus. Ambivalent. Müssen ganz weit oben gute Freunde haben."
„Geht's verständlicher?"
„Kellner meint, dass die Familie blitzsaubere Firmen als Fassade betreibt: Reisebüros, Kneipen, Automatenbuden", erläuterte Stoll betont schnörkellos. „OK, Suchtbullen, Sitte, alle sitzen denen im Nacken. Beweislage mehr als dürftig. Nicht die Krume, die für eine Razzia, geschweige denn für Haftbefehle reichen würde."
„Ich muss unbedingt mit Zlatko reden. Mir geht's um die Tiffert", stellte die Chefin klar. „Ich will Mirko nicht verhaften. Das überlass ich gern den anderen."

„Das Drogendezernat hat Stevic, soviel ich weiß, ein Kuckucksei untergejubelt", rückte Kellner raus, als beginge er Landesverrat. „KHK Drews ermittelt verdeckt. Könnte sein, dass der eine zündende Idee hat, wie man ohne Brimbamborium an den Kleinen rankommt, falls Heidkamp mitspielt."
„Carsten Drews?" Jensen horchte auf. „Den kenn ich. Quali, Hamburger Akademie. Muss zwei, drei Jahre her sein."
Sie erinnerte sich, untermalt von erhöhter Pulsfrequenz, an den charmanten Draufgänger, der ihr die ganze Woche nicht von der Pelle gewichen und ihr so gar nicht gleichgültig gewesen war. Letztlich hatte sie ihr Prinzip aber doch eisern verteidigt: Keine Kollegen!
Flugs rief sie Heidkamp an. *Gehe nicht zu deinem Fürst, solang du nicht gerufen wirst*, zitierte sie ironisch. Offenbar selbstsüchtig motiviert, lehnte sich Heidkamp aus dem Fenster und gab grünes Licht, Drews zu kontaktieren.
Seit wann segnete der Oberrat widerspruchslos ihre Vorschläge ab? Sie war baff, ahnte jedoch, dass der Oberrat vermutlich die Absicht verfolgte, Erfolgsdefizite durch energische Betriebsamkeit vor Senator und Polizeiführung zu verschleiern. Du musst dich schon entscheiden, ermahnte sie sich, ob du an ihm oder an deinem Vorschlag zweifeln willst...
Man konnte ja nie wissen..., überlegte sie, mit sich allein im Zimmer.

Wie traf man sich am geschicktesten, ohne den Partner in Gefahr zu bringen? Lianes Reisetasche fiel ihr ein, die noch bei Proll, vielleicht sogar schon bei den Asservaten stand.

Aufgebrezelt wie Liane und Nicole, vermutlich Abend für Abend... Sie stockte, ein fieser Stich piesackte sie unterm linken Rippenbogen.

„Herr Linke", rief sie lautstark, schnappte ihre Handtasche.

Linkes Miene glich einem großen Fragezeichen, als er behutsam die Tür öffnete.

„Entschuldigen Sie den Krawall", bat sie lächelnd, „nur zu Ihrer Information, ich geh jetzt ins Apartment und treffe heute Abend mit höchstem Segen diesen Drews. Ich muss an Zlatko ran. Sie verstehen! Aber ohne Kollegen ins Handwerk zu pfuschen."

Ihr vorübergehendes Domizil, nur wenige Schritte vom Präsidium entfernt, sah wenig einladend, ja geradezu provisorisch aus.

Ein paar Möbel, die mit ihr aus Hamburg angereist waren, standen in der Diele, verstellten fast den Zugang zum Zimmer, das zwar groß und sonnig war, aber bislang nur Couchgarnitur und Fernseher beherbergte.

Ihr Leben außerhalb des Dienstes, soweit die Rede davon sein konnte, spielte sich in der Küche ab. Morgens ein paar Bissen im Stehen und am Abend: Wahlweise Büchsensuppe oder Mikrowelle, dann Sofa.

Ihre Wohnungssuche war durch den Fall im Keim erstickt worden. Oberbekleidung lag gestapelt auf einer Decke, Geschirr und alles, was sie sonst mitgebracht hatte, harrte verpackt in Kartons aus.

Was würde Vater wohl sagen, wenn er sie in diesem Zimmer sähe?

Sie übergoss zwei Beutel Schwarztee mit kochendem Wasser, schnitt ein Brötchen auf, das hier Schrippe hieß, strich erst Butter, dann Leberwurst drauf.

Hatte sie sich dafür nach Berlin zurückgesehnt? Die alte Zuneigung wollte partout nicht zurückkehren. Sie lebte allein wie Robinson auf seiner Insel, und wenn sie hier im Sessel saß, sprang sie nur Stille an. Sie war mit Elan gekommen, dem Willen, ihr Ding zu machen. Und was war nach wenigen Tagen daraus geworden? Sie spürte Verunsicherung, verfluchte die von Heidkamp gepredigte Distanz, merkte, wie Misserfolg kleinmütig, mitunter sogar ruppig machte und wünschte sich mehr Teamspirit.

Aber konnte sie Linke und Stoll ernsthaft verübeln, dass sie Vorsicht für die Mutter der Porzellankiste hielten? Vielleicht glaubte man im Hause gar, sie wäre als Spitzel des Oberrats eingestellt worden.

Passendes Outfit, die richtige Tünche auf der Fratze, alles, was sie bei der Sitte gelernt, was sich hin und wieder als erfolgversprechend erwiesen hatte, tat sie sich an. Drews Mitstreiter hatten ihr den heißen Tipp mit auf den Weg gegeben, ihn in einem unscheinbaren Klub namens ‚King George' an der Bezirksgrenze zwischen Schöneberg und Charlottenburg zu treffen. Die geografischen Grenzen des Hamburger Amüsements waren in ihrem Kopf klar umrissen. In Berlin dagegen zerfiel alles. Es gab entsprechende Treffs in allen Stadtteilen und selbst die, die sich tagein tagaus damit beschäftigten, wussten nie genau, wo gerade welche Musik spielte. In Hamburg vögelt die Welt, in Berlin wohl eher die osteuropäische Unterwelt, spottete sie in Gedanken.

Nach acht Uhr, die Abendsonne stand tief am locker bewölkten Himmel, zog sie los, um Drews zu treffen. Der glutrote Ball, ein Segment vom Flachdach des Volkspalastes verdeckt, wirkte fremd, von orange bis violett gefärbt, fast künstlich und zwang sie zum Blinzeln.

Im ‚King George' traf sich „Geraldine" Michels Szene. Sie fühlte sich verarscht. Ernüchtert zog sie weiter, bis sie von ihren schmerzenden Füßen überzeugt, sich in einer Taxe zur Joachimstaler Straße bringen ließ. Sieben Spelunken der City West abgeklappert, Blasen an den Füßen, mit dummen Sprüchen zugetextet, frustriert, hing sie anderthalb Stunden später am Tresen der ‚Ritze' in der Kantstraße und fragte sich, was sie nun wieder falsch gemacht hatte.

„Na Süße, Bordeaux, Merlot oder Pinot?" flüsterte ihr plötzlich jemand ins Ohr.

Hauptkommissar Drews, der Schimanski ein wenig ähnelte und von dem es gerüchteweise hieß, er läge der Internen seit langem wie ein Stein im Magen, stand neben ihr. „Die Kreativität der Sitte ist immer wieder herzerfrischend."

„Eros-Politesse passé", maulte Astrid lahm. „Bin jetzt MUK, am Alex."

„Geil", staunte Drews, „Ham' se olle Paul noch richtig die Pension versüßt und ihm ein fesches Bonbon ins Nest gelegt."

„Blödmann. Danke, dass ich jetzt wenigstens weiß, dass der selbstzufriedene Arsch mit Vornamen Paul heißt", Astrid kicherte zickig. „Und Du? Uferseite gewechselt? Oder wieso hetzen mich Deine Jungs zu den Schwulen?"

„Weil sie sonst nichts zu lachen haben."

„Okay. Dann bestell ihnen schöne Grüße und sie sollen schon mal anfangen, Schmerzensgeld für meine lädierten Füße zu sammeln."

Sie verzogen sich an einen Ecktisch in der Nähe des Fensters und Drews bestellte artig zwei Schoppen Pinot.

„Wernsdorf. Die sogenannten *Landhaus-Morde* vor zehn Tagen, sagt Dir das was?" fragte ihn Astrid ohne Umschweife.

„Hab davon gehört, ja."

„Mein erster Fall", sie schob ihre Rechte in ihre Umhängetasche und lupfte eins von Christians Bildern an. „Liane Schneider, die hier, ist eins der Opfer und das ist Nicole Tiffert, ihre Freundin. Waren beide an der Oranienburger Straße unterwegs. Ihr Schutzengel soll der jüngere Stevic sein, erzählte man mir."

„Zlatko? Tatsächlich?" bemerkte Drews verächtlich. „Für den läuft nicht mal die eigene Nase. Mirko ist der Macher, der große Bruder. Der hier", er warf zwei Bilder auf den Tisch. „Versucht gerade Italiener aus dem Koksgeschäft zu drängen. Du weißt, was das bedeutet."

„Alles schick", stoppte Astrid seinen Enthusiasmus. „Pass auf, die beiden Weiber haben was laufen. Was, ist mir noch nicht wirklich klar. Ich bin mir nur sicher, dass Nicole nach dem Mord an ihrer Freundin untergetaucht und Stevic meine einzige Option ist, sie zu finden, bevor... "

„Komm runter", riet ihr Drews. „Was ist, wenn der kleine Sack mit im Sandkasten spielt? Annimmt, dass er um Schotter geprellt wird? Wieso sollte der Dir helfen?"

„Wer wagt, kann verlieren. Wer nichts wagt, hat bereits verloren."

„Originelle Auslegung der Akademie-Taktiker."

„Mann, Drews, mir brennt die Zeit unter den Nägeln", bettelte Astrid mit Barbie-Augen. „Ich such nach Nicole, weil sie mir richtig Mäuse schuldet. Wäre doch glaubhaft, oder?"

„Okay, okay, überredet."

Drews kannte die Szene wie seine Westentasche, kannte die Stammkneipe der Stevic Brüder, eine verrauchte Kaschemme in der Augsburger Straße, zu der er mit ihr fuhr, nachdem er ihr schamlos beim Zahlen zugesehen hatte.

„Zlatko?" flüsterte Drews dem Hageren zu, der zwischen den Eingangstüren wachte und tippte lässig gegen Astrids Oberarm. „Müssen dringend reden."
„Nische", raunte der Bodyguard einsilbig.
Drews steuerte, Astrid im Schlepptau, geradewegs auf einen Tisch zwischen Tresen und Billardzimmer zu, an dem ein dunkel gelocktes Jungchen saß und verträumt auf sein Bierglas starrte.
„Wat hast Du denn für 'ne geile Suse aufgerissen?" spreizte sich Stevic wie ein Pfau, als er sie kommen sah.
„Astrid", warf Drews trocken hin, „Schulde ihr einen Gefallen."
„Ach? Und welchen?"
„Sie sucht eine Nicole, die ihr richtig Kohle schuldet. Zwei Miezen haben ihr den Tipp gegeben, dass Du die kennst."
„Die quatschen alle zu viel", spielte Stevic sich impulsiv auf. „Wieviel?"
„Fünf Riesen." Astrid musste sich zwingen, in ihrer lang nicht gespielten Rolle, kein Misstrauen zu erregen.
„Bleib cool, eh", beschwichtigte Drews den Kroaten. „Fünf Riesen sind für Dich auch kein Pappenstiel..."
„Wär ja alles nicht so wild", plapperte Astrid. „Aber die Tussi, mit der Nicole dauernd rumhing, ist ja nu..." Sie bewegte die flach ausgestreckte, rechte Hand horizontal vorm Hals. „Und ehe mein Kies janz im Eimer is..."

„Schulfreundinnen, ick weeß. Nette Mädels", geriet Stevic ins Schwärmen. „Nicole hab ick in so 'ner kleinen Espressoschmiede angequatscht und die hat irgendwann ihre Kumpeline mitgebracht. Die haben's drauf", er grinste abfällig. „Die müssen det schon jeübt haben, als im Osten noch alles geradestand. Na ja, und als sie dann ein Plätzchen suchten, habe ich sie auf der Oranienburger eingeführt", schwatzte er eitel und schob seine leere Tulpe zur Befüllung auf den Tresen. „Alles Scheiße, Leute", fuhr er unflätig fort, nahm einen Zug vom frisch Gezapftem und wischte sich mit dem Handrücken über den Mund. „Is nicht so einfach mit Nicole, hat mein Bruder die Hand drauf. Die sonnt ihren niedlichen Hintern auf seiner Hollywood-Schaukel, jedenfalls hat sie das vorgestern."
Sowie ich hier raus bin, überlegte Astrid fieberhaft, jage ich Linke mit Verstärkung zur Stevic-Villa nach Dahlem, um Nicole rauszuholen, egal wie...
„Bestell ihr, wenn Du bei Mirko bist, dass sie den Kies rüberschieben soll, und alles ist in Butter", schlug ihm Drews abgebrüht vor
„Kann nicht einfach zu ihm rennen, wie's mir passt", polterte Stevic sauer.
Astrid kramte verschämt Zettel und Stift aus ihrer Tasche, notierte ihre private Rufnummer.
„Nicole soll mich anrufen. Null Problem."
„Alles Klärchen beim Bärchen", versprach Stevic. „Ich versuche mein Bestes."

„Okay, Alter. Wir sehen uns. Bis demnächst... Weißt schon", Drews stand hastig auf und hielt Stevic die Hand hin.

„Ladies first", spielte sich Stevic albern auf. „Hat mich sehr gefreut."

„Danke", nuschelte Astrid verschämt. Sie konnte gar nicht so schnell zur Tür laufen, wie sie sich nach Luft sehnte. Kaum aus der Tür, atmete Drews ebenfalls tief durch und fragte verschmitzt: „Und? Zufrieden?"

„Ich weiß, wo wir sie finden. Was will ich mehr."

„Alibi vom kleinen Wichser solltet ihr aber im Blick behalten."

„Sag mal, kann es sein, dass Du mich für völlig beknackt hältst?" Astrid drückte ihn kurz. „Danke."

Sie erwischte sofort ein Taxi, plumpste erleichtert auf den Beifahrersitz.

„In welchet Etablissement soll's denn jehen?", fragte der Fahrer, während er sie musterte, als zweifelte er an ihrer Bonität.

„Mollstraße, Präsidium", antwortete sie abwesend.

„Himmelswillen, Mädel, hab'n se Dir etwa...", fragte der Dicke hinterm Lenkrad mitfühlend.

„Nein, ich wohne da..." erwiderte sie treuherzig und bestaunte sein ungläubiges Gesicht im Innenspiegel, als befürchte er einen Kolbenfresser.

Stevics Kommentar zu Nicole und Liane, lag auf einer Linie mit Michels Vermutungen, Dagmer Schülers Anspielungen und Frau Tifferts Behauptungen.

Was für sie einmal mehr bestätigte, dass die Frauen nie ein biederes, angepasstes Leben führten. So sah es aus.

Interhotel, Events, Messen, Promi-Betreuung, lag darin der Schlüssel, besser der Urknall dieses kniffeligen Falles? Jetzt, ohne Job, mit dem Rücken zur Wand, wollten sie mit aller Macht raus aus ihrer Misere.

Womit? Wohin führte das?

Laut Stoll und Kellner gab es weder bei der Sitte was über sie und auch keine aktuellen Fälle erpresster Freier. Menzel war als Verdächtiger so gut wie weg vom Fenster und seine Frau auf tragische Weise Opfer ihrer Neugier geworden.

Was um Himmels willen kam auf sie zu?

12

Todmüde quälte sich Jensen kurz nach Anbruch der Geisterstunde vorm Apartmenthaus aus der Taxe.
Bloß raus aus der Verkleidung, dachte sie geschafft.
Schleierhaft, wie man das aushielt, acht oder mehr Stunden.
Der sternenglitzernde Himmel, der dem städtischen Licht-Smog trotzte, das flüsternde Wasser des Brunnens, das Angst zu haben schien, die Nachtruhe zu stören, die seidige Luft, die sich anschmiegte wie ein junges Kätzchen, all das war ihr schnuppe.
Sie steuerte schnurstracks auf den Eingang zu.
Aufatmend schloss sie die Wohnungstür hinter sich, pellte sich aus der lästigen Kostümierung und freute sich diebisch auf ihre Kuscheldecke nach einem heißen Brausebad.
Den ersten Fuß in der Dusche, die rechte Hand am Wasserhahn, klingelte das Telefon.
Nicole? Das ging aber rasch!
„Einsatz, Chefin", meldete sich Linke unerwartet am anderen Ende, der klang, wie aus dem ersten Schlaf gerissen. „Tote im Café an der Oranienburger Straße. Bin in fünfzehn Minuten da?"
„Ja, ja", stimmte sie verstört zu. „Ich warte unten."
Bislang unbemerkt, sah sie erst jetzt, dass der Anrufbeantworter blinkte.
Zögerlich drückte sie die Taste, weil sie uneins mit sich war, ob sie überhaupt noch weitere schlechte Nachrichten hören wollte.

Ein Lachen erklang, gehässig, bösartig, fast satanisch. War das Ding im Eimer? Was sollte das?
Sie ließ das Band zurücklaufen.
Keine anklagende, beleidigende oder drohende Silbe, nur dieses eklige Lachen...
Stevic? Jemand aus seiner Clique? Jensen bereute, ihm den Zettel mit ihrer Telefonnummer gegeben zu haben. Doch was hätte sie anderes tun sollen?
Sie warf Top und Bluse über, schlüpfte in Jeans und schnürte die Turnschuhe. Weich in den Knien, holte sie ihre Pistole aus dem Bettkasten, schob ein volles Magazin ein, lud durch und sicherte. Im Vorbeigehen genehmigte sie sich in der Küche einen Kaffee türkisch zur Wiederbelebung.
Linke stand bereits mit dem Golf vorm Haus, als sie aus der Tür trat.
„*Papillon* heißt die Budike. Sagt mir zwar nichts, ist aber kein Kriterium", setzte er sie grußlos in Kenntnis. „Winkler, Spusi und Thorsten sind schon vor Ort."
Ihre Fahrt zur Oranienburger Straße dauerte kaum mehr als fünf Minuten. Nachdem Linke sich um einen Funkwagen herumgedrängt hatte, hielt er kurz vor der Einmündung der Linienstraße. Gegenüber der Ruine, an der ‚*Haus der Technik*' stand, rangelten Punks, Alternative und verkannte Künstler mit Einsatzkräften. Vor dem ‚*Papillon*' irrte eine Menschentraube aufgescheucht unter den Schirmen auf dem Gehweg hin und her.

Rigoros kämpften sich Jensen und Linke durch die Passanten. Mitten im Eingang zum Gastraum stand ein Uniformierter wie Zerberus vor der Höllenpforte.

„Gehen Sie weiter, halten Sie den Zugang frei", verlangte er finster.

„Kriminalpolizei Jensen, mein Kollege Linke." Die Kommissarin hielt ihren Ausweis hoch.

„Hinten rechts. Damentoilette."

Das Opfer lag in der ersten Kabine, eine Hand an der Keramik, als ob sie sich hochziehen wollte. Das, was vom Hinterkopf übrig war, schwamm in einer Blutlache.

Jensen brauchte weder Stoll, noch Winkler, noch Proll zu fragen, um zu wissen, dass die Tote Nicole Tiffert war. Hübsches Gesicht, noch im Tod. Selbst das Loch mitten auf ihrer Stirn sah im trüben Licht aus wie das Zeichen einer indischen Devadasi.

Reglos stand sie am Eingang zum WC und grübelte sich durch das Debakel.

„Professionell", stellte Winkler mitgenommen fest, der unversehens hinter ihr stand.

Sie hätte dem Doktor des Hals umdrehen können für dieses ekelhafte Wort!

„Wann?" wollte sie wissen, blass, weil sie sich für ihr Versagen hasste.

„Der Notruf kam zirka eine Viertelstunde vor Mitternacht", erklärte Winkler leise. Bedächtig fügte er an: „Die Frau wurde nicht ermordet, sondern hingerichtet."

„Wir waren so nah dran, verdammt", murmelte Jensen und trat wutentbrannt gegen den Abfalleimer für die Binden, der scheppernd quer durch den Raum in die Fensterecke rutschte.

Das kreisrunde Loch in Nicoles Stirn sprach Bände. Flink, lautlos, spurlos. Fast geometrisch genau teilte das Einschussloch die Stirn in zwei Hälften.

Der Schakal, Edward Fox... Trotz ihres Leids lächelte sie für einen Moment. Wäre es doch nur Kino...

Proll gesellte sich zu ihr: „Raub scheidet aus, Chefin", er wies auf den leblosen Körper. „Sie hatte Papiere bei sich, Bargeld, Ringe, Goldkette mit brillantbesetztem Anhänger."

Die Kommissarin schwieg. An Raub hätte sie sowieso nie gedacht.

„Waffe?" wollte sie einsilbig wissen.

„Kaliber 9 mm", er wedelte mit dem Plastiktütchen vor ihrer Nase, in dem sich die Hülse befand. „Überheblich oder unbeleckt, der Typ. Kyrillische Schriftzeichen auf dem Boden der Hülse, lassen mich intuitiv Makarow vermuten. Jahrzehnte Standard zwischen Moskau und Berlin. Auch mit Schalldämpfer."

Jensen ging missmutig in den Gastraum zurück und erklomm aufgewühlt einen Barhocker an der Theke.

Hinrichtung... Im WC eines geöffneten Cafés, mitten in Berlin! Ungeheuerlich... Beinahe unter den Augen der Polizei.

Womit hatten Liane und Nicole diese Katastrophe heraufbeschworen?

Dem Täter ging es nicht nur darum, seinen Auftraggebern lästigen Ärger zu ersparen, überlegte sie, sondern auch darum, von Zeitdruck unbeeindruckt, sie und ihr Team vorzuführen.
Eine Warnung... Verdammt...
Die Seele vom ‚*Papillon*' trank hinter dem Tresen rabenschwarzen Mokka, der aufmuntern sollte, und bot der Kommissarin eine Zigarette an.
„Nein, danke." lehnte sie ab, bat aber um eine Tasse Kaffee und fragte abwesend: „Sie sind?"
„Lützow. Inhaberin. Eigentlich Susanne, aber hier nennen mich alle nur Susi."
Proll hatte das Lokal rigoros geschlossen. Nur hinter der Theke flackerten ein paar Lämpchen.
„Nicki ist kurz nach Zehn rein", erzählte Susi traurig, „hat ein Käffchen bestellt und gleich gezahlt."
„Ich hörte, sie hätte sich seit Wochen nicht blicken lassen, wäre nach dem Mord an ihrer Freundin abgetaucht", flocht Jensen nachdenklich ein.
„Stimmt", bestätigte Susi. „Sie war lange nicht da. War auch ganz anders als sonst. Hatte richtig die große Flatter."
„Heißt was?" wollte die Kommissarin wissen, deren Lebensgeister vom Espresso reanimiert wurden.
„Ihre Stimme klang zittrig. Dachte erst, sie wäre wieder auf Droge. Aber das war pure Angst. Guckte fast panisch, als würde ihr der Teufel im Nacken sitzen. Hat gewartet, so sah es jedenfalls aus, wusste anscheinend nur nicht, auf wen. Irgendwie habe ich sie

danach aus den Augen verloren und geglaubt, sie wäre gegangen." Susi nippte. Die Kommissarin bestaunte indes deren fotografisches Gedächtnis.
„Wer hat Nicole gefunden?"
„Die Frau, die mit dem Dunkelhaarigen spricht", sie zeigte auf Linke. „Sie kam völlig aufgelöst die Stufen runter gesaust. Und ich rief dann gleich die 110 an."
„Do you have seen anybody on the way to the lavatories?" hörte die Chefin im selben Moment Linke am nahen Tisch die asiatische Touristin fragen.
Sie stutzte, drehte sich zu Susi: „Ist Ihnen eventuell jemand aufgefallen, der aussah, als suchte er Kontakt zu ihr?"
„Um die Zeit ist hier die Hölle los", Susi war anzumerken, wie sie in ihrem Gedächtnis kramte. „Kino und Theater sind zu Ende, auf dem Strich ist Hektik, da ist kaum Luft." Sie schenkte zwei Cognac ein und stellte die Gläser auf die Theke. „Die meisten Gäste saßen draußen und ich war am Rennen", fuhr sie fort. „Nicki saß drüben am Fenster. Außer ihr waren nur vier, fünf Figuren hier drin. Sie hob ihr Glas: „Na dann Prost, Frau Polizistin, Susi."
„Astrid. Prost."
„Scheißjob hast Du Dir ausgesucht."
„Es gibt keinen nur mit Sonnenseiten."
„Aber dauernd miese Typen jagen? Kein Bock drauf!"
„Wenn die kommen und Schutzgeld von Dir wollen oder den Laden zertrümmern, falls Du auf stur schaltest, siehst Du das anders, glaub's mir."

„Jetzt hab ich's", platzte Susi raus. „Am Nebentisch von Nicki saß ein Pärchen. Zwei Cappuccino. Rechts von der Tür ein eitler Sack, der überhaupt nicht hierher passte. Und am Tresen kippten zwei Kroaten, vielleicht auch Serben, jeder ein Pils hinter."
„Wow", staunte Astrid, „jetzt hast Du's mir aber gezeigt." Sie leerte ihr Glas zu hastig und erlitt prompt einen Hustenanfall. „Der Schnösel, kannst Du den genauer beschreiben?"
„Stattlich, Anzug, smart, charmant, Haare helles Mittelblond. Bestimmt Mercedes S-Klasse. Habe ich hier nicht so oft, weißt Du."
Susi holte erneut den Cognac unterm Tresen vor und flachste: „Na, willst Du nicht doch lieber eine Kneipe oder Boutique aufmachen?"
„Schön wär's", Astrid lächelte schwach. „Aber jeder tut, was er gelernt hat."
„Gelernt? Kann man Bulle lernen?"
Jensen zuckte mit den Schultern.
„Langt für heute", sagte Susi und bewegte ihre Zehen fast gymnastisch in den Sommerlatschen.
„Kann man so sagen", pflichtete sie ihr bei.
Als die Spurensicherung das ‚*Papillon*' verließ, Linke und Stoll die Gäste befragt und ihre Anschriften notiert hatten, zeigte die Uhr halb drei in der Frühe.
Jensen schickte Linke und Stoll mit dem Golf nach Hause und bat Susi, ihr ein Taxi zu rufen. Selbst den kurzen Weg bis in die Mollstraße wollte sie ihren Füßen trotz lauer Nacht heute nicht mehr zumuten.

Nahe der Weinmeisterstraße fiel ihr ein Mercedes auf, der dem Taxi, das sie ins Bett bringen sollte, unablässig am Kofferraum klebte.
Schwarzer E 220 mit Berliner Kennzeichen.
Es war nicht so sehr die Karosse, die sie aufmerksam machte, sondern eher das stylisch, blasierte Insassenduo. Gelangweilte, smarte Typen...
Sie erkannte ihre Schweine am Gang, dafür war sie lange genug dabei. Glaubte Heidkamp, sie im Blick behalten zu müssen? War sie dabei, irgendwelchen Diensten auf die Zehen zu treten?

13

Jensen ahnte, dass dieser Tag einer der schwärzesten ihrer Karriere werden würde.

Es fiel ihr unsagbar schwer, aufzuwachen. Am liebsten wäre sie im Bett geblieben, hätte sich die Decke über den Kopf gezogen, frei nach der Maxime: Was ich nicht sehe, das existiert nicht.

Reizende Vorstellung...

Leider gab es gegen elf Uhr keinen Grund mehr, das Verlassen ihrer vier Wände hinauszuzögern.

Auf dem kurzen Fußweg ins Epizentrum des Bebens, schrien ihr die Blätter aller Provenienzen entgegen: *'Mord! Prostituierte niedergeschossen – Polizei hilflos'.*

In seltener Einigkeit kritisierte die Boulevardpresse ironisch bis sarkastisch, dass sich die Berliner Polizei, ausgenommen in Straßenschlachten mit Hausbesetzern, derzeit durch strukturelle Querelen und Lethargie hervortue.

Blass und übel gelaunt querte Jensen das Foyer und trat in den Paternoster. Sicher erwartete Heidkamp sie bereits stocksauer. Eine Kollegin von der Sitte sprang im letzten Moment mit auf und verscheuchte kurz ihre finsteren Ahnungen: „Hallo, Frau Doktor Jensen. Wir haben übrigens Akten zurück bis Anfang der Achtziger geprüft, Ihre Prostituierte ist weder unter Stein, noch unter Schneider je aktenkundig geworden."

„Danke für die Info", rang sich Jensen mühsam ab, bevor sie ausstieg.

„Rapport, Chefin", rief ihr Linke gereizt zu, als er sie kommen sah, piekte mit dem Stift Löcher in die Luft, hin zur Wand.
Sie machte auf der Stelle kehrt.
„Ich habe mein Fett vom Innensenator bereits weg", nuschelte Heidkamp grußlos, dem seine beabsichtigte Standpauke im Sitzen unangemessen erschien.
„Obwohl Ihre Babysitter jeden meiner Schritte zählen?" konterte die Kommissarin schroff. Ihre Augen funkelten zornig.
„Wie meinen?"
„Wer sonst sollte mich sonst beschatten lassen?"
„Beschatten lassen? Ich? Sie? Wo denken Sie hin, liebe Frau Doktor." Heidkamp glotzte, als wäre ihm das abwesende Monokel in den Salat gefallen. „Hätte ich nicht auseichend entbehrlichen Ärger mit Ihnen, würde ich das glatt als Kompliment werten."
Jensen beschrieb ihm den Wagen mit den gelangweilten Insassen.
„Waren vermutlich Luden, die um ihre Miezen fürchteten", redete der Oberrat ihre Beobachtung klein.
„Und wie soll ich das verstehen?" Sie spielte ihm die Kassette aus dem Anrufbeantworter mit dem Diktafon vor, das sie aus ihrer Handtasche holte.
„Herrgott, Versuche, Polizeibeamte einzuschüchtern sind doch nicht neu im Milieu. Ich denke, das wissen Sie."
„Frage ist, ob es von dort kommt."
„Soll heißen...?" Heidkamp lupfte die Brauen.

Zuhälter im schwarzen Benz? Sie kringelte sich innerlich. Porsche, Ferrari, Jaguar, ja. Aber ihr waren geschniegelte Bubis gefolgt, die Karate mit schwarzem Gürtel beherrschten und eine 44er Magnum im Halfter trugen.

Laut äußerte sie bedacht: „Die Morde könnten eventuell mehr sein als gewohnte Rangeleien am Strich."

„Mehr...? Inwiefern?" erkundigte sich Heidkamp verschlagen.

„Altlasten... Immerhin verdichtet sich der Verdacht, dass die Schneider und die Tiffert, unsere Tote von letzter Nacht, bereits im Osten angeschafft haben."

„Altlasten? Ich bitte Sie, liebe Frau Doktor! Was immer Sie darunter verstehen, reicht Ihnen Ihr nächtliches Fiasko nicht? Wir haben die Drahtzieher doch am Wickel! Kümmern Sie sich um Stevic, suchen Sie geneppte Freier. Und sie werden sehen..."

Heidkamp ließ wohlweislich offen, was.

Jensen dachte an Michel, der glänzende Augen beim Wort D-Mark bekam, daran, dass die Schneider anscheinend legal mit anrüchigen Jobs beauftragt worden war, dachte zum x-ten Male an die gefilzten Räume, an Stevic und die dritte, ihr bislang unbekannte Frau.

Es ging um mehr! Der gestrige Mord an Nicole Tiffert bestärkte sie in diesem Verdacht nachhaltig.

„Wir verstehen uns also?" versuchte Heidkamp, sie festzunageln.

„Ja", log Jensen.

„Na wunderbar", zollte Heidkamp ihr ironisch Beifall. „Dann ran an den Speck, wie es hier heißt. Die neue Polizei muss Zeichen setzen. Zeichen, verstehen Sie! Keine wirren Thesen in die Welt posaunen, dank derer sie der Lächerlichkeit anheimfällt! Wir müssen endlich Flagge zeigen."
Sie verstand genau, was ihr Chef meinte.
Lieber einen Falschen, als gar keinen... Zur Rechtsbeugung war es stets nur ein kleiner Schritt.
„Wir wollen im neuen Berlin keine Subkultur, keine Parallelwelt arbeitsscheuer Elemente", ereiferte sich der Oberrat aus heiterem Himmel. „Die Stadt soll wieder zur Metropole in der Mitte Europas werden. Zentrum von Wirtschaft, Wissenschaft und Kultur. Und deshalb darf das organisierte Verbrechen hier gar nicht erst Fuß fassen. Wenn der Senator zur Innenministerkonferenz reist, möchte er Erfolge präsentieren. Erfolge, verstehen Sie! Er will von seinen Kollegen sicher nicht mit beschämenden Kabinettstückchen gehänselt werden."
Die Kommissarin beneidete ihren Chef im Stillen. Wenn sie doch nur ein Quäntchen seines Sendungsbewusstseins besäße... Sie nickte, als hätte sie seine Dompredigt verinnerlicht.
Aber je öfter sie ihm scheinbar folgsam zustimmte, um so mehr spürte sie, dass sie in der Sackgasse steckte, vom Geschehen überfordert. Im Umfeld der Opfer, die Menzel ausgenommen, ging es rigoros, ja skrupellos zu.

Eine Tote mehr oder weniger schien kaum von Belang.

„Also", wiederholte Heidkamp, „nageln Sie mir Stevic fest. Unerbittlich, mit aller Härte des Gesetzes. Weisen Sie ihm nach, dass er mit Rauschgift oder Waffen handelt, dass er Hehler ist, Steuern hinterzieht oder weiß der Kuckuck! Es kann doch nicht schwer sein, dieser Kanaille etwas anzuhängen."

„Es ist nicht meine Aufgabe, jemandem etwas anzuhängen", protestierte die Kommissarin steif, „sondern drei Morde aufzuklären."

„Richtig. Aber sehen Sie, wenn der Kerl in Haft sitzt, ergibt sich vieles von selbst. Sie können ihn befragen, bis er redet. Und bei tagelangen Verhören werden selbst Schwerkriminelle weich."

„Mag sein. Aber einerseits birgt es die Gefahr in sich, dem Drogendezernat die Arbeit zu erschweren und andererseits wissen wir von Drews, dass Zlatko Stevic lediglich Randfigur ist."

„Machen Sie, was Sie wollen, nur machen Sie endlich Dampf und bringen Sie mir den Mörder", Heidkamps Unmutsfalte, die seine gekrauste Stirn in zwei Hälften teilte, zuckte nervös. Einen Scharfrichter-Habitus hatte der Kerl ab und an, dachte Jensen verzweifelt, jeder Kopf, der ab ist, kann nicht widersprechen.

„Auf dem Foto", die Kommissarin zeigte auf die Akte, „ist, wie Sie wissen, eine dritte Frau, von der ich bis jetzt nicht mal den Namen habe." Sie blätterte: „Hier. Ist akut gefährdet." Sie tippte aufs Foto. „Wir wären schlecht beraten, durch blinden Eifer einen weiteren Mord zu riskieren."

„Die finden Sie garantiert, wenn Sie im Dunstkreis von Stevic aufräumen", schnarrte Heidkamp.

„Oder auch nicht..."

„Worauf konkret gründet sich denn Ihr fiktiver Verdacht, dass Altlasten, wie Sie es nennen, bei den Ermittlungen eine Rolle spielen?" erkundigte sich der Oberrat aalglatt.

„Es gibt Indizien...", stotterte Jensen unbeholfen.

„Indizien? Welche?"

„Die Vorgehensweise zum Beispiel. Wer sagt uns, dass Frau Tiffert vom *Landhaus-Mörder* getötet worden ist? Niemand! Nahkampfausbildung, Sie erinnern sich? Nicht gerade der Markenkern von Rotlicht-Tätern, und Leute, die diese Kunst beherrschen, haben sie trainiert, um Aufsehen zu vermeiden und nicht, um es zu erzeugen. Die benutzte Waffe war laut Proll eine im Osten weit verbreitete Dienstwaffe vom Typ Makarow 9 mm, auch hier im Hause noch gebräuchlich."

„Ja, und? Was glauben Sie, haben wir mit Nuttenmorden zu tun?" eiferte sich Heidkamp, als wären ihm Kürzel wie Stasi, VP oder NVA völlig unbekannt.

„Halten Sie es für völlig abwegig, dass die von Zeugen attestierten Liebesdienste zweier unserer Opfer im Osten, lange vor dem Mauerfall, bestimmten Leuten Sorge bereiten und denen jedes Mittel recht ist, sich der eigenen Vergangenheit zu entziehen?"

„Allerdings", meckerte der Oberrat wie ein Ziegenbock. „Wenn ich Sie richtig verstehe, möchten Sie in den Morden an zwei belanglosen Nutten und einer biederen deutschen Hausfrau ein brutales Komplott mysteriöser Mächte sehen? Beißen Sie sich etwa an dem Gedanken fest, diese Straßenhuren wären früher eine Art Venusfallen gewesen"
Sollte er sie als Spinnerin abtun. Auch gut!
„Vielleicht sollten Sie Honecker zur Vernehmung einfliegen lassen", ergänzte Heidkamp zynisch, bekam einen Hustenanfall, geriet in Luftnot und lief blau an. Die Kommissarin sprang auf, wollte das Fenster aufreißen. Es misslang, es ließ sich nicht öffnen.
„Lassen Sie's gut sein, Kindchen. Geht schon."
‚Wenn ich Dein Kindchen wäre, Du Arsch, würde ich mir einen Strick nehmen', dachte Jensen resigniert.
„Also, Polizeiwaffe, Geheimbundhatz, jetzt lassen wir mal den Schnickschnack! Kehren wir zum Ernst der Lage zurück! Fest steht, dass dieser Stevic mit der Schneider und der Tiffert liiert war und dass er einem kriminellen Clan angehört, der uns seit geraumer Zeit ziemlich auf die Nerven geht."
„Drews, wie gesagt, hält den kleinen Stevic für einen großspurigen Angeber, der voll am Tropf des Bruders hängt." Die Kommissarin fand es bescheuert, den Nichtsnutz in Schutz zu nehmen. Aber sie war auch davon überzeugt, dass er nicht annähernd über das Format verfügte, Verbrechen in der Art vorzubereiten oder zu realisieren, mit denen sie konfrontiert war.

Leider wusste sie gut genug, dass sie beim Chef mit derartigen Argumenten auf taube Ohren stieß.

„Haben Sie eine stille Passion für mediterrane Jünglinge?" mutmaßte Heidkamp unverschämt.

Die Kommissarin errötete, allerdings aus Zorn, nicht etwa vor Scham.

„Ich weiß, was ich zu tun habe", gab sie vor, ohne auf seine Unterstellung einzugehen. Das war zwar glatt gelogen, aber sie hielt es hier nicht länger aus. „Eine Woche."

„Gut", entschied Heidkamp, „eine Woche." Er sah auf die Uhr am Handgelenk, als wäre dort ihr letztes Stündchen ablesbar. „Dann ist Ultimo. SOKO, Sie verstehen, und die leiten nicht Sie!"

„Kopf noch dran?" fragte Linke mit feinem Spott, als seine Chefin zurückkehrte.

„Am seidenen Faden", gestand sie bitter und zog einen Flunsch wie ein trotziges Kind.

„Fahren wir trotzdem zu Berger?"

„Berger?" Sie trank vom abgestandenen Kaffee, der ebenso flau daherkam wie ihre Befindlichkeit.

„Spanien-Urlaub, Wernsdorf, Nachbarn", erinnerte Linke seine Chefin. „Der rief gestern bei Stoll an, nachdem Sie weg waren."

„Nichts wie los."

Ihr wäre jetzt ohnehin jeder Anlass genehm gewesen, um Heidkamps Gesülze zu entrinnen.

Linke fuhr ruhig und besonnen, als wäre er geradewegs dazu berufen.

Jensen sah schweigend aus dem Fenster, roch insgeheim den Duft, der ihr im Park auf dem Weg zu Nicoles Mutter in die Nase gestiegen war, erinnerte sich ihres flüchtigen Wohlbehagens und nickte sanft ein. Sie träumte von der Unrast, die sie stets im Frühjahr befiel, dem Verlangen, auszubrechen aus dem Alltagstrott. Wie lange war es her, dass sie mit dem Fahrrad die Deiche entlanggefahren war?
Zehn Jahre? Zwölf?
Was war seither passiert während der schönsten Jahreszeit? War sie in chaotischer Ruhelosigkeit vergangen, fortgespült vom großen Fluss wie eine torkelnde Flaschenpost? Ihr erster Lenz fern von Hamburg. Im Jahr, als sie sich an der FU eingeschrieben hatte...
Sie saß mit Christian und anderen in einem Straßencafé, von dem aus das Schloss Charlottenburg zu bestaunen war. Keine Touristenfalle, eher etwas abgewirtschaftet, aber heimelig.
Sie saßen auf knochenharten Gartenstühlen, das Gesicht zur Sonne gewandt, aßen Apfelkuchen, tranken Espresso und sahen den Spatzen zu, die sich um Krumen zankten.
Sie schreckte hoch, weil selbst Linkes Fahrstil die Buckel auf der einspurigen Straße über die Brücke am Ortseingang Wernsdorf nicht vergessen machen konnte.
Er schielte zu ihr herüber: „Sie sehen ziemlich blass aus. Warum sind Sie nicht zu Hause geblieben?"

„Witzbold!" fauchte sie kränkend. „Warum sollte ich? Ich werde Heidkamp freiwillig doch keine Vorwände liefern, mich wieder loszuwerden? Das fehlte gerade noch!"

„Ich glaube, Sie nehmen sich da ein wenig zu ernst."

„Heute Morgen keine Zeitung gelesen?"

„Sodbrennen nach dem Morgenkaffee reicht", spielte Linke trocken den Ball zurück. „Die japanische Touristin, die Nicole Tiffert gestern gefunden hat", wechselte er in ruhigeres Fahrwasser, „ist auf dem Weg zur Toilette beinahe umgerannt worden. Angeblich Südländer. Könnte auf Stevic-Clan deuten. Wiedererkennen würde sie ihn aber nicht, meinte sie, wäre viel zu aufgeregt gewesen. Die Frau wohnt im ‚Radisson' am Dom."

„Mir hat Susi, Inhaberin vom ‚Papillon', einen Gast beschrieben, der etwa zur Tatzeit in der Nähe der Tiffert saß und für mich fatale Ähnlichkeit mit dem von Gerald Michel angebeteten Edelpuff-Häuptling aufweist", erzählte ihm die Chefin einen kleinen Tick entspannter.

Linke zwinkerte ihr unbeholfen zu.

„Was ist mit Ihnen? Warum sind Sie seit Tagen so unleidlich?"

„Misserfolg macht mich krank", gestand Jensen zögerlich. „Eben erfahre ich, dass die Tiffert ihren Hintern am Pool von Stevic in der Sonne schaukelt und schon stehe ich nachts in einem vollbesetzten Lokal vor ihrer Leiche."

„Ist doch nicht Ihre Schuld", machte Linke ihr Mut, „und auch nicht der Grund an sich."
„Was sonst?" schimpfte Jensen allergisch. „Da ist die dritte Frau, wie Sie wissen. Sollen wir seelenruhig abwarten, bis wir vor deren Leiche stehen?"

14

Berger empfing die Kriminalisten wie vermutlich vor Kurzem noch Abgesandte der SED-Parteileitung seines Betriebes. Er trug eine Krawatte, der man ansah, dass sie so gut wie nie benutzt worden war.
Die Kommissarin spürte, dass Linke die Art familiärer Atmosphäre gegen den Strich ging. Sie befürchtete, er hielte bereits Kaffee und Kuchen für ungesetzliche Vorteilsnahme.
Sie dagegen fühlte sich wohl, hatte seit Ewigkeiten keine selbst gemachte Erdbeertorte gegessen.
„Erzählen Sie mal", forderte sie Berger auf, nachdem der Kaffee in den Tassen dampfte.
Bevor Berger, gebräunt von andalusischer Sonne, den Mund aufbekam, schwatzte seine Frau los: „Wir sind mit Menzels befreundet. Schlimme Sache."
„Ja", nutzte Berger die zweite Chance entschlossener. „Wir waren in Urlaub. Spanien, wie gesagt. Und als wir Sonntag eintrudelten, hörten wir..."
„Vom Mord an Ihren beiden Nachbarinnen, nehme ich an", fiel ihm Jensen taktlos ins Wort. „Uns interessiert vor allem, was Sie über den Morgen ihrer Abreise sagen können."
„Vor einigen Wochen habe ich mir Lothars elektrische Heckenschere ausgeliehen. Unsere ist hinüber, wissen Sie, und der hatte es mal wieder nötig..." Berger wies zum Liguster hinter sich: „Samstagmorgen brachte ich das Ding zurück, weil ich nicht wollte, dass es über den Urlaub bei uns im Schuppen liegt."

„Das war wann?" fragte Linke.
„Paar Minuten vor acht, schätze ich."
Linke kritzelte in sein Notizbuch.
„Tja, ich also hin", schilderte Berger weiter, „und als ich dort vorn um die Ecke komme, an der Kieferninsel, da sehe ich wen an Ediths Pforte fummeln. Ich dachte, was will der denn? Uns nerven nämlich Vertreter. Saatgut, Gartengeräte, Blumen und was die alles loswerden wollen. Ein Klinkenputzer, Samstagmorgen? Ungewöhnlich. Ich also weiter. Ehe ich ran bin, nimmt der mich wahr." Berger hielt inne. „Duckt sich weg, als hätte er Heidenangst, erkannt zu werden. Und ab in die Büsche."
„Wohin?"
„Zum Weg dahinten, der in den Forst führt."
„Wie sah der Mann aus?" fragte Linke kühl.
„Groß, schlank, trainiert, hellbraune Wildlederjacke, gut zu Fuß."
„War was auffällig an ihm?"
„Die Art, wie er lief. So... na ja, fast tänzelnd, ähnlich einem Boxer im Ring."
„Und weiter?"
„Ich popelte den Riegel auf und ging zum Haus. Die Pforte war von innen verriegelt und weil man dann über die Tür greifen muss, ist sie von draußen nur schwer aufzukriegen. Hat der Kerl bestimmt nicht gewusst. Dann klopfte ich bei Edith."
„Wie ging es ihr?" unterbrach Jensen ihn. „Wir hörten, sie litt unter Heuschnupfen..."

Berger überlegte: „Stimmt. Mies drauf", dann fuhr er fort, „vermutlich, weil sie allein war, Lothar wieder fremdging. Ich gab ihr das Teil, erzählte ihr, dass wir verreisen. Sie war kurz angebunden, wollte zurück ins Haus. Da fing ich von dem Kerl an. War mir, kaum gesagt, direkt peinlich."

„Warum?" fragte Linke gleichgültig.

„Ich nahm sie aus Spaß auf den Arm, fragte, ob sie sich auch einen Verehrer zugelegt hätte. Sie lächelte nicht mal." Berger räusperte sich verlegen, fügte hinzu: „Sie löcherte mich stattdessen sofort, wie der ausgesehen hätte und als ich ihn beschrieb, tat sie ganz komisch, als wüsste sie was."

„Hat sie Namen genannt?"

„Nein. Sie starrte nur zum Fenster der Schneider."

„Sicher?" wollte Jensen wissen.

„Ja. Sah dabei reichlich angekratzt aus, als würde es ihr schwerfallen auseinanderzuhalten, ob sie wach ist oder träumt."

„Hatten die wieder Zoff?" hakte Linke nach.

„Nee. Vormittag schlief Liane meist tief und fest."

„Angekratzt? Weshalb?" forschte Jensen beharrlich.

„Wenn stimmt, was die Leute reden", meinte Berger unsicher, „lag Liane da ja bereits tot in ihrer Hütte."

„Was weiter?" fragte Linke gereizt.

„Nichts. Ich fragte nicht weiter, ging und sie ist ins Haus zurück."

„Ist Ihnen auf dem Rückweg noch etwas aufgefallen?" erkundigte sich die Kommissarin.

„Nee. Aber..."

„Aber was?" bedrängte sie Berger.

„Ganz früh, vor fünf, ist mir ein Opel Vectra aufgefallen, ziemlich neu, weiß. Bin Frühaufsteher, aber an dem Tag war ich noch früher auf den Beinen als sonst", berichtete er.

„Nervös warst du", verbesserte ihn seine Frau, „wie ein Pennäler vor der Prüfung."

„Na ja, Reisefieber", gestand Berger. „Also, ich hatte fertig gepackt, kümmerte mich, ob alles in Ordnung ist, da seh ich den kommen." Berger trank seinen Rest Kaffee, kniff die Augen zusammen. „Der schlich hier vorbei, den kurzen Weg lang, der zu Edith und Liane führt. Gleich darauf kam er zurück. Ich stand wie festgenagelt hinter dem Fliederbusch da drüben, dort konnte mich keiner sehen."

„Haben Sie den Fahrer erkannt?"

„Nein, die erste Sonne blendete von der Fronscheibe. Er fuhr offenbar eine Schleife und dann Ruhe, parkte wahrscheinlich am Waldrand."

„Der Vectra kam vor Frau Schneider, verstehe ich richtig?" fragte die Kommissarin neugierig.

„Die kam höchstens zehn Minuten später. Hat eine seltsame Art hier rumzukurven, Mann, oh Mann. Fuhr krachend über einen armdicken Ast."

„Hat Frau Schneider Sie gesehen?"

„Kaum. Ich stand noch hinterm Busch."

„Kennzeichen des Vectra haben Sie nicht erkannt", bemerkte Linke angesäuert.

„Woher sollte ich wissen, dass ich mal danach gefragt werde", wehrte Berger ab.

„Könnte es die Person gewesen sein, die Sie später vor Frau Menzels Grundstück überraschten?"

„Hab ich mich auch gefragt." Berger lehnte sich zurück, schwieg eine Weile, krauste die Stirn, spielte mit dem Teelöffel und verlangte schließlich von seiner Frau noch eine Tasse Kaffee. „Er könnte es gewesen sein. Sicher bin ich mir aber nicht. Sein Gesicht war verdeckt. Was er anhatte, ja, das könnte passen." Nachdenklich ergänzte er: „Der wollte mir selbst im Flieger anfangs nicht aus dem Kopf. Irgendwie ging es mir auf einmal wie Edith. Er kam mir bekannt vor."

„Bekannt? Woher?" Linke sah Berger an.

„Von früher." Berger furchte die Stirn. „Könnte der arrogante Pinsel gewesen sein, der Liane, Lothar und Remscheids, zusammen mit Kilian, Wörners Vorgänger, die Grundstücke zugeschanzt hat. Gehörten allesamt ursprünglich Ritters. Aber die wollten ja um jeden Preis rüber."

„Der kam danach ab und an für eine Nacht", redete Doris Berger ungeniert dazwischen: „Sag, wie's war."

„Kann sein, kann nicht sein", wich er aus, warf ihr einen bösen Blick zu.

„Stasi", tuschelte Doris ungerührt und senkte ihre Stimme, als wäre größte Vorsicht geboten.

„Doris bitte", schimpfte Berger. „Woher willst Du das denn wissen?"

„Haben die Spatzen von den Dächern gepfiffen", begehrte seine Frau auf.
Berger winkte verstimmt ab, brummte: „Was die hier alle spinnen." Er wandte sich an die Kommissarin: „Von welchem Verein der war, weiß bis heute keiner. Zirka ein Jahr, nachdem Ritters rüber sind, stolzierte der hier leutselig rum. Und das war's. Später kam Liane, damals noch Stein, und wir hörten von Kilian, das Eigentum von Ritters wäre komplett verkauft."
„Wann war das?"
„Fünfundachtzig? Nee, eher sechsundachtzig."
„Und dieser Mann kam weiterhin?"
„Einige Male schon", druckste Berger.
„Der war doch...", fuhr ihm seine Frau kess über den Mund, als verböte sich jeder Zweifel, „Monate mit Liane im Bett. Deshalb haben wir uns ja so gewundert, als sie mit dem netten Frank angerauscht kam."
„Der Mann am Sonnabend könnte also dieser Liebhaber gewesen sein?" vergewisserte sich Jensen.
„Könnte. Die Augen sind nicht mehr die besten."
„Aber wie er hieß, daran erinnern Sie sich nicht?"
„Nee, beim besten Willen. Ist weg", bekannte Berger. „Mir spukt nur ein Vorname durch den Kopf", gab er ihnen zum Abschied mit auf den Weg. „Uwe..."
Jensen kuschelte sich in den Sitz, steckte den Gurt in den Verschluss. Mit halb zufallenden Augen murmelte sie, übertönt vom startenden Motor: „Müssen wir bloß noch Uwe finden und uns geht's richtig gut."

„Wir können ja etwa fünfundzwanzigtausend Berliner Halter überprüfen lassen. Eine unserer leichtesten Übungen", schlug Linke sarkastisch vor, während Jensen lauthals gähnte.

„Also, mal zum Ernst des Lebens zurück, wie unser Chef an dieser Stelle einflechten würde", sie reckte sich ein wenig, „wir sollten uns nachher die Zeit nehmen und den ganzen Fall noch mal vom Kopf auf die Füße stellen. Was meinen Sie?"

„Den Versuch ist es allemal wert", stimmte Linke ihr zu.

Die Sonne schien von einem mittlerweile wolkenlosen Himmel und die Luft im Auto wurde stickig.

Jensen kurbelte das Fenster ein Stück herunter, schaute zu den Leuten, die auf einer Erdbeerplantage selber pflückten, machte das Fenster dann aber sofort wieder zu, weil der süßliche, strenge Geruch von Raps nervte.

15

„Passt wie Faust auf Auge", begrüßte Stoll seine Kollegen erleichtert. „Im Besucherraum wartet eine Rothaarige, die unbedingt die Chefin sprechen will."
„Etwa die Säuferin aus der Nachbarwohnung von Schneiders?" Linke duckte sich ängstlich, als wäre er beim Zahnarzt aufgerufen worden.
„Genau die", feixte Stoll. „Dagmar Schüler. Reizendes Geschöpf."
„Ich find's super, dass die von allein zu uns kommt." Amüsiert guckte die Chefin zu, wie ihre Mitstreiter fluchtartig den Raum verließen, als die Tür aufging. Die Frau, die eintrat, schätzte sie auf vierzig.
„Schüler", stellte sie sich selbstbewusst vor. „Ich würde gern Oberkommissarin Jensen sprechen."
„Bitte", sagte die Kommissarin und wies zuvorkommend auf den Besucherstuhl.
Die Schüler wirkte auf sie weder böse, noch verbittert und äußerlich durchaus attraktiv. Sie zweifelte für einen Moment an Linkes Urteilsvermögen.
„Sie sind zuständig für den Fall, der heut die Titelblätter ziert?" Frau Schüler zog eine gefaltete Zeitung aus der Handtasche und warf sie auf den Tisch.
„Ja." Nicoles unscharfes Foto vor Augen, verzog Jensen schmerzlich ihr Gesicht.
„Ich hoffe, Sie nehmen mich etwas ernster, als der Knilch, der mich letzten Freitag über meine liebreizende Nachbarin ausgequetscht hat", bemerkte sie giftig, wähnte sich verkannt.

„Ich nehme an, Sie kennen Nicole Tiffert?" fragte die Kommissarin sachlich und verzichtete darauf, ein Wort über die beleidigende Einlassung zu verlieren.
„Allerdings", die Hände der Schüler zitterten. „Busenfreundin von der Schneider."
Sie kramte eine Tablette aus ihrer Handtasche und steckte sie in den Mund. Als sie bemerkte, dass Jensen sie forschend ansah, brauste sie auf: „Is was?"
„Nein", besänftige sie Frau Schüler. „Ich bin nur etwas besorgt. Fehlt Ihnen was?"
Die Schüler fuhr nervös mit der Hand über Tasche und Rock, blickte sich suchend um und erkundigte sich kleinlaut: „Gibt's bei Ihnen was zu trinken?"
„Wasser?" fragte Jensen.
„Nee, nee", winkte sie ab, „eher..., was Richtiges."
„Alkoholisches? Da muss ich leider passen."
Wer Kölnisch Wasser im Handschuhfach hat..., fiel ihr augenblicklich ein und sie rief Linke an. Der kam eine Minute später mit einem doppelten Cognac.
Ihre Besucherin nickte dankbar, geiferte dem Glas entgegen, riss es ihm fast aus der Hand, ohne ihn zu erkennen. Dann glätteten sich ihre Züge, sie saß locker auf dem Stuhl und ein Lächeln huschte über ihr Gesicht. Der Motor lief wieder.
„Hingen ja dauernd zusammen," Frau Schüler hüstelte affektiert, „seit die Schneiders nebenan eingezogen waren. Allerdings muss sie längere Zeit weg gewesen sein. Zwei, drei Jahre? Ich sah sie erst Ende vergangenen Jahres wieder."

„Nicole Tiffert arbeitete seit 1987 in Leipzig, soweit mir bekannt ist. Dass sich Freundinnen wiedertreffen, ist ja zunächst nichts Außergewöhnliches. Worum geht's also genau?"
„Seit Nicole wieder da war, sind die auf den Strich gegangen. Darum geht's."
„Vermuten Sie oder wissen Sie?"
„Ich habe Augen im Kopf, Frau Jensen. Jeden Abend sind die aufgedonnert los."
Jensens Zweifel an Linke verflüchtigten sich.
„Und war da nicht noch eine Dritte dabei?"
Sie schob Christians Foto zur Tischkante.
„Ist lange her, dass die zu dritt gewesen sind", behauptete Frau Schüler steif.
„Wie lange?" Jensens Ton wurde gereizter.
„Stand die Mauer noch." Sie verzog das Gesicht. „Zu Ostzeiten waren die elegant, nur aus Boutiquen gekleidet. Nicht so ordinär wie jetzt. Hat sicher ihr Manager drauf geachtet. Die Frau, kann mich nicht an den Namen erinnern. Im März ist die plötzlich auch wieder aufgeschlagen."
„Ach? Sie kennen den Manager?"
„Kennen? Nein. Bin ihm begegnet, im Treppenhaus. Netter Mann, Maßanzug, häufig mit Blumen."
„Können Sie ihn etwas detaillierter beschreiben?" erkundigte sich die Kommissarin unzufrieden.
„Elegant, stets gut gelaunt. Uwe, wenn ich richtig gehört habe... Schlank, Anfang vierzig, hatte was von George Clooney, allerdings hellere Haare."

„Uwe? Und weiter?" hakte sie sofort nach.
„Kein Schimmer. Der ist doch schon ewig untergetaucht."
„Ewig?"
„Bestimmt zwei Jahre, wohl eher länger."
„Und sie...", die Kommissarin zeigte auf die dritte Frau des Fotos, bohrte: „Seit wann kam die nicht mehr?"
„Die Grand-Dame", ihre Besucherin rutschte unruhig auf dem Stuhl herum. „Ich dachte, die wäre lange vor der Wende abgehauen."
„Wenn ich Sie recht verstehe, haben sich die drei Frauen bei Ihrer Nachbarin in trauter Runde getroffen", fasste sie zusammen. „Wann?"
„Ende März. Frühling nicht in Sicht. Reichlich kalt."
„Das wissen Sie so genau?"
„Weil sie sich gefetzt haben wie die Kesselflicker."
„Und das haben Sie gehört?"
„Altbau", warf sie hin. „Kein Kunststück, verputzte Sauerkohlplatten. Braucht man nicht mal das Ohr an die Wand zu legen!"
„Haben Sie mitgekriegt, worum es ging?"
„Nicht wirklich", die Schüler sah gehässig zur Kommissarin. „Es hörte sich an, als würde die Grand-Dame die anderen tüchtig zur Minna machen."
„Das schließen Sie woraus?"
„Spatzenhirne, Blödschnecken, war noch das Netteste, was Gundula ihnen vor den Latz knallte. Doch die lachten sie nur aus."

„Gundula?" Jensen sah ihr Gegenüber verstört an.
„Verzeihung, ist mir eben erst in den Sinn gekommen, dass meine vulgäre Nachbarin während des Streits dauernd abfällig diesen Namen benutzte."
„Wieso abfällig?"
„Meinte sicher, die sollte sich lieber an ihre eigene Nase fassen."
„Wissen Sie was", entschied Jensen aus dem Stegreif, „ich bringe Sie zum Zeichner. Vielleicht zaubert der mit Ihrer Hilfe ein treffendes Konterfei von diesem Uwe aufs Papier."
Der Gedanke, ein Phantombild anfertigen zu lassen, war ihr bereits nach der Unterhaltung mit Michel gekommen, während der ergebnislos Fotos durchsah, hatte ihn dann aber, sie wusste nicht warum, aus den Augen verloren. Zurück vom Zeichner, trabte Jensen zu Linke und Stoll ins Zimmer.
„Kopf hoch, meine Herren", rief sie ihnen aufmunternd zu. „Sie ist beim Zeichner, Phantombild von Uwe in den Stift diktieren. Vielleicht bringt's was, schauen wir mal. Die konnte sich plötzlich sogar an den Vornamen unserer Unbekannten auf dem Foto erinnern. Soll Gundula heißen."
„Na, wollen wir…?" Sie sah auffordernd zu Linke. „Die Idee, vorhin im Auto…"
„Und was soll uns der Vorname helfen?" sülzte Linke gähnend.
„Wollen wir was?" Stoll schaute sie fragend an wie die Kuh das neue Tor.

„Schäfchen zählen", verriet Jensen ihm vieldeutig. „Rufen Sie bitte Kellner dazu."
„Welche?" murrte Stoll. „Haben wir mehr als drei?"
„Also los", sagte sie, nachdem alle versammelt waren und riss das bekritzelte Blatt vom Flipchart. „Beim Chef fiel heute Vormittag das Wort SOKO. Der macht verdammt viel Druck. Innenministerkonferenz. Geht ihm an die Nieren. Und wir haben keinen blassen Schimmer, wo der Hase tatsächlich im Pfeffer liegt."
„Ehe wir uns an Diagnosen abarbeiten", unterbrach Kellner sie seltsam förmlich, „muss ich leider einen fatalen Kunstfehler eingestehen..."
„Und der wäre?" Die Augen der Kommissarin verengten sich böse. „Als Sie unterwegs waren", er sah abwechselnd zur Chefin und zu Linke, „hat ein kluger Kopf von Prolls Truppe Fingerabdrücke am Tatort Hütte Schneider zugeordnet, und zwar jemandem, der wegen Sexualdelikten vorbestraft ist."
„Wie bitte?" erkundigte sie sich schmallippig.
Sollten die getöteten Frauen etwa doch Opfer eines Perversen geworden sein? Das wäre nahezu grotesk.
„Proll musste bereits eine Aktennotiz für den Boss verfassen", ergänzte Kellner.
„Um wen geht's?" schnauzte die Chefin.
„Den Elektriker", flüsterte er kleinlaut. „Menzel."
Sie hielt sich bleich am Schreibtisch fest, bevor sie sich in ihren Sessel fallen ließ.
„Der Praktikant, der uns den Bericht über Wernsdorf bringen sollte, ist auf einen Abdruck gestoßen, den

er in der alten VP-Kartei fand. Lothar Krämer, vor Jahren eingebuchtet. Der Junge sucht, weil er glänzen will und läuft ins Nichts. Der Mann hat sich nach der Entlassung in Luft aufgelöst. Abgehauen, freigekauft, obdachlos, weiß der Teufel." Kellner stierte zu Boden und fuhr angenagt fort: „Mit Geduld und Spucke kommt er dann dahinter, dass Krämer bei der Trauung mit Edith Menzel deren Namen angenommen hat, was bei Übernahme der Kartei in die neue digitale Datenbank irgendwem sowas von voll durch die Lappen gegangen ist."

„Heißt: Krämer und Menzel sind ein und dieselbe Person", schimpfte Jensen, der sofort klar war, wieso Menzel im Verhör davon sprach, ein Leben lang unter den Weibern gelitten zu haben. „Toll! Und was wäre daran so schlimm gewesen, uns darüber zu informieren?"

„Das müssen Sie Proll fragen", sträubte sich Kellner gegen den Vorwurf.

„Dumm gelaufen", lästerte Stoll, der am Türrahmen lümmelte, „ist Menzel also wieder drin, im Lostopf."

„Falsch, Herr Stoll", widersprach Jensen sauer. „Ich hoffe, Sie lesen die Protokolle. Er gab im Verhör an, die neue Therme in der Hütte Schneider Anfang April installiert zu haben, was ohne Finger schlecht machbar ist und er leugnet nicht, das Opfer dort gegen Bezahlung gebumst zu haben."

„Kein wahres Wort hat der raus gebracht", wandte Stoll abschätzig ein. „Was Erwin sagt", er wies auf

Kellner, „sagt mir, dass es ausreichend Grund gibt, ihn im Auge zu behalten. Vor allem seit ihn die Zänker mit ihrer lückenhaften Erinnerung am ausgestreckten Arm verhungern lässt."

„Halte ich für vergebene Liebesmüh", belehrte Linke ihn mürrisch. „Die Panne bei Proll ist zwar ärgerlich, ändert aber nichts daran, dass der Tod von Nicole Tiffert unsere Annahme widerlegt, hinter den Taten könnte ein persönliches Motiv stecken. Menzel alias Krämer ist für mich damit raus. Glaube nicht, dass der überhaupt schon mal den Namen Nicole Tiffert gehört hat. Auch wenn's schwerfällt, aber der Stevic-Clan, wo die Tote untergekrochen war, und der mysteriöse Uwe, angeblich Stasi-Mann, Manager, Immobilienverkäufer, haben für mich erste Priorität."

„Sehe ich ähnlich", schloss sich Jensen an. „Zumal die Aussage der Schüler diese Annahme stützt."

„Angenommen, die Schneider sieht Uwe durch puren Zufall wieder. Was die Ursache ihrer paranoiden Panikattacke gewesen sein könnte, die Gerald Michel so verwirrte. Sie findet heraus, als wer er und wo er abgetaucht ist", schmückte Linke seine Idee aus. „Das ist zwei Jahre her, passierte also in einer Zeit, als das Wort Währungsunion noch nicht geboren war. Nun, plötzlich im D-Mark-Land, erpresst sie ihn damit. Er, in Gefahr, sein neues Leben zu verlieren, ehe es begonnen hat, folgt ihr aus der Stadt bis an den See, was Bergers heutige Aussage belegt, um sein Problem in der Pampa endgültig zu lösen und

gaukelt uns Einbruch vor. Die Menzel beobachtet ihn, könnte sich seiner erinnern und er sitzt in der Tinte. Falls die Gerüchte stimmen und Uwe der Stasi angehörte, sind die nötigen Kenntnisse für sein Wernsdorfer Vorgehen eher nicht das Thema."
„Nicole Tiffert, hingerichtet, wie es Winkler vor Ort auf den Punkt brachte", schaltete sich Jensen ein, „signalisiert für mich nicht nur verschiedene Täter, sondern auch andere Motive. Die verbissene Suche, Sie verstehen? Da muss mehr sein, als nur die lapidare Erpressung durch die Schneider." Sie sah zu Kellner: „Ballistik?"
„Nichts Hilfreiches", Kellner kratzte sich unwohl am Kopf. „Munition ist russischen Ursprungs. Aus einer Makarow abgefeuert, könnte die gleicher Herkunft sein. Ist aber brotlose Kunst, weil Offiziere der hiesigen Truppen jetzt ihre Taschenflak's für drei- bis fünfhundert Eier verhökern. Jeder Idiot könnte sich so ein Ding kaufen, um uns aufs Glatteis zu führen."
„Schießtest?"
„Negativ." Kellner kippelte mit dem Stuhl. „Selbst wenn die Waffe bei einer alten Straftat benutzt worden wäre, gäbe es nichts als Vergleich. Unser großer Bruder hat schließlich sehr genau darauf geachtet, dass ihm keiner in die Karten guckt."
„Okay, Motive", stöhnte Jensen unzufrieden.
„Welche Optionen haben wir?"
„Leider zu viele", konstatierte Linke gereizt. „Wusste Nicole Tiffert, dass ihre Freundin Uwe erpresst und

womit? Dann stünde er erneut im Fokus, weil er sich einer weiteren leidigen Mitwisserin entledigte. Frag ich mich jedoch, warum so dämlich?"

„Falls unsere beiden Opfer gemeinsam Stevic gelinkt haben, wofür es null Indiz gibt", meldete sich Stoll, „hätte auch der ein Motiv. Alibi vom Bodyguard bedeutet nichts. Männer wie Stevic haben meist ihre Helfer fürs Grobe. War womöglich der Typ, von dem unsere Zeugin, die Nicole Tiffert fand, fast überrannt worden ist. Mir ist nur nicht klar, warum sich die Tiffert nach dem Mord an ihrer Freundin ausgerechnet bei Stevic verkrochen hat? Glaubte sie, er wäre perfekter Schutzschild und ließe sich für ihre Pläne benutzen? Während er ihr den Killer schickte, weil er sie durchschaute? Was steckt dahinter?"

„Vielleicht wittert der Clan ein Geschäft, bekam einen heißen Tipp, welchen Deal sie mit ihrer Freundin eingefädelt hatte." Linke, der stets eine Rolle Pfefferminz in der Hosentasche trug, warf sich einen Drops in den Mund.

„Kann alles gut sein...", gab Jensen zu. „Der springende Punkt ist, dass das Duo aus intimen Kenntnissen über wer weiß wen Kapital schlagen wollte, um nicht ins Bodenlose zu fallen. Und genau das versetzt die einen in Panik und stachelt bei anderen die Gier an." Die Drohung auf ihrem AB, die Verfolger, unterschlug sie ostentativ, kritzelte derweil Namen auf das Blatt am Flipchart, zog Linien. „Halten wir uns vorerst an Bekanntes. Uwe: Menzel nannte ihn blasierten Schönling, Michel Edelpuffchef, die Schüler galanten Manager. Was mich stutzig macht: Womit hatte die Schneider ihn bereits vor der Einheit in der Hand? Siehe Grundstück. Allein Betthäschen zu sein, dürfte nicht gereicht haben."

„Zum Kotzen", fluchte Linke aus tiefstem Herzen, „anstatt aufzuklären, geraten wir lediglich immer tiefer in nostalgischen Nebel. Huren unter Stasifuchtel! Scheiße! Falls es sich denn wirklich so verhielte, woran ich stark zweifle, und es gäbe Aufzeichnungen…"

„Sind Sie so naiv, dass Sie Luxusbordelle für westliche VIP-Gäste im Arbeiterparadies für voll daneben halten?" warf ihm Jensen respektlos an den Kopf. „Wie sagte Oberkellner Michel, wer Devisen besaß, war hier früher King?"

„Strich, Nutten und Luden waren nie ein großes Thema bei uns", nuschelte Linke pikiert.

„Globales Ansehen verlangte Anreize, Promis wollten schließlich nicht nur den Puls der Revolution spüren, sondern auch unterhalten werden. Oder sehen Sie das anders?"

„Wenn es das tatsächlich gegeben haben sollte", bagatellisierte Linke unbeholfen, „können uns nur die hoffentlich bald arbeitsfähigen Stasiauflöser helfen."

Völlig überflüssige Skrupel, dachte Jensen arrogant. Laut hielt sie ihm entgegen: „Gott, Linke! Wie wertvoll Frauen für Dienste sind, weiß man nicht erst seit Mata Hari." Frech plagiierte sie Heidkamp: „Venusfalle. Sagen Sie nicht, davon hätten Sie nie gehört."

„Stinkt nach Seilschaften", unkte Stoll wenig begeistert, „die von alten Führungskadern gedeckt werden. Die Oberen von Stasi, Polizei und Armee, die nicht direkt im Rampenlicht standen, müssen schließlich auch irgendwo abgeblieben sein."

„Seilschaft steht für Bergsteiger, die sich beim Aufstieg zum Gipfel gegenseitig absichern. Du siehst zu viel neumodischen Verschwörungsmist im Fernsehen", kanzelte Linke ihn ab.

„Leck mich", konterte Stoll säuerlich, „falls die Dinge so liegen, ist ganz klar, in welche Fehde wir dadurch gezwungen werden!"

„Kontroversen beflügeln die grauen Zellen, belehrte uns Kollege Kellner unlängst", erinnerte Jensen ihre Kollegen ironisch und sah den Genannten forschend an: „Wissen wir über Nicole noch etwas, das uns ihre Mutter verschwiegen hat?"

„Mutter Witwe, Bruder Automechaniker. Sie und die Schneider gingen in die gleiche Klasse, Abitur Zweiundachtzig", betete Kellner seine Notizen runter. „Sie wird als introvertiert und abenteuerlustig charakterisiert, studierte an der Hotelfachschule, arbeitete dann im gleichen Haus wie ihre Freundin. Einkauf. Aber Büro war wohl nicht ihr Ding, zu langweilig. Wechselte 1987 nach Leipzig, beschäftigt bei einem Messe-Dienstleister. Wenig Kontakt nach Berlin. Anfang dieses Jahres kehrte sie ohne Job zurück."

„Von Nicoles speziellen Nachtschichten wusste die

Mutter selbstverständlich nichts", ergänzte die Chefin lapidar.

„War's das?" fragte Linke verkniffen.

Sie verneinte: „Nicht ganz. Sie, Herr Linke, reden mit den Nachlassverwaltern der Stasi. Wenn wir Glück haben, können die mit ersten Fakten zur VIP-Betreuung aufwarten. Und dann haken Sie bitte in der Grundstückssache nach. Treiben Sie diesen Kilian auf. Haben wir schon was vom Grundbuchamt?"

„Ist auf dem Weg", versprach er kurz angebunden.

„Sie, Herr Stoll, kümmern sich um Uwe. Reden Sie mit Berger und Menzel. Mit Phantombild, wenn fertig. Sprechen Sie mit der Leipziger Firma, bei der die Tiffert beschäftigt war, und dem LKA Sachsen. Und Sie Herr Kellner, horchen Kollegen vom Drogendezernat aus, ob sie mehr über die Stevic Brüder wissen, als sie uns verraten. Gerüchte, Observation, Telefon, Sie wissen... Ich versuche, Gundula ausfindig zu machen."

16

Gegen 19.30 Uhr verließ die Kommissarin endgültig den grauen Kasten am Alexanderplatz.
Sie betrat die belebte Straße und empfand den kurzen Spaziergang zum Apartmenthaus an der Mollstraße als wahre Erlösung. Trotz der Müdigkeit, die vom Kopf her wie heimtückisches Gift in alle Körperwinkel kroch, beschlich sie ein zweifelhaftes Glücksgefühl, das sich nach Hoffnung anfühlte.
Was für ein verkorkster Tag, meldete sich ein zaghafter Gedanke. Heidkamps Gardinenpredigt, ihr Besuch bei den Bergers, das Gespräch mit Frau Schüler...
Ihr Optimismus verflüchtigte sich so rasch wie der Rosenduft, der von den Rabatten am Wegrand aufstieg.
Hatte ‚Manager' Uwe vorm Mauerfall den drei Frauen auf dem Foto regelmäßig Aufträge zugeschanzt, Promis zu verwöhnen, wie Michel es schöngefärbt formulierte?
Beweise? Fehlanzeige!
Sie malte sich aus, wie Heidkamp derlei Spekulationen zerpflücken würde und winkte innerlich ab.
Warum Wernsdorf? Weshalb der brutale Mord im ‚*Papillon*'? Warnung? An wen?
Fragen über Fragen, von denen sie sich beinahe paranoid verfolgt fühlte. Sie verfluchte ihre Unwissenheit über die Pläne der Frauen. Ging es ihnen nur darum, sich betucht abzusetzen?

Uwe, gutaussehend, sportlich, wegen seiner Manieren, seiner Eleganz gelobt, taugte für sie ebenso wenig zum Stenz am Straßenstrich, wie Elektriker Menzel zum berechnenden Doppelmörder.

Wo sollten sie suchen?

Alle schlanken Berliner Männer um die vierzig und über eins fünfundachtzig herausfiltern? Ebenso tolle Idee, wie die in Berlin zugelassenen weißen Opel Vectra überprüfen! Jensen tippte sich an die Stirn.

Gab es soviel Zufall, wie Linke annahm? Waren sich die Schneider und Uwe Wochen vorm Untergang zufällig über den Weg gelaufen? War sie deshalb so entsetzt gewesen? Wollte sie nach Beginn der D-Mark-Ära keine Chance verpassen? Was hatte Linke als Motiv gemutmaßt? Uwe will um keinen Preis auffliegen, bevor er richtig in der neuen Zeit angekommen ist. Reichte ihm das? Oder war er vielmehr unterwegs, um zwei Fliegen mit einer Klappe zu schlagen? Versuchte er, seine Pferdchen nicht nur mundtot zu machen, um unentdeckt zu bleiben, sondern sorgte zugleich dafür, dass sie mit ihren ‚Plänen' keinen Eklat verursachten?

Glaubte die Schneider wirklich, dem Mann, den Doris Berger monatelang für ihren Liebhaber hielt, jenem Mann, der ihr das Grundstück mit Hütte verschaffte, Paroli bieten zu können?

Jensen steuerte hungrig auf ihre ungeliebte Bleibe zu, öffnete die Haustür und drückte auf den Fahrstuhlknopf. Als sie in den Flur auf ihrer Etage trat,

versagte die Beleuchtung. Sie drückte auf den Lichtschalter, dessen rote Kennung neben ihr leuchtete. Das Deckenlicht, kümmerlich genug, blieb dunkel. Stromausfall? Ausgerechnet jetzt?
Alarmiert von einem Geräusch, kramte sie aufgeregt in der Handtasche, suchte den Wohnungsschlüssel. Das Geräusch kam aus dem Treppenhaus, das kaum jemand benutzte und klang, als träte jemand versehentlich gegen das Metallgeländer.
Astrid hielt die Luft an, lauschte. Das dumpfe Pochen wiederholte sich. Sie ärgerte sich, ihre Pistole heute früh wieder in den Bettkasten verbannt zu haben. Die unerfreuliche Erkenntnis, selbst zum Ziel zu werden, je näher sie dem inneren Kern ihres Falles kam, erwischte sie kalt. Lautlos verharrte sie vor ihrer Wohnungstür.
Ihre Augen gewöhnten sich nur langsam an das spärliche Abendlicht im Flur, fokussierten sich auf den Zugang zum Treppenhaus. Die Ohren gespitzt, auf dem Sprung, jederzeit zum Fahrstuhl zurück zu rennen, wartete sie Minuten, wie ihr schien, in denen nichts passierte.
‚Mach dich nicht lächerlich!' Horchend, verstimmt von der eigenen Schreckhaftigkeit, schloss sie auf.
Die Tür des Aufzugs klappte. War nur die Beleuchtung lahmgelegt worden? Einer am Aufzug, einer auf der Treppe! ‚Du sitzt in der Falle.'
Im gleichen Moment drängten Stimmen aus der Tür eines anderen Apartments, das Licht ging an und

Kinder trappelten vorbei. Sie wirkte offenbar seltsam angespannt, denn die Jungen grinsten unverschämt und ein Mädchen kicherte ängstlich.

Steve, Sohn eines Beamten, der, soweit sie wusste, als Geburtshelfer zur Treuhandanstalt nach Berlin berufen worden war und auch behelfsmäßig hier hauste, grüßte höflich: „Abend, Frau Doktor!"

Astrid staunte, wie kindlicher Trubel erleichtern, regelrecht befreien konnte.

„Kindergeburtstag", erklärte sein Vater entschuldigend.

Astrid nickte freundlich.

„Ach bitte, Herr Kuschner", sagte sie dann.

„Ja?"

„Sind Sie an der Tür gewesen, als die Kinder rausrannten?"

„Ja."

„Haben Sie wen kommen sehen? Ich meine von der Treppe her?"

„Ja." Kuschner zeigte in die andere Richtung. „Besuch. Hab nur Schatten wahrgenommen." Er lachte, trat aus der Tür. „Zu denen kommen öfter gruselige Gestalten. Sagen Sie bloß, Ihnen ist der Krawall in der Bude noch nicht auf den Wecker gefallen?"

„Bin wohl zu weit weg", flüsterte sie unsicher.

„Schönen Abend noch."

Sie riegelte sorgfältig hinter sich ab.

Bevor Astrid dazu kam, ihre Jacke an die Flurgarderobe zu hängen, schrillte das Telefon.

Sekundenlang stand sie starr und unentschlossen vor dem plärrenden Apparat. Dann nahm sie ab. Auf der Stelle schallte ihr das boshafte, höhnische Lachen entgegen.

„Lassen Sie den Unfug!" kreischte sie, entsetzt über ihre Hysterie. Als habe es neue Nahrung erhalten, steigerte sich das irre Gelächter ins Crescendo.

„Idiot!" brüllte sie und legte auf.

Christian, Linke, leider auch Zlatko Stevic, waren die einzigen, die ihre private Rufnummer kannten... Christian? Wieso ließ er nichts von sich hören? Aufgewärmt? Hatte ihn ihre nonchalante Skepsis so sehr abgeschreckt?

Mit Dosensuppe, angeblich Spargelcreme, auf dem Teller, starkem Kaffee im Pott, zwei Scheiben Toast, ziemlich dunkelbraun, setzte sie sich mit Papier und Stift an den Küchentisch.

Nutten im Osten? Wie sollte man sich das vorstellen, überlegte sie, in einem Land, das von sich behauptet hatte, keine Prostitution zu kennen? Alles privat? Sicher hatte es welche gegeben, die für Westkröten alles anstellten. Doch die zählten nicht. Ihr ging es um die Premiumhuren mit Verbindung zur Spitzenhotellerie.

Wenn die drei, anders als primitive Flittchen, internationalen Promis den Aufenthalt versüßten, wie Michel und Doris Schüler argwöhnten, dann niemals ohne Wissen der Stasi.

Nicht in ihrem Staat!

Venusfalle? Wieso hatte Heidkamp diesen Begriff benutzt? Was brachte ihn darauf?

Uwe arbeitete für die Stasi. Doris Berger ging ihr nicht aus dem Kopf. Was machte sie so sicher?

Astrid schob zwei Löffel Suppe in den Mund und biss in den Toast, der Zwieback ähnlich knackte.

Und plötzlich überkam sie eine fast prophetische Klarheit: Große Fische, kleine Fische, aus aller Herren Meere, die jenseits aller ideologischer Verbrämung beste Kontakte zum roten Regime unterhielten, waren beim Tête à tête von Damen wie Liane, Nicole oder Gundula abgeschöpft worden. Und das, obwohl ihnen klar gewesen sein sollte, wie die Zone tickte. Wie viele Barschels hatten das blindlings in Kauf genommen für ein paar heiße Nächte?

Die Eliten scherten sich einen Dreck um Moral. Pack schlägt sich, Pack verträgt sich, hörte sie Thomas sagen, bekam ein Gefühl dafür, warum ihre Morde auf einmal Wellen schlugen und Schalck unbehelligt am Tegernsee spazieren ging. Hatte der Oberrat das im Sinn, wusste er mehr, als er gut gespielt zu erkennen gab? Wenn es Aufzeichnungen gäbe..., hatte nicht Linke vorhin diesen Teufel an die Wand gemalt, trotz seiner beinahe trotzigen Zweifel.

Hinterm Rücken ihrer Brötchengeber? Die fieberhafte Suche, das Fehlen allen Schriftguts, von Fotos, Kassetten, ob Ton oder Video, legte dies nahe.

Und wichtiger noch, wer waren die potentiellen Interessenten der beiden Frauen gewesen?

Gundula, abgetaucht wie Nicole, lebte noch, weil sie offenbar die Klügste des Dreigestirns war, was die Aussage der Schüler belegte.

Dennoch blieb es nur eine Frage der Zeit bis... Warum ich, dachte Astrid verzweifelt. Sie musste Gundula finden. Besser heute als morgen, egal wie. Nicht nur, weil ihr Leben bedroht, sondern vor allem, weil sie die letzte Überlebende war, die den verzweifelt gesuchten Uwe kannte...

Ihre Intuition machte ihr Angst. Obschon übermüdet, verweigerte sich der ersehnte Schlaf. Nicht süße Träume kehrten ein, sondern die Furcht zurück.

Je länger sie nachdachte, um so gewisser erschien ihr, dass sie sich auf direktem Weg in die Schusslinie befand. Sie starrte verzweifelt zur Decke, sprang von der Couch, riss das Fenster auf. Die Straße war menschenleer. Die geparkten Autos glichen bunten Perlenschnüren. Sie ertappte sich dabei, wie sie Ausschau hielt. Vergebens. Keine Männer weit und breit, die observierten, sich an Hauswände drückten.

Sie sah kein lebendiges Wesen, außer einer grauen Katze, die aus den Büschen gelaufen kam und in einem zerschlagenen Kellerfenster verschwand.

Vorschriften gegen Hinterhalt, dachte sie verbittert, Feinde im Dickicht, erbarmungslos, clever und professionell.

Sie hasste Winkler für diesen Floh im Ohr!

Astrid kippte das Fenster an, tappte, ohne Licht zu machen, in die Küche, griff zum angebrochenen Irish

Coffee im Kühlschrank. Seit einem Kurzurlaub in Dublin mochte sie das Zeug einfach.

Kaum im Zimmer, leerte sie das Glas in einem Zug, schlüpfte nicht unter die Decke, wie sie es vorgehabt hatte, sondern holte die P 228 aus dem Bettkasten, wog sie in der Hand, spreizte lehrfilmreif leicht die Beine, hob die Pistole, zielte aufs Fenster.

Froh, den Sicherungshebel nicht berührt zu haben, wischte sie sich mit dem Handrücken Schweiß von der Stirn. Sie war schnell und schoss exzellent. Lehrgangsbeste war sie gewesen. Waffenfetischismus ekelte sie trotzdem an. Eine Waffe auf Menschen zu richten, selbst auf flüchtige Verbrecher, erschien ihr stets als gravierende Abwesenheit von Intellekt.

Wo Waffen im Spiel sind, werden sie auch benutzt! Alte Polizeiweisheit.

Die penetrante Panik vorhin im Flur, das irre Gelächter, das Loch in Nicole Tifferts Stirn, nagten an ihrer Überzeugung. Sie spürte es. Stünde sie sonst mitten in der Nacht mit geladener Pistole in diesem trostlosen Zimmer?

Wann wollte Christian die Fotos aufgenommen haben? Anfang April?

Astrid lief in den Korridor, holte die Bilder aus der Handtasche, dachte an das eine von Gundula, das bei Heidkamp in der Ermittlungsakte schmorte.

Komisch, überlegte sie. Wie ging das? Nach dem herben Zwist, den die Schüler geschildert hatte, so eng beieinander...?

Grand-Dame, Astrid grinste und glaubte nicht, dass Gundula bei Stevic auf dem Schoß saß, wie Heidkamp ihr weismachen wollte.

Susi! Ihr die Fotos zu zeigen, war allemal einen Versuch wert. Sie ärgerte sich, es in der Hektik letzte Nacht im *‚Papillon'* vergessen zu haben.

Ab jetzt bleibt die Pistole in der Handtasche, entschied sie flau, überlegte, steckte dann eins der Reservemagazine in ein Seitentäschchen und überprüfte zur Vorsicht nochmals, ob der Sicherungshebel eingerastet war.

17

Jensen mochte den Klang der Turmuhrglocke des Gotteshauses am Königstor und zählte die Schläge im Stillen mit. Nach dem letzten, dem neunten, trat sie aus dem Haus. Der Himmel trug Italienisch-Azur und Sonnenschein machte die letzten, zu oft grau melierten, Tage vergessen.

Dieser Donnerstag hätte das Zeug dazu gehabt, Herzen höher schlagen zu lassen, dachte sie, wäre da nicht dieser Daimler gewesen, der am Bordstein lauerte, schwarz, klotzig, drohend.

Wollte man sie einschüchtern? Womöglich Vorgesetzte der Sportskanonen, die ihr nach dem Fiasko im *‚Papillon'* gefolgt waren?

Sie hielt zumindest das für zweifelhaft.

Das ungeladene Empfangskomitee machte nicht den Eindruck, als wollte es Katz und Maus mit ihr spielen. Sie blieb stehen und beobachtete, wie sich ein älterer Herr, kurzes, graues Haar, dunkler Anzug, aus dem Fond hievte und auf sie zu kam.

„Retzlaff. Staatsschutz", stellte er sich militärisch knapp vor und wies sich aus. „Frau Dr. Jensen?"

„Ich denke, Sie wissen genau, wer ich bin", entgegnete die Kommissarin patzig. „Was kann ich für Sie tun?"

„Einsteigen", befahl Retzlaff ruppig. „Wir haben ein Date beim Chef." Sie fügte sich, hörte kaum hin, als er ihr den Fahrer vorstellte: „Oberkommissar Kuhl, Mitarbeiter."

Welcher Chef? Der Präsident? Heidkamp?
Sollte sie kaltgestellt werden? War der Oberrat eingeweiht oder gar Teil der Schmierenkomödie?
In Heidkamps wie für gewöhnlich frisch sterilisiert anmutenden Büro herrschte Minuten später eine Atmosphäre, als wäre letzte Nacht Neuschnee gefallen. Er dirigierte Retzlaff und Kuhl vom Thron aus an den Katzentisch, während er der Oberkommissarin das Privileg zugestand, im Fauteuil sitzen zu dürfen.
Er machte keinen Hehl daraus, dass ihm Einmischung in Mordermittlungen gegen den Strich ging.
„Wieso interessiert sich neuerdings der Staatsschutz für Nuttenmorde?" erkundigte er sich unhöflich.
„Kundenkreis", wich Retzlaff aus.
„In den Fällen...", der Oberrat zog die Ermittlungsakte heran, die ihm Helga Förster hingelegt hatte, blätterte: „Schneider und Tiffert gibt es keine mir bekannten Verquickungen mit staatsnahen Personen, nur Straßenstrich, allerunterste Liga..."
„Herr Kriminalrat...", setzte Retzlaff an.
„Oberrat", korrigierte Heidkamp zähnefletschend.
„Es gibt Hinweise", startete Retzlaff unbeeindruckt einen neuen Anlauf, „dass die Opfer vor der Wende enge Kontakte zur Stasi pflegten."
„Und das ist für Sie Grund genug, Kollegen zu observieren?" wetterte Heidkamp ungehalten. „Das wird die Interne klären, Herr Retzlaff." Nach dreimaligem Schnaufen, fragte er abschätzig: „Gewäsch oder solide Beweislage?"

Jensen, der das Wortgeplänkel dilettantisch eingefädelt schien, straffte sich. Wieso weigerte sich Heidkamp vehement anzuerkennen, dass Altlasten, wie sie es nannte, bei diesen Ermittlungen relevant sein könnten? Ignoranz? Kalkül?
Worum ging es Retzlaff?
„Nach unseren Informationen", äußerte der lax, „ist der Schneider wegen eben dieser Kontakte ein Anwesen zugeschanzt worden, das von staatswegen konfisziert war. Bewilligte Ausreise, Sie verstehen?"
„Zugeschanzt? Der Grundbucheintrag widerspricht dieser Annahme", wandte Jensen gelassen ein und bediente sich dreist bei Berger: „Wie mir nach Prüfung mitgeteilt wurde, ging der fragliche Besitz in das Eigentum der Gemeinde über und die veräußerte ein Drittel rechtmäßig an die Ermordete."
„Das glauben Sie doch nicht wirklich", polterte Retzlaff. „Vermutlich haben Sie Leute mit der Prüfung beauftragt, die den Preis von achtunddreißigtausend Aluchips loyal ignoriert haben oder nicht anstößig finden wollten! Bei diesem Objekt wäre selbst hier nichts unter Hunderttausend Ost gelaufen! Es sei denn, die Dame hätte in West gezahlt!"
„Was erlauben Sie sich...", fuhr Jensen auf. „Ob der Preis damals angemessen war, unterliegt nicht meiner Beurteilung. Die Kaufsumme ist jedenfalls nach zehn Tagen cash beim Kämmerer eingegangen."
„Frau Dr. Jensen, mir ist durchaus bewusst, dass Sie Ihren Job hier erst Tage machen, aber trotzdem

sollte Ihnen geläufig sein, dass die Bonzendörfer um Berlin endlose Bewerberlisten führten", behauptete Retzlaff, als wäre er selbst Opfer dieser Praxis gewesen. „Und auf die wäre eine Serviererin, trotz Interhotelanstellung, in diesem Leben nicht gekommen. Woher also hatte die Frau die Beziehungen und das Kleingeld, dabei mitzumischen?"
„Woher soll ich das wissen?"
„Solide Aufklärungsarbeit" bemerkte Retzlaff in unverändert scharfem Ton. „Erklärbar ist das nur mit serviler Intimität oder gar hauptamtlicher Stasi-Tätigkeit."
„Herrschaften", platzte Heidkamp endgültig der Kragen, „wir sind weder Kataster-, noch Finanzamt! Hier geht's um Mord, nicht um Immobilienschwindel. Was mich interessiert, ist der Täter. Und ob der mit Ihren prätentiösen Erwägungen zu tun hat", er sah unwirsch zu Retzlaff, „wage ich stark zu bezweifeln."
Retzlaffs Wut auf den Vorgesetzten war ihm deutlich anzumerken. Doch sichtlich Profi genug, nahm er sich zurück und fragte verschlagen: „Sind während der bisherigen Ermittlungen auffällige Aufzeichnungen sichergestellt worden?"
„Wäre das der Fall", revanchierte sich Jensen, „hätten Sie davon Kenntnis, nehme ich an. Laut Ehemann soll die Schneider Tagebuch geführt haben. War aber weder in der Hütte, noch in der Wohnung aufzufinden. Bei der Tiffert gab's keinen Schnipsel, nicht mal einen Kassenzettel."

Sie war plötzlich froh, dass gestern keine Zeit mehr gewesen war, Heidkamp über die Gespräche mit den Bergers und der Schüler zu informieren.

„Soweit uns bekannt, gehört eine dritte Nutte zum dubiosen Freundeskreis ihrer Mordopfer", ließ Retzlaff die Katze aus dem Sack. „Ihr Konterfei liegt der Akte bei", er wies zu Heidkamps Schreibtisch. „Ist ihr Aufenthaltsort inzwischen bekannt?"

Dafür der Aufstand?!

Keine Silbe. Weder über sie, noch über Uwe, befahl sie sich, die ihren steigenden Zornpegel fühlte.

„Wir sind dran, Nachname unbekannt", entgegnete sie äußerlich ruhig. „Fahnden nach ihr." Süffisant flocht sie ein: „Auch uns, Herr Retzlaff, ist bewusst, dass sie sich in akuter Gefahr befindet."

„Falls es Neues gibt", plusterte Retzlaff sich auf, „will ich sofort informiert werden."

„Und ich wäre Ihnen dankbar, wenn Sie mit Hinweisen, die unserer Ermittlung dienen, nicht hinterm Berg halten würden", erwiderte Jensen zuckersüß.

„Ich weise Sie beide darauf hin, dass die Befehlsgewalt immer noch in meiner Hand liegt", unterstrich Heidkamp nachdrücklich seine Anwesenheit.

„Gewiss doch, Herr Oberrat", bestätigte Retzlaff beflissen, um kein weiteres Porzellan zu zerschlagen. Nach einer winzigen Pause fügte er an: „Sie wissen, dass ein Antrag Ritters auf Rückübertragung vorliegt?"

Jensen schmunzelte.

„Herr Wörner, der Bürgermeister von Wernsdorf, hat die Tote eben deshalb aufgefunden, weil er mit ihr darüber reden wollte."

„Und da klingelt es nicht bei Ihnen?"

„Wieso?" fragte sie mokant. „Unterstellen Sie Ritter ein Tatmotiv..."

„Nicht so scheinheilig, Kollegin", schimpfte Retzlaff. „Sie wissen, was ich meine... Stichwort: Stasi-Verflechtung."

Nachdem Retzlaff und Kuhl verschnupft abgezogen waren, fragte Heidkamp lauernd: „Kann es sein, dass Sie mir wichtige Details Ihrer Ermittlungen vorenthalten, liebe Frau Doktor?"

Seine Brauen blieben zur Stirnglatze hochgezogen, er klopfte mit dem Kugelschreiber auf den Tisch, was nach Metronom klang und fürchterlich nervte.

„Fiele mir im Traum nicht ein", versicherte sie eilends. Martialisch setzte sie hinzu: „Sind doch alles nur Nebenschauplätze."

„Denke ich auch", murmelte Heidkamp, dessen unzufriedene Miene in Stein gemeißelt schien. Unvermittelt begann er wieder zu klopfen. Sein Blick entfernte sich zum Fenster. „Falls die Trickserei doch im Kontext zu Ihren Ermittlungen steht, was ja leider nicht auszuschließen ist, will ich das wissen! Und zwar von Ihnen, Oberkommissarin. Und nicht von diesen Lackaffen."

Seit wann glitt Heidkamp in derart sprachliche Niederungen ab, wunderte sich Jensen.

„Selbstverständlich, Herr Oberrat." Sie sah verschämt auf die Uhr. „Bitte, meine Woche. Die Zeit läuft."

„Na los, machen Sie", blaffte er nicht unfreundlich.

Woher nahm Retzlaff die zweifelhafte Überzeugung, dass die beiden Bordsteinschwalben Angestellte der Stasi gewesen sein könnten? Was lief da?

„Morgen", rief Linke ihr gut gelaunt zu, als sie eintrat. „Was war das denn jetzt?"

„Staatsschutz", maulte sie, ohne zu grüßen.

„Und wir dachten schon, Sie hätten unserm Leithammel die silbernen Löffel geklaut", blödelte Stoll.

„Ha, ha", schmollte sie. „Ihnen wird das Lachen auch noch vergehen. Die beabsichtigen, uns so was von in die Suppe zu spucken. So sieht's aus."

„Weshalb?" wunderte sich Linke zaghaft.

„Datschenkauf, Stasinähe" ließ Jensen wortkarg fallen. „Wer weiß schon genau, weshalb die sich einmischen." Sie grinste hässlich: „Ob wir auffällige Aufzeichnungen gefunden hätten... Arsch! Am meisten interessierte sie, ob wir Gundulas Aufenthaltsort kennen."

Gewarnt und beunruhigt von Retzlaffs seltsamen Auftritt, stand sie unschlüssig im Raum und goss nachdenklich heißen Kaffee in ihren Pott. Bevor sie dazu kam, ein weiteres Wort zu verlieren, hielt es Linke nicht mehr auf dem Stuhl.

„Na, da haben wir ja endlich mal die Chance, Sie etwas aufzumuntern."

„Inwiefern?"

Argwöhnisch verfolgte sie, wie Linke und Stoll wissende Blicke austauschten.

„Uwe Schüßler", rief Linke beschwingt in die Runde, „nannte sich unser Stasi-Mann laut Kilian."

„Tatsächlich? Seit wann wissen Sie das?"

„Seit eben. Während Sie beim Alten saßen, hab' ich mit Kilian telefoniert." Er fuhr sich mit den Fingern der Rechten wie mit einem Kamm durch die dunkelbraunen, welligen Haare. „Hören Sie bloß auf! Ehe der die Zähne auseinanderkriegte. Letztlich behauptete er, dass ihm die SED-Bezirksleitung eingebläut hätte, Grundstücke Ausgereister nur mit Zustimmung der Stasi neu zu vergeben. Er meinte, Schüßler hätte ihm die entsprechende Direktive der Hauptabteilung Eins beim Rat des Bezirks Frankfurt/Oder vorgelegt."

„Brr! Verkneifen Sie sich um Himmelswillen diesen abartigen Humbug", kringelte sich Jensen lachend, „das verkleistert einem ja das Hirn. Grundbuch?"

„Der Stil Ihrer Leute ist vielleicht anders, aber keinen Deut besser", verteidigte sich Linke. „Gekauft haben unter Schüßlers Einflussnahme Liane Stein, Lothar Menzel und Heiner Remscheid."

„Gute Arbeit. Ich glaube nur nicht, dass Schüßler unter diesem Nachnamen zu finden sein wird, auch nicht als Halter eines weißen Vectra", lobte Jensen, froh, im Gespräch mit Retzlaff dank Bergers Aussage nicht danebengelegen zu haben.

„Ich auch nicht", stimmte Linke zu. „Aber ich bemühe mich, bei den Insolvenzverwaltern der Stasi irgendwas Brauchbares raus zu kitzeln."

„Vielleicht kommen aus Leipzig auch noch ein paar griffige Details über Schüßler", ergänzte Stoll vorsichtig. „Berger und Menzel knick ich mir dann vorerst."

„Wieso?" entrüstete sich Jensen. „Kann sein, dass denen zu ‚Schüßler' mehr einfällt, als zu ‚Uwe'. Zeigen Sie ihnen das Bild, falls gestern beim Zeichner was Ordentliches rausgekommen ist." Friedlicher gestimmt fügte sie an: „Wäre auch ratsam, denke ich, sich Schneider erneut vorzuknöpfen. Kann ja nicht wahr sein, dass der nichts über die Freundinnen seiner Gattin weiß! Ich hatte heute Nacht so eine Idee. Susi Lützow vom ‚*Papillon*' besitzt eine ausgezeichnete Beobachtungsgabe. Vielleicht kann die mir bei Gundula weiterhelfen. Vorausgesetzt, sie war auf dem Strich, wie mir der Boss einzureden versucht."

18

Anfang April... Der nächtliche Gedanke beschäftigte Jensen nachhaltiger als der dichte, zumeist ruhende Verkehr zwischen Alexanderplatz und Oranienburger Straße.

Stimmte die Zeitangabe der Schüler, dann hatten sich Liane, Nicole und Gundula Ende März nebenan die Augen ausgehackt.

Unwahrscheinlich, dass Gundula danach noch Bock auf deren Gesellschaft verspürte. Selbst Rachel, erinnerte Jensen sich an das Gespräch auf dem Strich, wollte Nicole Ende März zuletzt gesehen haben.

Wie sollte Christian bei dem zeitlichen Ablauf an die Bilder gekommen sein? Sie fand keine Erklärung für ihr Dilemma.

Liane flüchtete sich in den Bungalow, weil sie hoffte, dort sicher zu sein. Nicole nistete sich sofort nach dem Mord an der Freundin bei Stevic ein. Clever gedacht, schlecht gemacht, wie Stoll annahm? Wo versteckte sich Gundula? Wenn Retzlaff infam den Begriff „Aufzeichnungen" ins Spiel brachte, gab es welche!

Jensens Hoffnungen konzentrierten sich auf Susi, was ihre Laune drückte, weil sie sogenannte alternativlose Konstellationen hasste. Doch sie konnte sich drehen und wenden wie sie wollte, Susi blieb der einzige Mensch, der ihr aus der Patsche helfen konnte. Immerhin arbeitete sie tagein, tagaus in der Katastrophenzone.

„Hi Susi."

„Sieh an, die Astrid", Susi lächelte. Während neben ihr unter lautem Getöse aufgeschäumte Milch einen Cappuccino adelte, flachste sie: „Du willst aber jetzt nicht wieder meinen Laden schließen?"

„Nee, nee", winkte sie ab. „Einen doppelten Espresso trinken und ein paar dumme Fragen loswerden."

Jensen erklomm einen der hochbeinigen Barhocker, die rund um den Tresen standen.

„Dumme Fragen? Es gibt nur blöde Antworten."

„Hm." Kommentarlos kramte sie das Foto aus der Handtasche. „Hab ich vorgestern mit keiner Silbe dran gedacht. Hier sind drei drauf. Sagt Dir was?"

„Nicole. Kam, wie gesagt, öfter. Dann dachte ich, die ist ausgewandert, bis sie hier..."

„Ausgewandert?"

„Ach, die hatte doch nur Flausen im Kopf", verriet Susi verächtlich. „Kanada vielleicht, wenn sie demnächst Schotter bekäme, und so... „

„Weißt Du woher?"

Jensen schaufelte Zucker in ihren Espresso.

„Bewahre, ich habe keinen Sinn für solche Spinnereien, wenn hier der Laden brummt."

„Und die beiden?" wollte Jensen wissen.

„War dicke mit Nicole befreundet", Susi tippte auf Liane. „Ging aber immer zur Konkurrenz ein Stückchen weiter oben, nahe der Synagoge."

„Auch ermordet", bemerkte Jensen deprimiert, und schnorrte kurzerhand eine von Susis Zigaretten.

„Sag ich doch, such Dir was Netteres. Wie soll man auf Dauer damit klarkommen?" Susi runzelte die Stirn. „Woher ich die Dritte kenne, ist mir schleierhaft. Die hat hier nie gestanden, dessen bin ich mir hundert pro sicher."
Jensen schwieg. Susis Memory-Qualitäten faszinierten sie. Nach Dagmar Schüler die Zweite, die Gundula schon mal gesehen zu haben glaubte.
„Tut mir echt leid, dass ich Dir nicht auf Anhieb helfen kann", bedauerte sie, schnappte sich das volle Tablett. „Du, ich muss... Falls mich eine Erleuchtung trifft, ruf ich Dich an."
Jensen legte eine Fünfermünze auf den Tresen und verschwand auf die Toilette. Ausgerechnet hier? Die Erinnerung überfiel sie, von unbekannter Panik begleitet. Ein Schauer rieselte ihr den Rücken herunter. Sie glaubte, Nicoles Geist könnte ihr jeden Moment auf die Schulter tippen.
„Super, dass Du noch da bist", rief Susi euphorisch, als sie in den Gastraum zurückkam. „,Sibylle' heißt das Zauberwort. Im Osten Modeblatt Nummer eins. Meines Wissens abgewickelt, aber ich denke, die war Mannequin, Model, wie das bei Euch heißt."
Jensen grübelte auf der Straße. ,Sibylle'?
Gab es die tatsächlich nicht mehr? Wo befand sich die Redaktion, falls sie noch existierte? Musste sie Bibliotheken durchkämmen? Sie schaute sich nach einer Telefonzelle um. Auf der Insel, von der die Treppe zur U-Bahn hinabführte, entdeckte sie eine.

Das Rufzeichen verhallte ungehört. Im Hintergrund knackte es geheimnisvoll, als ob noch immer mitgehört würde.

Sie unterdrückte ihr mulmiges Gefühl, suchte nach Kleingeld im Portemonnaie. Kein Linke, kein Stoll. Mist!

„Einsatzzentrale", dröhnte plötzlich eine Stimme aus dem Hörer.

„Jensen, Kriminalpolizei, Direktion-Ost" Nachdem sie ihre Ident-Nummer genannt hatte, bettelte sie: „Ich brauch Hilfe Kollegen."

„Wobei?"

„,Sibylle'. Modezeitung. Adresse der Redaktion?"

„Ist nicht Ihr Ernst, oder? Wir sind nicht für Ihren Privatkram zuständig"

„Ist nicht privat", unterbrach die Kommissarin den bulligen Bass. „Ist dringend!"

„Moment."

Sie hörte schwer verständliches Geschimpfe im Hintergrund. Wahrscheinlich befürchtete der Diensthabende eine Beschwerde.

„Brunnenstraße 82. 1054 Berlin. Deutsches Modeinstitut. Zufrieden?"

„Vielen Dank."

Überrascht verspürte sie auf dem Weg zum Auto Heißhunger auf Kuchen.

Weinmeisterstraße. Jensen erkannte die Kreuzung wieder, wo sie nachts die schwarze Limousine bemerkt hatte.

Die Rotphase nutzend, beugte sie sich über den Beifahrersitz, kurbelte die Scheibe runter und rief einem der wartenden Passanten zu: „Brunnenstraße?"
„Geradeaus. Hinterm Rosenthaler Platz."
Die Wegstrecke erwies sich kaum weiter als ein Katzensprung. Ein Problem bekam sie lediglich damit, das passende Plätzchen fürs Gefährt zu finden.
Deutsches Modeinstitut. Die Fassade des imposanten Eckgebäudes, übersät von notdürftig verputzten Einschüssen aus der Zeit allerletzter Häuserkämpfe 1945, versprühte, wie vieles im Osten, den muffigen Charme des Mangels.
Jensen wusste nicht wieso, aber irgendwie erinnerte sie das Gebäude ans KaDeWe am Wittenbergplatz. Das noble Entree aus Marmor, Mahagoni und Messing bestätigte sie in der Vermutung, nicht völlig daneben zu liegen. Ehrfürchtig ging sie die ausladende Treppe hinauf, deren roter Teppich abgetreten, ja fast hinfällig aussah. Je weiter sie sich vom Foyer entfernte, desto mehr verschandelten vorwiegend dilettantische Umbauten den Charakter des Hauses.
Tatsächlich stand in der ersten Etage nur eine Zimmertür offen, an der sich kein Hinweis auf die Nutzer fand. Zwei Frauen saßen an monströsen Schreibtischen und korrigierten emsig bedruckte Seiten.
„Guten Tag", grüßte sie zögernd. „Jensen, Kriminalpolizei. Dürfte ich..."
„Ach, ist es soweit?" fragte die Jüngere, die näher am großen Fenster zum Lichthof saß. Anfang dreißig,

selbstsicher, kastanienfarben getöntes Haar, musterte sie böse die ungebetene Besucherin.

„Was?" entfuhr der Kommissarin verblüfft.

„Dass sie uns endgültig vor die Tür setzen!"

„Fällt nicht in meine Zuständigkeit" beschwichtigte sie die Fragerin.

„Und weshalb sind Sie dann hier?"

„Ich benötige Auskünfte, die uns bei Ermittlungen in einem Mordfall sehr helfen können."

„Mordfall?"

Jensen legte das Foto aufs Manuskript, das die jüngere Frau las und zeigte auf Gundula: „Soll früher als Model gearbeitet haben. Mich interessiert, wer sie ist und wo ich sie finden kann."

„Du?" fragte sie ihre ältere Kollegin einsilbig.

„Lange her", stellten beide übereinstimmend fest, nachdem sie das Bild bestaunt hatten.

„Stümperhaft fotografiert", urteilte die Jüngere geringschätzig. „Versuchen Sie es besser zwei Zimmer weiter. Bei Mewes. Fotograf. Sicher kann der Ihnen mehr sagen."

„Schund", schimpfte Mewes entsetzt, als er das Foto zur Hand nahm. „Reproduziert, retuschiert. Beleidigt ja förmlich das Auge."

Zum Glück stand Christian nicht neben ihr.

„Qualität ist nicht mein Problem", nahm Jensen seinen Einwand leidenschaftslos hin, wies mit dem Finger auf Gundula. „Ich möchte nur wissen, wer diese Frau rechts ist."

„Yvonne", murmelte Mewes schwärmerisch. „fragen Sie mich nicht, wie ihr Nachname war. Keine Ahnung. In Berlin ist die längst nicht mehr. Wollte bereits Mitte der Achtziger in den Westen. Hab davor hin und wieder mit ihr gearbeitet, wissen Sie."
„Yvonne? Sicher?" fragte die Kommissarin verwirrt. „Eine Zeugin will diese Frau, deren Vorname Gundula sein soll, Ende März in der Knaackstraße auf dem Prenzel-Berg gesehen haben."
„Pseudonym?" murmelte Mewes. „Glaub' ich nicht. Früher wohnte sie in Weißensee, abgetakelte Villa in der Parkstraße. War ab und an bei Feten dort." Er kratzte sich nachdenklich am Kopf, dann schlug er vor: „Schicken Sie mir jemand her, der sich mein Fotoarchiv vornimmt. Vor fünfundachtzig, da findet er bestimmt was mit ihr, wo die richtigen Angaben drauf sind."
„Danke", sagte Jensen von ihrer Miene widerlegt. „Ich komme auf Ihr Angebot zurück."
Yvonne, toll und wie nun weiter, überlegte sie, sauer auf die getrübte Erinnerung von Mewes. Sie lehnte am Auto und starrte unentschlossen die Häuserfront der Seitenstraße an, in der sie parkte.
Zurück ins Präsidium, was sonst! Der erste, der ihr über den Weg lief, war Kellner.
„Sie sehen aber traurig aus", stellte er mitleidig fest, „was ist los?"
„Alles Mist", klagte Jensen kaputt. „Es geht um diese Gundula, Sie wissen schon."

„Und?" Kellner sah sie fragend an. „Los, raus mit der Sprache."

„Fehlanzeige", druckste sie. „Soll lange vorm Mauerfall in den Westen abgehauen sein. War früher Mannequin. Zeugen meinten, sich zu erinnern, sie aus der ‚Sybille' zu kennen und dass sie früher in der Weißenseer Parkstraße gewohnt hätte. Aber sie soll Yvonne heißen."

„Ist trotzdem was, wo man ansetzen kann", tröstete Kellner sie. „Ich kümmere mich. Und Sie sollten besser Feierabend machen, so wie Sie durchhängen."

„Linke und Stoll nicht da?"

„Andreas ist bei der Stasiunterlagen-Behörde und Thorsten entweder bei Schneider oder Menzel", rief er ihr im Weggehen zu.

19

Erstmals seit Tagen saß Jensen zur normalen Feierabendzeit in ihrem spärlich möblierten Zimmer, zwei Berliner, hier fälschlich als „Pfannkuchen" bekannt, und eine Tasse Kaffee schwarz vor sich.

Ihre Fresslust, die sie vorhin aus dem Nichts angefallen hatte, war längst verflogen. Lustlos kaute sie auf einem Bissen herum, der ihr reichlich altbacken vorkam, betrachtete die kahlen Wände und fand, dass ihr Zimmer bedenkliche Ähnlichkeit mit Heidkamps Büro besaß. ‚Vielleicht gleicht Dein Leben vielmehr dem seinen, als Du je bereit wärst, Dir einzugestehen', kam ihr widerwillig in den Sinn. Sie verfluchte ihre trüben Gedanken, die sich wie ungeladener Besuch dem Rauswurf widersetzten.

Anders als Susi war sie nirgends dabei, geschweige denn mittendrin. Daran änderte auch das zufällige Wiedersehen mit Christian wenig.

Gabi und Thomas wären ihr vor Freude um den Hals gefallen, hätte sie an deren Tür geklopft. Hatte sie aber nicht, obwohl sie nur ein paar Minuten Fußweg entfernt wohnten. Seltsam blockiert, sträubte sie sich innerlich dagegen, mit ihnen stundenlang den kläglichen Weltzustand zu analysieren, um anschließend wie gewöhnlich weiter die Füße stillzuhalten.

Nicht schon wieder!!! Unwillig schüttelte sie den Kopf, als ihr Telefon fast wie auf Bestellung läutete.

„Hallo", flüsterte sie bange, schon das irre Gelächter hörend.

„Gundula Kern" meldete sich entgegen ihrer Besorgnis eine warme Frauenstimme. „Sie suchen mich?"
„Gundula?" Perplex verschluckte sich Jensen fast am letzten Bissen. „Woher haben Sie die Nummer?"
„Ich glaube, es gibt Wichtigeres als Telefonnummern", wich sie geschickt aus. „Und ehe Sie sich weiter wundern, ich weiß auch, wo Sie wohnen."
„Wir müssen reden, Frau Kern..."
„Ganz meine Meinung", stimmte sie ihr zu, „Meine Nachricht haben Sie gefunden?"
„Nachricht? Wo?"
„Im Briefkasten. Wo sonst!"
Die Kommissarin fühlte sich ertappt, weil sie ihren Briefkasten meist nur leerte, wenn er dank unnützer Werbung überquoll.
„Ich fahre schnell runter", versprach sie beschämt, „rufen Sie bitte in fünf Minuten zurück."
„Wollen Sie den Anruf rückverfolgen...?" unterstellte ihr Frau Kern argwöhnisch.
„Ich bitte Sie! Unvorbereitet, ohne Technik, wie soll das gehen? Sie sehen zu viele Kriminalfilme."
„Ich weiß sehr genau, wovon ich rede, glauben Sie mir. Ich melde mich."
Wieder in der Wohnung, den Brief, englisches Format, in der Hand, zögerte sie für einen Moment, doch dann triumphierten Neugier und Ehrgeiz naiv über mögliche Gefahren.
Sie öffnete den Umschlag, las die handgeschriebenen Zeilen, am Ende schwungvoll unterzeichnet.

Die Schreiberin behauptete, seit den Morden Todesangst auszustehen, glaubte sich verfolgt und schlug ein Treffen um einundzwanzig Uhr im Spree-Café, nahe der Nikolaikirche, vor. Wusste sie, anders als ihre toten Kolleginnen, wer sie verfolgte?
Sie rief Linke an. Nichts. Jensen versuchte es ein zweites Mal. Gleiches Resultat. Auch er hatte sein Recht auf Feierabend.
Stoll kam für sie aufgrund seines losen Mundwerks für den Job nicht wirklich in Betracht.
Hatte sie nicht die verdammte Pflicht und Schuldigkeit, auf der Stelle ihren Chef...?
Ihre Nackenhaare sträubten sich wie ein gegen den Strich gebürstetes Katzenfell. Aus Mangel an Optionen, rief sie Christian an, der sofort abnahm.
„Klamm. Bin erst zu sprechen", mümmelte er offenbar mit vollem Mund, „wenn ich die Stulle..."
„Astrid."
„Dich gibt's noch?"
„Armleuchter! Meine Nummer verlegt, oder was?"
„Nummern verlege ich selten", brabbelte er zweideutig.
„Lass den Kinderkram. Hättest Du heute Abend Zeit für mich?"
„Kommt eine Ladung Stoff? Oder bist Du zum Frühjahrsball der Mafia eigeladen?"
„Ich brauche Begleitung."
„Wann?"
„Sagen wir, anderthalb Stunden? Rotes Rathaus?"

„Geht klar. Und was springt für mich armes Würstchen raus?"

„Eine Story. Falls es eine wird."

„Abgemacht."

„Haben Sie gelesen?" fragte die Kern wie aus der Pistole geschossen, als sie zurückrief. „Sie sind interessiert?"

„Selbstverständlich."

„Weder Namen, noch Ort oder Zeit nennen", forderte sie Jensen schroff auf. „Sie kennen das Café?"

„Ja."

„Gut besucht um diese Uhrzeit", erklärte sie, „und ich hause momentan in der Nähe." Sie lachte gekünstelt: „Einverstanden?"

„Ja."

„Wie erkenne ich Sie?"

„Ich...", Jensen blickte an sich herab, „Jeans, hellbraune Pumps, beigebraune Bluse, weiße Jacke, Leinen." Gundula Kern gab sich nicht damit zufrieden: „Was sind Sie für ein Typ, groß, klein?"

„Normal, Naturblond kurz, schlank, ein Meter achtundsechzig."

„Kommen Sie nicht allein", empfahl sie besserwisserisch. „Sie brauchen Begleitung, der Sie trauen können!"

Der Kommissarin fiel auf, dass Frau Kern, entgegen der rationalen Präzision ihrer Vorkehrungen, Sätze oft in der Schwebe beließ, als bezweifelte sie die Legalität ihres Handelns.

„Ich kann ganz gut auf mich selbst aufpassen", erwiderte Jensen gereizt.
„Haben viele vor Ihnen geglaubt, zum eigenen Nachteil. Geben Sie acht, dass Ihnen niemand folgt."
„Frau Kern, bitte..."
Nachdem sie aufgelegt hatte, behielt sie den Hörer in der Hand, drückte ihn gegen die Schulter und überlegte fieberhaft.
Durfte sie bei einem solch heiklen Unterfangen blind auf Heidkamps Rückendeckung vertrauen?
Gundula Kern bewies Mut. Fragte sich nur, ob es in ihrer Macht lag, ihr den gleichen Preis zu ersparen, den Liane und Nicole bereits gezahlt hatten.

20

Jensen erkannte Christian aus der Ferne, der inmitten Schaulustiger am Neptunbrunnen nach ihr Ausschau hielt. Schweren Herzens verzichtete sie, an den Schaufenstern entlang zu bummeln. Als Entschädigung schlich sie sich gewitzt in seinem Rücken an ihn heran, tippte ihm auf die Schulter und hauchte leise: „Na, alter Mann, sehr gestresst?"
„Geht so", griente er und mimte den Erschöpften.
Sie hakte sich bei ihm ein und sie ließen sich gemächlich mit dem Touristenstrom durch die Gassen treiben. Vom nahen Wasser her stieg leicht brackiger Geruch auf, der Jensen entfernt an die heimische Speicherstadt erinnerte.
Beeindruckt von der Kulisse, kam es ihr vor, als wollten sich die schmalen Wege rings um die Kirche, in denen uriges Altstadtflair mit Betonaufguss von längst Vergangenem kollidierte, als kitschigstes Berliner Postkartenmotiv empfehlen. Sie verstand, weshalb Frau Kern so erpicht war, sich hier mit ihr zu treffen. Wenn das in die Hose geht..., trübte ein banger Gedanke ihre sentimentale Stimmung.
„Sag mal, mein Lieber...", stichelte sie, um sich von ihrer stillen Sorge abzulenken, „wann willst Du die Fotos gemacht haben, die Du mir gegeben hast?"
„Anfang April, der geplatzte Report übern Amateurstrich, entfallen", erinnerte Christian sie obenhin.
Sie sah ihm an der Nasenspitze an, dass er flunkerte.
„Ich bin die Polizei, schon vergessen?", neckte sie ihn

halb im Spaß, halb im Ernst. „Die sind nie zu dritt flaniert. Wenigstens nicht in der Zeit. Total zerstritten. Weiß ich aus sicherer Quelle."
„Sind von Scholz", gestand er reumütig. „Hatte noch was gut bei mir. Hilft Dir vielleicht, dachte ich. Was ist so schlimm daran?"
„Dass Du lügst", tadelte sie ihn. „Scholz! Hat er Dich vorgeschoben, weil die Printen faul sind?"
Sie konfrontierte ihn sachlich mit Mewes Urteil.
„Muss ich sehen", quittierte er die Kritik säuerlich.
Das Café, dem ein Wintergarten vorgebaut war, der einem Gewächshaus ähnelte, lag direkt am Spree-Arm, der, einem Burggraben gleich, preußische wie sozialistische Prunkbauten umfloss.
„Sie wünschen, bitte?" fragte ein jüngerer Kellner, der etwas überfordert wirkte.
„Möglichst einen Fensterplatz", bat die Kommissarin, die sich fragend umschaute, dann aber doch dem Knaben ihren Ausweis hinhielt.
„Moment bitte, die Zehn wird gleich frei."
Sie gab sich redlich Mühe, trotz der Idylle nicht den Anlass des Besuches zu vergessen, die Szene wachsam im Auge zu behalten. Nur keine weitere Pleite, dachte sie abermals nervös, während ihr Herz bis zum Hals klopfte.
„Was darf's sein?" fragte der junge Mann, das leere Tablett unterm Arm, als sich Jensen gesetzt hatte.
„Zwei Milchkaffee", bestellte sie wortkarg, schielte zu Christian, der, ganz Tourist, das Möwenpärchen auf

dem gusseisernen Geländer am Wasser mit seinem Objektiv anvisierte, die grauen Sandsteinquader des Marstalls im Hintergrund.

Im Mittelgang, zeitweilig vom Kellner verdeckt, bemerkte sie einen Mann, der mit einem halbvollen Bierglas in der Hand ihren Tisch ansteuerte. Mittelgroß, untersetzt, aber nicht übergewichtig.

„Kommissarin Jensen?"

„Ja. Und Sie sind?"

„Stemmler. Rolf. Sie kommt, sowie sie sich vergewissert hat, dass Ihnen keiner gefolgt ist."

Er hielt ihrem Blick stand, setzte sich, sah aus dem Fenster, als interessierte er sich für die Lastkähne, die bräsig Richtung Gertraudenbrücke tuckerten.

„Herr Klamm, meine Begleitung", stellte sie derweil Christian vor.

„Angenehm." Stemmler leerte sein Glas, drehte sich zum Servierwagen, der im Gang stand, stellte es ab und erkundigte sich: „Sie kommen woher?"

„Hamburg."

„Da verbindet uns zumindest die Elbe. Dresden", bekunde Stemmler stolz. „Bizarre Posse, gebe ich zu. Aber gebranntes Kind…"

„Nur Beistand? Oder mehr Freund?"

„Beistand. Sie kampiert zurzeit bei mir."

Jensen betrachtete Stemmlers Hände, deren Pergamenthaut in krassem Widerspruch zu seinem Alter stand. Sie glichen eher jenen Dürers hochbetagter Mutter, die der vor Jahrhunderten genial skizzierte.

Gundula Kern zelebrierte ihren Auftritt. Ihr Erscheinen verwischte auf der Stelle Jensens flüchtige Beobachtung. Jeder Schritt, jede Bewegung, schien darauf bedacht, begehrliche Blicke auf sich zu ziehen. Etwa eins fünfundsiebzig groß, schlank, Haar dunkelblond, nackenlang, kam sie rasch näher, nickte ihr zu und setzte sich auf den freien Stuhl. Ihr blasses Gesicht, beinahe klassisch geschnitten, zierte eine schmale Nase, deren vibrierende Flügel Nervosität verrieten, während ihre grünlich-braunen Augen übernächtigt wirkten.

„Kern", flüsterte sie in wohltönendem Alt.

„Dr. Astrid Jensen", stellte sich die Oberkommissarin förmlicher als für gewöhnlich vor. „Ich leite die Ermittlungen in den Mordfällen Schneider, Menzel und Tiffert."

Augenblicklich herrschte Stille am Tisch, weil der junge Kellner zwei Milchkaffee abstellte.

„Menzel...?" hüstelte Frau Kern verstört, als der Ober abdrehte.

„Lauben-Nachbarin. Wir gehen davon aus, dass sie den Mord an Frau Schneider sehr wahrscheinlich beobachtet hat."

„Furchtbar", schluchzte sie auf, zog ein Taschentuch aus der Handtasche und betupfte ihre Augen. Ihr Nervenkostüm schien ziemlich ramponiert.

„Ich danke Ihnen vorab", bemerkte die Kommissarin daher anerkennend, „dass Sie bereit sind, mich zu treffen und zu kooperieren."

Frappiert verfolgte sie, wie sich ihr Gegenüber fast im gleichen Augenblick innerlich straffte.
„Danken? Wofür?" fragte sie abfällig. „Für tiefe Verzweiflung, für mangelnde Aussicht, irgendwann wieder normal leben zu dürfen?"
„Kommen Sie, junger Mann", forderte Stemmler indes Christian auf, „ich spendiere uns was, lassen wir die Damen in Ruhe reden."
Erstaunt sah Jensen zu, wie Christian seinen Milchkaffee nahm und Stemmler ohne Murren an die Bar begleitete.
„Zuerst die Personalien bitte", wandte sie sich schulterzuckend wieder ihrer Gesprächspartnerin zu.
„Muss das sein?" fragte die besorgt.
„Ja", erklärte die Kommissarin nachsichtig, „das fordern Staatsanwalt und Protokoll."
Die rechte Hand flach obenauf, schob ihr Frau Kern einen blauen DDR-Ausweis zu, dessen Seiten buchstäblich am seidenen Faden hingen.
Die Kommissarin blätterte gespannt, weil sie diese Art Dokument bislang nur vom Hörensagen kannte und notierte sich Angaben.
„Das reicht vorerst", überflog sie ihre Notizen.
„Also...", setzte Frau Kern erneut an.
„Verstehen Sie mich bitte nicht falsch", bremste Jensen die erkennbare Absicht der Zeugin, das Gespräch zu dominieren, „ich halte es für besser, wenn ich frage. Raum für nähere Erläuterungen bleibt dann immer noch ausreichend."

„Glauben Sie echt, Sie wüssten, wovon wir hier reden?" erkundigte sich Gundula Kern herablassend.
„Werden wir sehen", befand Jensen nachsichtig und schaltete ihr Diktafon ein: „Frau Schneider, Frau Tiffert und Sie waren befreundet. Ist das richtig?"
„Befreundet? Nein, nur Kolleginnen waren wir, mehr nicht", berichtigte sie gedankenfern. „Im Spätsommer fünfundachtzig kreuzten sich unsere Wege erstmals. Ich war ja bereits etwas älter..."
Jensen sprang nicht auf den winkenden Zaunpfahl an, sondern schlürfte Schaum vom Milchkaffee.
„...wir wurden Betreuerinnen", fuhr Frau Kern leicht verlegen fort, „wie die das steif nannten."
„Betreuerinnen?" Jensen sah sie fragend an.
„Verständlicher? Wir hatten als Hostessen tatsächlichen und selbsternannten Prominenten bei Events, offiziellen oder privaten Besuchen alle Wünsche von den Augen abzulesen. Und das meine ich wortwörtlich!"
„Venusfalle?" benutzte die Kommissarin intuitiv die sarkastische Andeutung ihres Chefs.
„Wer Stasi-Platt liebt", bemerkte Frau Kern überheblich, „würde es sicher so bezeichnen."
„Ende März stritten sie sich in der Wohnung von Liane Schneider heftig mit beiden Mordopfern. Worum ging es?"
„Woher wissen Sie das?"
„Bitte, Frau Kern", mahnte die Kommissarin ruhig, aber bestimmt, „beantworten Sie meine Frage."

„Die bekloppten Gänse beabsichtigten, ihre Memoiren zu verticken."

„Memoiren? Mit Ende zwanzig?"

„Was man zu sagen hat, hängt doch nicht vom Alter ab! Außerdem rede ich nicht von einem Buch oder Ähnlichem, wie Sie vielleicht denken." Sie sah sich um, flüsterte ängstlich: „Es ging um ihre ‚Sammlung'."

„‚Sammlung'?"

„Siebenundachtzig, genauer gesagt, während eines internationalen Meetings zum Berlin-Jubiläum, entdeckte ich, dass Liane und Nicole doppelt Buch führten. Sie gaben Spezialwissen, Kontakte, Zugangsberechtigungen sowie Hobbies ihrer Beischläfer nicht nur offiziell weiter, sondern hielten es auch privat fest, geschmückt mit Angaben über Leichen im Keller, Führungsoffiziere und einschlägigen Treffs."

Perplex schaltete Jensen die Aufzeichnung ab.

„Privat?" rutschte ihr bestürzt heraus. „Und das haben Sie für sich behalten?"

„Ja, ich redete mit ihnen, weil ich glaubte, dass die Spatzenhirne, arrogant und leichtsinnig, wie sie waren, gar nicht begriffen, was sie da anstellten. Ich sorgte dafür, dass sich Nicole in Leipzig bewarb, um die beiden zu trennen, forderte sie auf, das Zeug zu entsorgen und mit dem Unfug sofort aufzuhören."

„Ein Rat, der offenbar nicht auf fruchtbaren Boden fiel", stellte Jensen nüchtern fest. „Herr Schneider erwähnte während der Befragungen mehrmals eine

Art Tagebuch, das seiner Frau gehörte. Können Sie mir vielleicht was über dessen Verbleib sagen?"
„Schön wär's. Das ist das Problem, jede hatte eins."
Beabsichtigte ihre Gegenüber, sie in das Katz-und-Maus-Spiel zu verwickeln? Jensen war klar, das dies in dem Sumpf auch für sie lebensgefährlich werden konnte. Ihr Ehrgeiz endete mit der Aufklärung der Morde, dass sie dabei so schnell ins Ränkespiel politischer Hasardeure geriet, wäre ihr gestern Abend nicht ansatzweise in den Sinn gekommen.
Ahnte Heidkamp etwas vom Hintergrund der Fälle und wollte berechtigte Vermutungen und Zweifel unter der Decke halten?
„Und Sie glauben, für diese, äh, ‚Sammlung', wie Sie es nennen, wird gemordet?"
„Ich weiß, wovon ich rede."
„Wussten Sie, dass Frau Schneider und Frau Tiffert seit Beginn des Jahres arbeitslos gemeldet waren", wechselte die Kommissarin hastig das Thema, „und ihre Stütze auf dem Strich aufbesserten?"
„Ja", bekannte die Zeugin kalt, fügte sichtlich angewidert hinzu: „Als wir uns im März trafen, habe ich es ihnen angesehen."
Jensen war drauf und dran, das gefälschte Foto aus der Handtasche zu ziehen, überlegte es sich jedoch im letzten Moment anders.
„Revierkämpfe, Luden-Zoff, erpresste Freier, sind für mich zumindest gleichwertige Motive", erklärte sie emotionslos wider besseres Wissen.

„Abwegig", widersprach ihr Gundula Kern hochnäsig. „Diese Amateure..., ist eine andere Welt."
„Aber absolut skrupellos, wenn es ums Geld geht", hielt Jensen ihr aus Erfahrung entgegen.
„Stevic? Sagt Ihnen der Name was?"
„Nein."
„Was machen Sie derzeit beruflich?" fragte Jensen in die angespannte Stille und verfolgte wiederholt die vielen kleinen Blicke, die ihr die Zeugin zuwarf, als messe sie beständig, ob das, was sie sagte, in gewollter Weise beim Gegenüber ankam.
„Beratung für einen Escort-Service, der hier Fuß fassen möchte." Sie bestellte sich Eiskaffee, nahm ihren Faden wieder auf. „Hören Sie, ich spürte, dass nach der D-Mark vieles außer Kontrolle geriet. Ich wusste nur nicht genau, wer die Fäden zieht, ahnte vielleicht vage, dass Nicole und Liane damit zu tun haben könnten. Deshalb wollte ich sie zur Rede stellen, ansonsten hätte ich mich nie und nimmer freiwillig bei ihnen blicken lassen. Der Streit schuf immerhin teilweise Gewissheit für mich."
„Sie wollten ihnen die Tour vermasseln..."
„Sie sind wirklich nicht die hellste Birne im Leuchter. Oder täuschen Sie das nur mit Finesse vor", stöhnte Frau Kern. „Von wegen Tour vermasseln. Vor ihrer Dämlichkeit wollte ich sie bewahren! Nicole rief mich noch am Nachmittag des Tages ihrer Ermordung an. Sie wirkte gehetzt, glaubte sich verfolgt. Liane war ja bereits... Sie faselte von Päckchen,

die sie loswerden müsse, weil sie bei jemand auf dem Schirm wäre. Zeigt das nicht, wie Recht ich hatte?"
„…und Frau Tiffert fiel nichts Besseres ein, als sich an diejenige zu wenden, die den Deal um jeden Preis kippen wollte?" Jensen beobachtete zweifelnd die Zeugin. „Nannte sie Namen der Verfolger? Verriet sie das Versteck?"
„Schlüssel, flüsterte sie." Frau Kern tat, als erinnerte sie sich nur diffus. „Klang wie im Fieber. Vermutlich versteckt, verschluckt, verschickt, was weiß ich."
„Tatorte, Wohnräume, selbst bei den Obduktionen", nuschelte die Kommissarin, „ist kein Schlüssel ans Licht gekommen. Verschickt? An wen? Und wenn, dann garantiert nur gegen…" Sie rieb Daumen und Zeigefinger gegeneinander.
Elektrisiert standen ihr die offenen Türen des zimmerhohen Ofens in Nicole Tifferts Wohnung vor Augen. Hatten sich Prolls Leute bis in die Züge oberhalb des Feuerlochs vorgetastet?
„Als dringend tatverdächtig gilt für uns momentan der Ihnen sicher bekannte Uwe Schüßler. Er soll auch kurzzeitig mit dem Opfer Liane Schneider liiert gewesen sein", sprang sie abseits ihres Geistesblitzes zu einem anderen Gedanken und ließ die Aufzeichnung weiterlaufen.
„Und ob der mir bekannt ist", bestätigte Frau Kern kreidebleich. „Meines Wissens ist der aber bereits Frühsommer neunundachtzig abgetaucht."
„Fotos von Schüßler?"

„Bewahre..." Sie fingerte, die Hand zitternd, eine Zigarette aus der Handtasche.

„Der war so falsch, wie der erste Eindruck, auf den er stets setzte: Konziliant, höflich, weltgewandt. In Wirklichkeit kalt, gewissenlos und selbstgefällig." Verbittert fügte sie an: „Nur auf sein Liebchen ließ er nichts kommen."

Die Miene ihrer Zeugin schien eingefroren, während sie über Schüßler redete, war von Hass verzerrt, der nur noch von ihrer Angst vor ihm übertroffen wurde. Die Kommissarin schwieg unzufrieden.

„Ich verfluche den Tag auf ewig, an dem ich ihm begegnete", stellte Frau Kern zögerlich bis fatalistisch fest. „Ich war Mannequin, Model, ganz gut drauf, soweit das zu der Zeit hier möglich war. Dann lernte ich Franzosen einer renommierten Pariser Marke kennen, die mir anboten, mich mitzunehmen. Ging schief. Wir wurden erwischt. Die Herren, Staatsbürger einer Besatzungsmacht, kamen mit dem blauen Auge davon. Ich landete im Knast. Tage später kam Schüßler mit zwei Leuten. Sie machten mir eindringlich klar, dass ich mich nicht allein wegen versuchter Republikflucht, sondern auch wegen nachrichtendienstlicher Kontaktaufnahme zu verantworten haben würde. Diskret, aber absolut kompromisslos."

„Ihre Dienste wurden erpresst, wollen Sie das damit sagen", vergewisserte sich Jensen angewidert, nippte rasch vom Milchkaffee. „Und Sie wurden, ... seitdem von wem bezahlt?"

„Von der Staatssicherheit", gab sie unumwunden zu. „Und zwar nicht nur ich, wir alle, und damit meine ich nicht nur uns drei, die Sie kennen, sondern weitmehr Frauen über alle DDR-Bezirke verstreut. Sie kommen aus dem Westen, richtig? Ihre Vorverurteilungen ohne Kenntnis des hiesigen Alltags vor der sogenannten Wende sind völlig fehl am Platze."
Jensen grübelte, woher Retzlaff davon wusste, stellte brüsk fest: „Wer sich dem Teufel an den Hals wirft, kann nicht erwarten, angehimmelt zu werden."
„In den Knast? Um der Selbstachtung willen?" Frau Kern verlor für einen Moment die Contenance. „Ich weiß nicht, wie viele Leben Sie haben. Ich nur eins! Moralisches Heldentum muss man sich leisten können! Das Sein bestimmt das Bewusstsein, falls Sie schon mal davon gehört haben. Als ich unterschrieben hatte, war ich zumindest frei." Sie grinste gehässig. „Frei von materiellen Sorgen, frei vom eigenen Willen. Wie Liane und Nicole in den Schlamassel gerieten, ist mir unbekannt, darüber wurde ja nie geredet. Liane sicher leichtfertig, vielleicht auch, weil sie voll auf Schüßlers blumige Versprechen abfuhr. Nicole, weil sie Adrenalinjunkie war, abgebrüht, nervenstark und zielstrebig."
„Alles schick", reagierte die Kommissarin reserviert. „Ich bin Psychologin, glaube aber trotzdem nicht, dass uns Psychoanalyse hier was bringt. Kernfrage bleibt Schüßlers Motiv. Wusste er vom Vorhaben seiner früheren Schäfchen?"

„Was fragen Sie mich? Fragen Sie ihn!"
„Täte ich ausnehmend gern, glauben Sie mir", gestand sie bitter. „Die simplere Variante wäre, seine Ex-Geliebte Liane Schneider lüftet zufällig seine aktuelle Identität und erpresst ihn damit. Heißt zugleich, der Tiffert-Mord, auch wenn er ihm gelegen kam, ginge nicht auf sein Konto... Dass er wegen der Notate tötet, scheint mir unlogisch."
„Finden Sie?" widersprach die Kern gehetzt, fast panisch. „Was wissen Sie, mit wem der sich neuerdings eingelassen hat? Vielleicht hegt er eigene Ambitionen, sich an dem Zeug zu bereichern."
„Setzt voraus, dass er davon weiß" wandte die Kommissarin ein. „Woher, wenn Sie es ihm nie gesagt haben wollen?"
„Im Auftrag der obersten Führungsclique verbrannte Erde zurückzulassen, schließen Sie bei der Selbstgerechtigkeit dieser Leute völlig aus?" ergänzte Frau Kern rasch ablenkend.
„Sie würden Schüßler die Morde also zutrauen?"
„Wer soll wissen, wozu jemand im Extremfall fähig ist, selbst wenn man ihn zu kennen glaubt", stellte sie zerstreut fest. „Sich die Finger schmutzig zu machen, war allerdings nicht sein Stil. Dafür gab es Spezialisten."
„Spezialisten?"
„Pseudosuizid, plötzlicher Herztod, Unfall, Pillen, die Liste ungeklärter Todesfälle ist lang und unaufgeklärt bis heute, glauben Sie mir..."

„Ich habe es mit klassischen Morden zu tun, das ist mal sicher", stellte Jensen frustriert fest, „ich weiß nur nicht, mit wie vielen Tätern."
Sie schaute zu Christian, der ungehobelt gähnte, gelangweilt an der Kamera spielte und dann auf die Toilette verschwand.
„Falls Anklage erhoben wird, müssten Sie im Prozess aussagen. Ist Ihnen das klar?"
„Wenn ich den noch erlebe..."
Der unstete Blick, mit dem Frau Kern die besetzten Tische checkte, ließen die Kommissarin an ihrer Aufrichtigkeit zweifeln. Seltsam beunruhigt, beobachtete sie, wie ihre Kronzeugin zwanghaft auf die Uhr sah und hypernervös mit den überschlagenen Beinen zappelte.
„Zeugenschutz..."
„Reden Sie keinen Blödsinn. Gegen die haben Sie nicht die Spur einer Chance. Könnte gut sein, dass jemand von denen bei Ihnen Nebenan sitzt. Denken Sie mal drüber nach."

21

Jensen begleitete Christian ins biedere Zehlendorf. Sie wollte es so. Aufgescheucht vom beklemmenden Diskurs, hätte sie allein in ihrer ungemütlichen Unterkunft kein Auge zugetan.

Sie kauerte auf dem Sofa, Beine angezogen, Arme um die Knie geschlungen. Immer wieder verfolgten sie Bilder von Nicole Tifferts Wohnung. Obwohl todmüde, fiel es ihr schwer, der seltsamen Unruhe Herr zu werden, die sie quälte. Am liebsten wäre sie auf der Stelle zur Winsstraße gefahren, um ihre verstörende Vision vom Berliner Ofen im Wohnzimmer vor Ort zu prüfen.

„Das gibt null Story für Dich." Sie gähnte unschicklich laut. „Tut mir echt leid."

„So schlimm?"

„Schlimmer!" murmelte sie abwesend. „Wie fünf Kilo Semtex in der Tiefgarage vom Kanzleramt..." Entsetzt über ihre Wortwahl, schloss sie die Augen.

Sie bezweifelte nicht, dass stimmte, was Gundula Kern ihr auf Kassette gesprochen hatte. Demnach waren weder die Mordopfer, noch ihre Kronzeugin banale Nutten gewesen, sondern geschulte, ergebene Dienerinnen im Stasisold.

Memoiren... Scheiße!

Die wurden von allen Seiten gejagt, weil niemand daran interessiert war, dass ihre illoyale Anmaßung publik wurde. Erfolgsaussicht nahe Null, Typen wie Schüßler aus dem Verkehr zu ziehen...

Kein Name, kein Gesicht, keine Idee, wo oder als was er untergetaucht war...

Der Mord im ‚*Papillon*'? Sie glaubte nicht, dass er geschossen hatte, selbst wenn er der Schnösel gewesen war, den Susi als seltsam empfand. Wozu? Wenn er es lautlos konnte...

Christian freute sich, dass sie eingeschlummert war. Er ging nach nebenan, kam mit einer Wolldecke zurück und deckte sie behutsam zu.

Als er sich Bier aus der Küche holte, sah er zuoberst auf ihrer Tasche, die sie mitten auf den Flurschrank unter der Garderobe geworfen hatte, das Diktafon. Er kämpfte mehr als eine Minute gegen den inneren Schweinehund. Für ihn selbst verblüffend, behielt sein Anstand die Oberhand.

Zurück im Wintergarten, sah er Scheinwerfer vor den Fenstern aufleuchten. Er dimmte die Helligkeit der Stehlampe, lupfte die Übergardine und blickte auf die menschenleere Straße.

Ein Mercedes rangierte rückwärts in die Einfahrt gegenüber. Die Lichter gingen aus. Keine Tür öffnete sich, niemand stieg aus, durch die getönten Fensterscheiben war absolut nichts zu erkennen. Nur ein Flämmchen flackerte kurz auf, das Raucher im Wageninnern erahnen ließ.

Christian rüttelte sanft Astrids Arm.

Sie hatte Mühe, in die Gegenwart zurückzufinden. Verschlafen griff sie nach seiner Hand, die Augen geschlossen.

„Ungebetener Besuch." Er stupste etwas derber.
„Hä, Besuch?" Sie blinzelte. „Welcher Besuch?"
„Mercedes..."
„Woher wissen die, dass ich hier bin?"
Astrid federte hoch, starrte Christian hellwach an.
„Die wissen oft mehr, als man ihnen zutraut."
„Ich habe echt Angst, verstehst Du?"
„Mir ging's auch schon besser."
„Morgen", schimpfte Astrid wie ein Rohrspatz, „morgen früh werde ich, scheißegal von wem, Aufklärung verlangen, was das Theater soll!"
„Als ob Du das nicht wüsstest", machte er sich lustig über sie.
„Inwiefern?"
„Systemrelevante Interessen", wunderte sich Christian in einem Ton, den sie ums Verrecken hasste. „Vergehen aus Gründen der Staatsräson zu vertuschen, ist elementarer Bestandteil unserer Demokratie", argumentierte er verschroben wie ein ekliger Politologe und setzte sich zu ihr.
„Fein! Und wozu brauchen wir dann überhaupt Exekutive und Jurisprudenz?" empörte sie sich. „Kann ich ja beruhigt den Dienst quittieren."
„Was wir glauben, ist Wurst", erwiderte er gleichmütig, setzte die Flasche an und nahm sie in den Arm.
„Merkst Du nicht, dass Du nach Strich und Faden verarscht wirst?"
„Ich bin von Natur aus blöd", giftete Astrid, während sie ihm die Flasche stibitzte, „ich bin blond!"

„Du läufst gegen eine undurchdringliche Wand, Dein kauziger Chef lässt Dich strampeln, geht's schief, ist er fein raus, geben sie Dir einen Happen, sitzt er mit in der Sonne."

„Genug gekotzt, Maestro?" fluchte sie wie ein Müllkutscher.

„Nee", meinte er wider Erwarten.

„Willst Du mich loswerden?"

„Im Missverstehen bist Du seit jeher Weltmeister", stellte er bedächtig fest. „Die wissen doch, woher Du kommst, wer Dein Alter ist. Deine Ideale, die Jugendsünden sind denen scheißegal. Die setzen simpel darauf, dass er Dir die notwendige Loyalität eingebläut hat, Spielregeln zu akzeptieren."

Er gehe davon aus, erinnerte sich Astrid plötzlich der süffisanten Mutmaßung des Oberrats während der ersten Audienz, dass sie auf derselben Seite stünden. Toll!

Am liebsten hätte sie die Bierflasche vor Wut durchs geschlossene Fenster geschmissen.

„Bin ich ja richtig froh, dass ich endlich Deine ehrliche Meinung über mich höre", fuhr sie Christian an.

Sie stand auf, ihre Augen sprühten Funken.

„Die kannst Du nur mit den eigenen Waffen schlagen, sofern man Dich lässt", belehrte Christian sie.

„...und das, glaubst Du, kann ich nicht?"

„Nee."

„Schuft!"

Er küsste sie.

Als er sie an sich zog, entwand sie sich ihm, trat ans Fenster, sah zu dem Mercedes.

Dann hob sie den Hörer ab und wählte drei Nummern.

„Jensen. Direktion-Ost, Mordkommission", meldete sie sich exakt. „Schicken Sie bitte eine Streife nach Zehlendorf, in die Schweitzer Straße 27. Behinderung einer Mordermittlung. Mordermittlung! Sie haben richtig gehört! Schwarzer Mercedes Eleganz 300, Kennzeichen B-TZ 4856, blockiert Zufahrt, ich kann nicht zum Einsatz, ja... sofort kommen!"

22

Überall auf Büschen, in Bäumen vor dem geöffneten Fenster trällerte, zwitscherte und gurrte es. Ein Morgengruß, der Astrid seit dem Einzug in ihre provisorischen vier Wänden fremd geworden war. Der zunehmende Verkehrslärm auf der Clayallee quoll wie dumpfes Rauschen fließenden Wassers in die Nebenstraßen, deren Atmosphäre von Villen und Mehrfamilienhäusern geprägt wurde, die meisten von ihnen um die Jahrhundertwende erbaut. Vermutlich vorzugsweise für gehobene Beamte, dachte sie polemisch. Wäre was für den Oberrat. Insbesondere die stillosen Bausünden aus den Siebzigern, die hin und wieder das hübsche, antiquierte Quartier verschandelten.

Sie sah zur Uhr, die ein paar Minuten nach Sieben zeigte, sprang aus dem Bett und ihre verdammte Unruhe vom gestrigen Abend mit ihr, während Christian selig weiter schnarchte.

In den Klamotten von gestern ins Büro? Sie schnupperte kurz an ihrer Bluse. Nichts da!

Im Bad fand Astrid zum Glück eine unbenutzte Reservezahnbürste, gurgelte kräftig und sah sich in der Küche nach Frühstück um. Kaffee gab es mehr als genug, Brötchen, Eier, Marmelade? Alles Fehlanzeige!

„Was stöberst Du zu nachtschlafender Zeit in der Küche", meldete sich Christian unerwartet in ihrem Rücken.

„Ich bin abhängig beschäftigt, Faulenzer."
„Ist ja gut. Ich geh ja schon zum Bäcker."
Hemd und Jeans übergestreift, ungekämmt, Beutel in der Hand, entschwand Christian im Schweinsgalopp.
Sie griff unterdessen zum Telefon, weil sie die Ungewissheit nicht länger ertrug.
„Kriminaltechnik Proll."
„Jensen. Morgen, Herr Proll."
„Sind Sie in Ihrem Büro?" erkundigte er sich unsicher.
„Nein. Wieso?"
„Hier steppt der Bär seit Dienstbeginn."
„Wieso?"
„Interne und Koryphäen vom Innensenator hocken beim Chef."
„Worum geht's" fragte sie blauäugig.
„Um Sie, denke ich mal", machte er keinen Hehl aus seiner Vermutung.
„Ach ja?" meinte sie süßlich, „hindert Sie das, mir, besser uns, einen Gefallen zu tun?"
„Nein. Was liegt an?"
„In der Wohnung Tiffert könnte sich ein Schlüssel befinden, der übersehen wurde. Klein, Schließfach oder ähnliches. Seit ich davon hörte, geht mir dieser verdammte wuchtige Ofen nicht aus dem Kopf. Feuerloch, die Züge darüber. Ich bin mir nicht sicher, ob da tatsächlich überall richtig gesucht worden ist. Sie verstehen? Vielleicht sollte nochmals jemand..."

„Wir kümmern uns", versprach Proll, der absichtlich nicht danach fragte, woher sie das wüsste. „Wenn da einer ist, finden wir ihn."

Interne, Innensenator... Na dann, gute Nacht Marie. Hatte sie gestern Nacht mit ihrer Stinkwut im Bauch doch den Bogen zu sehr überspannt? Zum ersten Mal wurde ihr mulmig beim Gedanken, irgendwann im Laufe dieses Tages dem Chef unter die Augen treten zu müssen.

Schlüssel klapperten, Brötchenduft entstieg dem Beutel. Ihr Magen knurrte, trotzdem ihr Proll soeben gründlich der Appetit verdorben hatte.

Während Christian den Tisch deckte, bemühte sie sich, etwas Ordnung in ihre Handtasche zu bringen. Das krumme Foto... Astrid warf es auf den Tisch.

„Sieh es Dir an", bat sie ihn. „Ich bestell mir inzwischen ein Taxi. Muss mich in meinem Boudoir feinmachen, damit ich nachher frisch aufgebrezelt zur Enthauptung schreiten kann."

„Hä?"

„Verwalter systemrelevanter Interessen machen meinem Chef gerade die Hölle heiß."

„Hätte ich nicht anders erwartet."

Er schnappte das Bild und verschwand. Es dauerte nur Minuten, bis er blinzelnd aus seiner Dunkelkammer zurückkahm.

„Hatte keine Ahnung, dass sich Scholz für Collagen begeistert", stellte er zynisch fest. „Dieser Mewes hat Recht. Ist gepfuscht. Aber wie!"

„Frag ich mich doch glatt, weshalb?" Astrid bedachte ihn mit zweifelnden Blicken. „Wie bist Du überhaupt an diese Ekeltype geraten?"

„Traf ihn...? Zur Eröffnung der Funkausstellung neunundachtzig. Als noch keiner mit dem Mauerfall rechnete. Genauer weiß ich's leider nicht mehr. Jedenfalls stand er neben mir und ihm fehlte was. Hab ihm geholfen. Behauptete, gerade erst über Ungarn hergekommen zu sein."

„Von drüben?" fiel Astrid aus allen Wolken.

„Ist Masche, seine Herkunft optimal zu verschleiern. Man will keinen möglichen Auftraggeber verprellen."

„Vorm Mauerfall, also", Sie grübelte.

Ihr standen die Grenzkontrollen vor Augen, die, kam man von Hamburg, stets wirkten, als bettelte man darum, Insassen eines Hochsicherheitsgefängnisses besuchen zu dürfen. Sie erinnerte sich, dass sie ihrerseits jedes Mal die Kontrolleure bemitleidet hatte, die ihren Frust, nie einen Fuß hinter die magische Linie setzen zu dürfen, durch bornierte Machtattitüden an den Reisenden ausließen.

„Kann es sein, dass der vorm Dreck am eigenen Stecken weg ist?" fragte Astrid in die Stille.

„Gibt Vorurteile in der Branche", räumte Christian skeptisch ein. „Aber davon kursieren so viele, dass man besser nichts darauf gibt. Ich denke, der wollte einfach raus. Er konnte ja schließlich nicht wissen, dass die Mauer im Herbst fällt. Ist inzwischen richtig locker im Geschäft."

„Aufdringlich ist der Kerl", korrigierte Astrid unverblümt.

„Okay, Du kannst ihn nicht ab", gestand er ihr zu.

„Antipathien gibt's im Leben. Aber er ist ein cleverer Spezi. Macht viel, was ordentlich Knete bringt. Ich bin nicht angestellt. Kann's mir nicht leisten, gefühlsduselig auf nützliche Kontakte zu verzichten."

23

Jensen war noch nicht über die Schwelle, als Linke bereits devot aufsprang: „Ist mir ja so was von peinlich, Chefin", machte er auf beschämt, „nahezu unverzeihlich, dass ich gestern nicht zu erreichen war."
Küss die Hand, gnä' Frau... Erste Allgemeine Verunsicherung, dachte sie belustigt. Nur an den Defiziten beim Dialekt musste er noch arbeiten.
„Um Himmelswillen", lachte sie. „Hatten Sie Charmetraining? Kellner sagte mir, Sie würden mit den Gauck-Leuten reden?"
„Schwiegervater hatte seinen Siebzigsten", entschuldigte er sich schnörkellos. „Sorry."
„Und?" fragte sie besorgt, sekundiert von einer unbestimmten Handbewegung zum Chefzimmer.
„Remmidemmi" meinte er leise. „Ich hörte ja nur Ihre Rückrufbitte auf dem AB. Was vorgefallen ist, weiß ich bis jetzt nicht, aber beim Chef hocken Anzugträger."
„Scheiße", fluchte Jensen ungehobelt. „Kaum zuhause, hat sich Gundula bei mir gemeldet. Heißt übrigens Kern mit Nachnamen. Wollte mich unbedingt treffen. Das ist vorgefallen."
„Ist ja ein Ding", staunte Linke entgeistert. „Und woher hat die Ihre Nummer?"
„Was machen Stoll und Kellner?" drückte sie sich um die Antwort.
„Thorsten versucht, den weißen Vectra aufzuspüren und Kellner wühlt in Akten aus den Achtzigern."

„Gut. Alles weitere später", die Hand auf der Klinke, sagte sie: „Ich verfasse jetzt ein paar Zeilen, bevor der Löwe brüllt und dann reden wir in Ruhe. Ach, eins noch", bat sie und gab ihm den Brief von Frau Kern, „für Proll, könnten Fingerabdrücke drauf sein."
Jensen ließ das Band laufen, schrieb konkret, korrekt, knapp, um dem Chef keinen Ansatz zu bieten, wie am Montag gehässig über sie zu lästern. Schlüssel, Päckchen, Fotos, heimlich auf dem Weg zum WC geschossen, fielen für sie in die Kategorie Reizworte, die sie egoistisch unerwähnt ließ.
Falls die „Sammlung", von der ihr Frau Kern berichtete, nicht längst bei Anzugträgern im Safe lag, sah sie keine Veranlassung, den Bremsern und Geheimniskrämern etwas auf dem silbernen Tablett zu präsentieren. Die Interne fürchtete sie im Augenblick am wenigsten. Argwöhnisch betrachtete Jensen ihre spärlichen Zeilen.
Die blasierten Bubis folgten ihr unmittelbar nach dem Mord an Nicole Tiffert, über den sie von Linke informiert worden war. Gundula Kern meldete sich unverfroren auf ihrer Privatnummer, Retzlaffs Leute oder Verfassungsschützer bauten sich prompt vor Christians Haus auf, nachdem sie ihn um Begleitung bat. Hatte man ihr wissentlich ein Apartment vermietet, das noch verwanzt war? Sie nahm sich vor, Proll zu bitten, die Bude von Spezialisten untersuchen zu lassen. Ihr erschien, als schrillte das Telefon heute erheblich lauter als gewohnt.

„Zum Chef, dalli, dalli!" schnarrte ihr Helga Försters reizende Stimme entgegen.

„So geht das nicht mit uns, Frau Doktor", empfing sie Heidkamp finster.

Er thronte hinter seinem Schutzwall, betonte seinen Unmut, indem er ihr Sitzverbot erteilte und die Furchen, die gemeinhin seine Stirn prägten, in Schluchten des Zorns verwandelte.

„Nicht genug, dass Sie sich heimlich, ich betone: hinterrücks...", legte er entrüstet nach, „mit einer Topagentin der Stasi treffen, nein, Sie lassen sie obendrein laufen, pfuschen Mitarbeitern anderer Dienststellen ins Handwerk, halten sie regelrecht zum Narren. Im Normalfall reichten diese Verfehlungen, um Sie auf Lebenszeit ins Archiv abzuschieben."

Jensen kam nicht dazu, seiner Darstellung zu widersprechen, Heidkamp beschnitt ihr rigoros das Wort.

„Sie fordern grundlos, vor allem aber kompetenzwidrig Streifenwagen an, beziehen Privatpersonen fragwürdiger politischer Provenienz in ihre Ermittlungen ein und enthalten mir vor, wohin sich die Dame nach dem zweifelhaften Meeting abgesetzt hat."

Abgesetzt? Was sollte das jetzt heißen?

Jensen schluckte.

„Also bitte, Herr Oberrat", riss ihr der Geduldsfaden, „Auch haltlose Unterstellungen haben Grenzen. Erstens kann ich Sie nicht über Vorgänge unterrichten, von denen ich keine Kenntnis habe, zweitens wüßte ich gern, wieso mir dauernd jemand auf den Fersen ist und drittens habe ich Dienstbelange weder fahrlässig, noch vorsätzlich verletzt", entgegnete sie so nüchtern wie möglich, weil sie wusste, dass Heidkamp ihr jede Hysterie als Schuldbekenntnis auslegen würde.

Ihr Chef blickte verdattert. Von einer Untergebenen in seinem Heiligtum derart attackiert zu werden, war für ihn eine Erfahrung, die er erst verdauen musste. Er wirkte für Sekunden überfahren. Als er sich erneut mit Vorwürfen in Vorhand zu bringen suchte, blieb ihm nicht erspart, mitzuerleben, dass seine Oberkommissarin gar nicht daran dachte, klein beizugeben.

„Von Laufenlassen kann keine Rede sein", kam sie in Fahrt, als er sie konsterniert ansah. „Frau Kern meldete sich als Zeugin, wird keines Vergehens beschuldigt. Das miserable Timing tut mir ehrlich leid, ist aber nicht mein Verschulden. Das Schicksal ihrer Kolleginnen vor Augen, auf der Flucht, bat Frau Kern um das Gespräch. Sicher ist sie kein unbeschriebenes Blatt, aber Topagentin?" Sie stieß kurz Luft aus, als bliese ein wilder Gaul durch die Nüstern. „Weder Sie, noch Herr Linke waren zu erreichen. Und Herr Stoll ist für solche Aufgaben ungeeignet. Ich hoffe, zumindest in diesem Punkt stimmen wir überein."

Heidkamp räusperte sich: „Tja, ich war... mit meiner Gattin in der Oper. Premiere. Einladung vom Polizeipräsidenten."

Die Kommissarin nickte mitfühlend.

„Herr Oberrat, ich bin ja auch weiß Gott nicht stolz auf diesen Alleingang, aber mir blieb keine andere Wahl. Und da mir wegen der Brisanz juristisch versierte Begleitung nötig erschien, ...habe ich Herrn Klamm gebeten, einen Studienfreund, mir zur Seite zu stehen."
„Wieso keine Kollegen, es gibt sechs Dezernate, zudem Direktionen, ebenfalls Kollegen...?"
Seine Miene bekam jenen hinterlistigen Zug, den sie mittlerweile hasste.
„Ging alles zu schnell", verteidigte sie sich flau.
„Dieser... äh, Klamm..., ich denke, der ist für eine qualifizierte Beamtin wie Sie der falsche Umgang. Szene-Verbindungen, sympathisiert mit Trotzkisten und anderen linken Spinnern."
„Herr Klamm ist Jurist, hat für das Bundespresseamt und auch für das Ihnen sicher unverdächtige ZDF gearbeitet."
„Ach? Und wieso knipst er sich dann als freier Fotograf durchs Leben? Er ist ein linker Querulant, der mit uns auf Kriegsfuß steht", beharrte Heidkamp auf seiner Schublade. Felsenfest überzeugt, dass damit genug gesagt wäre, kam er eilends darauf zu sprechen, was offenbar seinen Chefs und ihm die Laune am meisten verhagelte.
„Was weiß der Mann?"
„Herr Klamm?"
„Wer sonst! Stellen Sie sich nicht dumm, das steht Ihnen nicht!"

„Nichts. Er saß während des Gesprächs mit dem Beistand der Zeugin, der sich mir als Rolf Stemmler vorstellte, an der Bar."

„Sie haben mit ihm nicht über Details gesprochen?" erkundigte sich Heidkamp zweifelnd, ergänzte listig: „Sie sind schließlich auch nur ein Mensch."

„Nein."

„Hat Herr Klamm... Bilder...?"

„Ist mir nicht bekannt."

„So... Nicht bekannt..." Ihr Chef musterte sie. „Aber Ihre Hand können Sie nicht dafür ins Feuer legen, dass Dinge von politischem Gewicht in die Öffentlichkeit gelangen?"

„Nein. Wir waren ja nicht allein im Lokal."

Heidkamp lächelte fies, seine dritten Zähne blitzten auf: „Wie eng ist ihre Beziehung zu äh, ...Klamm?"

„Sehr indiskret, Herr Oberrat, finden Sie nicht?" protestierte Jensen schnippisch. „Affinität zu mediterranen Jünglingen, Begeisterung für Trotzkisten. Was bitte, wollen Sie mir noch unterstellen?

„Nichts", ruderte er zurück, „aber ich bin veranlasst, das zu fragen, weil die Resultate ihrer Recherchen, wie Sie zugeben müssen, gewisse Sprengkraft in sich bergen. Was angesichts Ihrer kapriziösen Methoden über die Hintergründe und Motive der Verbrechen bekannt ist, gebietet, wie mich der Innensenator ausdrücklich erinnerte, jede Info sorgsam zu prüfen. Unsere Aufgabe bleibt, die Morde aufzuklären." Jensen nickte und ertrug stumm den Rest vom Monolog.

„Ich bin angewiesen, Sie in aller Bestimmtheit darauf hinzuweisen, Dienstliches und Privates künftig strikt zu trennen. Sie haben das Gespräch aufgezeichnet, vermute ich?"

„Teilweise."

Heidkamp wechselte ins getragene Timbre, das er für den Appell an ihre Loyalität als notwendig erachtete. „Übergeben Sie die Kassette Retzlaff. Auch als Zeichen des guten Willens. Was die politische und die nachrichtendienstliche Dimension des Falles anbetrifft, bleibt dies einzig Angelegenheit der zuständigen Ämter in Köln und München."

Jensen fiel der nächtliche Zwist mit Christian ein. Warum verdammt musste er immer Recht behalten? „Wäre vorstellbar, Frau Kern behilflich zu sein? Rein im Sinne des Verfahrens. Zeugenschutz?"

„Das ist Sache des Staatsanwalts", fiel ihr Heidkamp energisch ins Wort und ermahnte sie statt einer sachlichen Antwort: „Vermeiden Sie künftig, den Diensten in die Quere zu kommen. Zeigen Sie sich kooperativ. Und bringen Sie mir Schüßler."

„Lieber heute als Morgen." Nach winziger Pause vertraute die Kommissarin auf die Gunst des Augenblicks und fügte an: „Gestatten Sie, Herr Oberrat, aber das mit dem Behindern sehe ich etwas anders."

„Wie bitte?" Heidkamp schaute sie an, seine Brauen hoben sich ruckartig zur Stirnglatze.

„Ich habe den Eindruck, dass Herr Retzlaff von der Zeugin geschilderte Umstände eher und detaillierter kannte als ich. Weshalb darf ich keine Kooperation erwarten?"

„Sie können gehen."

„Und wem gilt das Hauptaugenmerk der Mercedes-Insassen, mir oder Herrn Klamm?" fragte Astrid provokant, die Hand bereits auf der Klinke.

„Raus!"

„Na?" erkundigte sich Linke gedehnt. „Haben Sie ihn von der Palme geholt?"

Stoll und Kellner grinsten unverschämt.

„Weiß nicht", nuschelte die Kommissarin verlegen. „Er musste jedenfalls einsehen, dass nicht wir die Deppen sind."

Sie ging in ihr Zimmer und winkte raumgreifend: „Bringen Sie Kellner und Kaffee mit und dann am besten Verschanzen."

Sie schaltete das Diktafon an, das noch auf dem Tisch stand. Als das letzte Wort verhallt war, hätte man eine Stecknadel zu Boden fallen gehört.

„Scheiße", fluchte Stoll in die Stille, „warum muss die Wirklichkeit stets so viel abscheulicher sein als die bösesten Ahnungen?"

„Weil das Leben nun mal kein Zuckerschlecken ist, Herr Stoll", spottete Jensen mit todernstem Gesicht. „Und, Herr Linke, wie lief es bei den Nachlassverwaltern der Stasi?"

„Tja, Gaucks künftige Behörde ist so eine Sache...", begann er nachdenklich. „Nur sehr bedingt arbeitsfähig, würde ich sagen", er kratzte sich am Kinn,

blätterte in seinem Notizbuch. „Demnächst für Besucher öffnen, gut und schön. Aber mit Tätern auf den billigeren Plätzen sieht's mau aus, dauert bestimmt Jahre, bis Mosaiksteine zusammengesetzt, geordnet und strafrechtlich verwertbar sind."
„Also gar nichts Konkretes?"
Die Kommissarin schaute ihn unzufrieden an.
„Ja und nein", schränkte Linke ein. „Die HA VI war die Hauptabteilung, soviel habe ich gelernt", er las Wort für Wort ab, „die Besucher von Messen, Kongressen und internationalen Veranstaltungen sowie Gäste zu politischen Konsultationen ausforschte. Sie kontrollierte den Reiseverkehr, die Interhotels sowie andere essenzielle touristische Betriebe." Umblätternd fügte er an: „Namen und Hausnummern, die uns interessieren, unbekannt."
„Mager", konstatierte Jensen enttäuscht. „Aber vielleicht ein Ansatz für gezieltere Suche."
„Sehe ich als geborener Ossi eher pessimistisch", widersprach Linke. „Chef dieses Vereins war Generalmajor Dieter Jäger. Wollen Sie den vorladen?"
„Wieso nicht?"
„Lassen Sie es", empfahl Kellner, „der wird Ihnen nur arrivierte Westanwälte auf den Hals hetzen."
„Vielleicht geht's ja auch anders", Stoll schlürfte theatralisch Kaffee. „Die Zeichnung, die wir der roten Zora aus Schneiders Nachbarwohnung verdanken, scheint treffend zu sein. Menzel und auch Schneider haben ihn wiedererkannt."

„Schneider? Der Witwer kennt Schüßler?" fragte die Kommissarin baff. „Woher?"
„Konnte sich angeblich nicht genau erinnern."
„Herr Stoll, ihr Faible für feinsinnige Dramaturgie in Ehren. Und weiter?"
„Natürlich bestritt er, davon gewusst zu haben, dass Schüßler lange vor ihm auf seiner Frau gelegen hat. Aber trotzdem ist mit dem was faul. Auch wenn ihn sein Alibi als Täter ausschließt."
„Tun Sie mir bitte den Gefallen, Herr Stoll", wies ihn Jensen zurecht, „reden Sie nicht mit uns wie Menzel, okay. Gibt's was aus Leipzig?"
Stoll schluckte missmutig, richtete sich auf und informierte weiter: „Die sächsischen Kollegen haben eine Zeugin für uns aufgetan. Carla Jahn. War beim Messeamt beschäftigt und kannte Frau Tiffert. Wäre auch..."
KT-Chef Proll stürmte ins Zimmer, unterbrach Stoll mitten im Satz.
„Sie mit Ihrer Scheiß Intuition...", ranzte er Jensen wütend und zugleich tief besorgt an.
„Wie bitte?" fragte sie perplex, maß ihn käseweiß von Kopf bis Fuß.
„Der Mann, den ich in die Wohnung der Tiffert geschickt habe, wurde niedergeschlagen."
„Schlimm?"
„Kopfwunde. Eventuell Gehirnerschütterung. Ist im Krankenhaus Christburger Straße."
„Tut mir schrecklich leid."

„Schaut aus, als hätte jemand gewartet, dass einer das Siegel schlitzt und da reingeht. Hoffte vermutlich, dass der andere genaueres weiß als er."
Jensen merkte, dass ihre Mitstreiter sie verständnislos ansahen.
„Mein Gott, gucken Sie nicht so", verbat sie sich entrüstet. „Sie haben Frau Kern doch auf dem Band gehört. Deshalb habe ich gebeten, insbesondere den gewaltigen Ofen nochmals abzusuchen. Wir hätten ja mal Glück haben können, oder?" Dann entschied sie spontan: „Herr Linke, wir besuchen den Kollegen nachher, machen Sie sich sachkundig, ob der Mann ansprechbar ist."
„Ich wollte nur anbieten, bevor Proll kam", meldete sich Stoll erneut zu Wort, „dass Frau Jahn auch bereit wäre, ihre Aussage hier zu machen. Ist vielleicht besser als zweimal gefiltert."
„Okay, laden Sie Frau Jahn gleich für Montag ein."
Fast ohne Luft zu holen, wandte sie sich an Kellner: „Besorgen Sie mir bitte alle verfügbaren Angaben zur Kern. Der Chef ließ vorhin durchblicken, dass sich die Dame nach dem gestrigen Gespräch sofort abgesetzt hätte."
„Bin ich schon dran, Chefin. Wird aber heute nichts mehr."
„Ja, ja" gestand sie ihm halbherzig zu. „Hallo, Moment", rief sie Proll hinterher, der schon fast aus der Tür war.
„Ist noch was?"

„Auch wenn's jetzt blöd klingt, ich habe ein Problem..."

Sie berichtete ihm knapp von ihrem Verdacht, in den eigenen vier Wänden abgehört zu werden.

„Sie meinen, wir sollten die Räume prüfen und säubern?"

„Bitte, bitte", bettelte sie in kindlichem Ton. „Wer lässt sich schon gern vorführen."

„Mach ich nach Feierabend", versprach Proll. „Sozusagen als Schadenersatz für die Panne mit Menzels Fingerabdruck. Rufen Sie mich an, wenn Sie wieder zurück sind."

24

Kurz nach sechzehn Uhr steuerte Jensen endlich, Stefan Proll schweigend an ihrer Seite, auf ihre ungeliebte Bleibe zu.

„Zum Glück ist Ihr Kollege mit einem blauen Auge davongekommen", fühlte sie sich verpflichtet, ihn zu trösten.

„Ich weiß", bestätigte er einsilbig.

„Ehrlich, die Schlappe werd' ich mir nicht so schnell verzeihen", gestand sie beschämt. „Der Arzt sagt Profiwerkzeug, Totschläger."

„Wer macht so etwas?"

„Ihr Mitarbeiter berichtete uns, dass er im Ofen gerade was gefühlt hätte", ignorierte sie seine rhetorische Frage, „sah aber, bevor ihn der Hieb traf, nur noch blaue Jeans unterhalb vom Knie und braune Halbschuhe, angefertigt, wie er glaubt."

„Was gefühlt?"

„Ein Kuvert. Auf den Schamott geklebt. Selbstverständlich weg, als er wieder zu sich kam."

„Scheiße. Kann's sein, dass wir einen Maulwurf bei uns haben? Außer Ihnen, mir und dem Mann vor Ort wusste niemand, was wir abgesprochen hatten."

„Ich hoffe nicht." Nebenher warnte sie Proll: „Bitte nicht in Ohnmacht fallen. Sieht noch sehr provisorisch aus bei mir."

„Keine Sorge", räumte er erstmals lächelnd ihre Bedenken aus, „schlimmer als das, was mir sonst täglich unter die Augen kommt, kann's kaum sein."

Im Gang zwischen Aufzug und Apartment überkam Jensen wieder diese irrationale Angst wie Dienstagabend. Sie vertraute ihrem siebten Sinn, der ihr widerspenstig einredete, dass etwas nicht stimmte.
Die Pistole gezogen, schlich sie sich lautlos, katzenhaft an, bedeutete Proll mit stummen Gesten, hinter ihr zu bleiben, horchte, den Kopf leicht geneigt. Leise klickend entsicherte sie ihre Waffe und stieß ihre kurioserweise nur angelehnte Wohnungstür auf.
„Polizei!" schrie die Kommissarin, als sie in die Diele trat. „Hände an die Wand, Beine auseinander!"
„Lassen Sie den Blödsinn!"
Die Pistole vorhaltend, lief sie ins Zimmer, sah Retzlaff auf ihrem Sofa, Kuhl, dämlich grinsend an der Wand lehnen, sowie einen unbekannten Dritten, der mitten im Raum stand und sich staunend umsah.
„Was suchen Sie hier?" wetterte sie zornesrot.
Proll, weiß wie die Wand hinter ihr hergeschlichen, traute seinen Augen nicht. Wie sich die Westkollegen untereinander vors Schienbein traten, beschädigte nachhaltig sein Weltbild.
„Sind Sie ihr...", blaffte Retzlaff den konsternierten Proll an, verdeutlichte seine gemeine Unterstellung durch eine ordinäre Handbewegung und bemerkte unverschämt: „Oder haben Sie einen Wasserschaden in der Bude?"
„Scheint", erwiderte Proll sauer, der seine Schlagfertigkeit augenblicklich zurückgewann „als bräuchte die Chefin tatsächlich einen Kammerjäger."

„Werden Sie nicht frech. Hier sind keine Wanzen", stellte Kuhl blasiert fest. „Verschwenden Sie Ihren Feierabend woanders, Herr Proll. Danke und Wiedersehen."
Stefan Proll zog wie ein geprügelter Hund mit gesenktem Kopf von dannen.
„Könnte ich vielleicht erfahren, was Sie zu Hausfriedensbruch berechtigt?" schnaubte Jensen.
Sie hielt die SigSauer noch immer in der Hand, wieder gesichert, den Lauf gen Fußboden gerichtet.
„Legen Sie das alberne Ding weg", befahl ihr Retzlaff kalt. „Und dann reden wir Klartext!"
„Ich such mir die Gäste selber aus, mit denen ich Klartext rede", fuhr ihm Jensen in die Parade und griff zum Telefon. „Der Chef ist nicht informiert?"
Der Unbekannte fiel ihr in den Arm: „Das können Sie immer noch tun, meine Liebe. Ich würde mir an Ihrer Stelle aber erst anhören, was wir zu sagen haben."
Jensen blitzte ihn an und schüttelte seine Hand ab.
Hochnäsig entnahm der einem schwarzen Lederetui eine schlanke Zigarre, beschnitt sie und fragte pro forma: „Sie gestatten..."
„Ich gestatte nicht... Hier wird nicht geraucht."
Lahm! Sie ärgerte sich. Wo war ihre Schlagfertigkeit geblieben? Resigniert steckte sie die Pistole hinterm Rücken in den Hosenbund.
„Sehr schade", nahm der Gerüffelte ihr Verbot unbeeindruckt hin. „Ihr Herr Vater, meine Liebe, hingegen ist ein Freund feinster Zigarren."

„Lassen Sie meinen Vater außen vor", verbat sie sich das Abgleiten ins Private.

„Also Ressentiments beiseite", riss Retzlaff das Wort an sich. „Komplexe Probleme erfordern, wie wir alle wissen, atypische Methoden, das sollten Sie uns im Interesse der Sache nachsehen."

„Der Sache?" fuhr Jensen entrüstet auf. „Welcher? Ihrer? Meiner? Seiner?" sie wies auf den Fremden. „...oder der Landschaftshygiene wegen?"

„Ich fürchte, meine Liebe, polemische Wortgefechte sprengen unser zeitliches Limit", mischte sich der Fremde erneut ein.

„Ich bin nicht Ihre Liebe! So flexibel ist mein Niveau nach unten nicht." Gespreizt wandte sie sich Retzlaff zu: „Da Ihr Vorgesetzter seinen Anstand beim Pfandleiher versetzt hat, wären Sie vielleicht so freundlich, uns vorzustellen?"

„Ministerialdirektor Klinghammer, Kanzleramt", bemerkte Retzlaff seltsam distanziert.

„Hier geht's nicht um Lappalien, Frau Dr. Jensen, sondern um vitale Belange unserer inneren Sicherheit", spielte sich Klinghammer befehlsgewohnt erneut in Vorhand, „so was bespricht man diskret. Hart aber fair: Wir kriegen die komplette Hinterlassenschaft Ihrer Nutten und Sie den Mörder."

„Und woher wissen Sie, dass es nur einer ist?" Jensen entglitt die Kinnlade angesichts dieser kaum zu toppenden Impertinenz: „Haben Sie Ihren Wunschkandidaten bereits ausgeknobelt?"

„Sie haben mich verstanden, denke ich", Klinghammers Augen verengten sich und in seiner Miene spiegelten sich sämtliche Facetten von Hochmut. „Notizen, Kassetten, Bildmaterial. Kurzum alles, was die dummdreisten Fotzen gerafft haben."
„Haben Sie doch", fiel ihm die Kommissarin couragiert ins Wort.
„Wie meinen?" kollerte er entnervt. „Wollen Sie mich auf den Arm nehmen?"
„Dafür sind Sie mir zu schwer", spottete sie und fuhr feindselig fort: „Ist unser Kollege etwa nicht auf Ihr Geheiß in der Behausung von Frau Tiffert niedergeschlagen worden?"
„Ticken Sie noch richtig?" ereiferte sich Klinghammer. „Wofür halten Sie uns?"
Er und Retzlaff sahen sich entgeistert an.
„Würden Sie uns gefälligst einweihen, was hier aktuell abgeht", verlangte Klinghammer verärgert.
„Sie wissen, dass ich gestern Abend, vorsichtig ausgedrückt, unkonventionell kontaktiert und zu einem vertraulichen Gespräch eingeladen worden bin. Die Zeugin, bis zur Maueröffnung Kollegin beider Mordopfer, wähnt sich ebenfalls in akuter Lebensgefahr und bot an, weiter zu kooperieren."
Retzlaff warf Fotos auf den Tisch. Sie hatten Ähnlichkeit mit denen von Klamm, soweit es Standpunkt und Perspektive anbelangte.
Jensen versuchte sich krampfhaft zu erinnern, wer neben Klamm und Stemmler noch am Tresen saß,

doch ihr fiel nichts dazu ein. Sie schob die Fotos achtlos zur Seite: „Im Gespräch flüsterte die Zeugin von einem Schlüssel, meinte für Schließfach oder Ähnliches, von dem ihr die Tiffert bei einem Telefonat wenige Stunden vor ihrem Tod erzählt hätte. Also bat ich unsere Technik heute früh, sich nochmals Frau Tifferts Wohnung, insbesondere den Berliner Kachelofen, anzusehen. Und nun befindet sich der beauftragte Kollege traumatisiert im Krankenbett. Das, was er glaubt, gefunden zu haben, ist weg."
„Kacke, verdammte! Und davon wussten Sie nichts, hä?" Klinghammer strafte Retzlaff und Kuhl mit wütenden Blicken. „Lebensgefahr, das ich nicht lache! Könnte es sein, dass die Frau…?"
„Die ist heute in aller Frühe zu einem Ferienhaus in der Heide aufgebrochen, weil sie fürchtet, hier nicht mehr lange sicher zu sein", beichtete Kuhl hölzern.
Stasikader! Ferienhaus, Lüneburger Heide…
Jensen griente angewidert. Wen wunderte es, wenn diese Großkotze vom lynchlüsternen Zorn der Bürger verfolgt wurden, deren Welt Jahrzehnte an verminten Betonquadern mit montierten Schießautomaten endete.
„Ausgerechnet in der Pampa will die Dame sicherer sein, als unter Millionen Passanten?" wunderte sich Klinghammer gereizt. „Da ist doch was faul! Dranbleiben, aber zackig." Er sah gehässig zu Jensen. „Flucht ins Nirgendwo? Entspricht das Ihrem Verständnis von kooperieren?"

„Unterschrift." Kuhl hielt ihr ein Blatt hin.
„Ich denk im Traum nicht dran!" fauchte die Kommissarin. „Beschweren werde ich mich. So wie Sie Vorschriften missachten."
„Schluss jetzt", zischte Retzlaff gefährlich leise, „wir tragen Verantwortung fürs Gemeinwesen. Und das wissen Sie ganz genau."
„Gemeinwesen? Es sind die Eliten, um die geht's."
„Wählen Sie diese Nummer", Klinghammer reichte ihr eine Visitenkarte, „oder unterschreiben Sie."
„Was ist das für ein Anschluss?"
„Der Referent Ihres obersten Dienstherrn."
„Des Innensenators? Der deckt diese Farce?"
„Sie sind verpflichtet", zitierte Retzlaff indes, „uns das Material umgehend auszuhändigen, sollte es in Ihren Besitz gelangen. Es ist Ihnen untersagt, Kopien anzufertigen, Unbefugten, insbesondere den Medien, Kenntnis davon zu geben."
„Wie ich eingangs bemerkte", gab sich Klinghammer leutselig, „der Deal gilt. Material gegen Mörder. Es geht um Staatsräson. Zu Ihrer Beruhigung, Oberrat Heidkamp hat seine Kreuzchen bereits gemacht."
Jensen kritzelte ihre Unterschrift.
„Dürfte ich dann um die Negative und Abzüge bitten, die nicht in der Akte sind", verlangte er. „Die ist übrigens ab sofort unter Verschluss."
„Tut mir leid", wies Jensen die Aufforderung abgebrüht zurück. „Ich besitze keine Negative und die Abzüge sind im Labor."

„Verarschen Sie mich bitte nicht andauernd", drohte Klinghammer und versuchte, nach der Handtasche zu greifen, die noch auf dem Fußboden lag.

„Nicht anfassen, nur angucken", schrie sie knallrot, drehte sich blitzschnell zur Seite und riss die Tasche an sich. „Meine Privatsphäre geht Sie einen Dreck an."

Als ihre Wohnungstür zuknallte, dachte sie nur noch an Irish Coffee und eine Tablette, um den Albtraum zu vergessen.

25

Freie Tage nervten! Soweit war es also inzwischen gekommen. Jensen tat der Rücken weh. Der zum Bett verwandelten Couch mangelte es fühlbar an Schlafkomfort. Sie setzte sich leise ächzend auf und dachte angewidert, dass ihr Schlafmöbel nun obendrein seiner Intimität beraubt wäre, seit der blöde Retzlaff gestern Abend darauf gelümmelt hatte.
Die Sonne zwinkerte ihr durch die Jalousien zu. Sie blinzelte zurück, fühlte sich mies, verspürte dumpfes Klopfen hinter der Stirn, und grübelte.
Was für ein Stinkstiefel, dieser Klinghammer! Und dann kannte er zu allem Überfluss auch noch Paps! In einem allerdings musste sie ihm Recht geben: Ihren Treff vor Augen, konnte sie sich ebenso wenig wie er vorstellen, dass just Frau Kern so dumm sein sollte, zu glauben, in der Einöde, quasi auf dem Präsentierteller, sicherer zu sein, als bei Stemmler im Stübchen. Und wieso chauffierte er sie, wie Kuhl berichtete, ins gefährlich Ungewisse? Was wollten sie dort? Urlaub von der Angst?
Frau Kern konnte nicht von heute auf gestern vergessen haben, dass die Schneider trotz ihres heimeligen Lauben-Verstecks nicht mehr lebte!
Proll irrte, sprangen ihre Gedanken ohne zu holpern in eine andere Richtung. Es gab kein Leck. Die Bude der Tiffert wurde über ihren Tod hinaus observiert! Jemand nahm schlicht an oder wusste sogar, dass

am Abend ihrer Ermordung im ‚*Papillon*' keine Übergabe, sondern, wenn überhaupt, ein Gespräch mit einem interessierten Abnehmer verabredet war. Ihre Ware, die „Sammlung", vielleicht auch nur dieser Schlüssel als Zugang dazu, konnten demnach die vier Wände der Tiffert nie verlassen haben. Also dachte sich, wer auch immer, warten und, wenn sich jemand kümmerte, auf den Zug aufspringen.
Prolls Worte: „Als ob wer gewartet hätte!" Wer? Retzlaffs Leute nicht, wie sie gestern hörte. Wer dann? Handlanger des Stevic-Clans? Bisher unbekannte Spürhunde? Schüßler?
Siedend heiß fiel ihr ein, dass sie, dauernd von Kleinkram abgelenkt, seit Existenz der von Stoll gelobten Zeichnung nicht einen Blick darauf geworfen hatte.
Schüßler. Klar, Menzel kannte ihn. Schließlich verdankte er ihm, Berger und diesem Kilian seine Sommeridylle. Aber Schneider? Bei Befragungen hatte der stets Stein und Bein geschworen, ihn nicht zu kennen und nichts davon gewusst zu haben, dass er Chef und Geliebter seiner Holden gewesen wäre.
Hatte er sich jetzt selbst der Lüge überführt, als Stoll ihm das Phantombild unter die Nase hielt, weil ihm ein ähnlich fataler Lapsus unterlief wie Menzel, als er im Verhör ungefragt die Lebensversicherung erwähnte?
Dann hat sie sich diesen Bananenkutscher geangelt, entsann sich Astrid an Michels giftigen Kommentar. Die Diva und der Kutscher...

Geangelt? Wer, wen? Dass es funkte zwischen Weiblein und Männlein aus total ungleichen Lebensbereichen, gab es selbstverständlich, aber es lag für sie definitiv nicht im grünen Bereich statistischer Normalverteilung, speziell in den Wirren der letzten zwei Jahre nicht.

Hieß im konkreten Fall, dachte sie, dass jemand, bewusst, beunruhigt oder neugierig, den Kutscher an die Diva brachte, um sie und ihre Freundin Nicole im Auge zu behalten.

Schüßler, Gundula Kern, Mirko Stevic, eigennützige Kuppler konnte sie sich etliche vorstellen.

Schüßler verfügte über verzweigte Kontakte, konnte speziell ausgebildet sein, besaß wie alle Waffenträger in der DDR eine Makarow und Observieren überforderte ihn sicher auch nicht. Sie konnte sich drehen und wenden, egal, wie sie argumentierte, es reichte nicht, um ihre chronischen Zweifel auszuräumen, dass er im ‚Papillon' geschossen hätte. Sein, aus ihrer Sicht leises, unauffälliges Vorgehen lief wie ein Film in ihrem Kopf ab: Er zahlte, folgte Nicole Tiffert aufs WC, brach ihr binnen Sekunden das Genick und tauchte in der Menschenmenge unter. Oder änderte er sein Muster in der Absicht, zu täuschen? Doch ein südländischer Typ, wie ihn die japanische Touristin beschrieb, war er fraglos nicht!

Die Spezialisten fielen ihr wieder ein, von deren Existenz Frau Kern Kenntnis zu haben glaubte. Wurden sie als Helfer in Anspruch genommen?

Jensen hasste Spielchen, die ihr das Gefühl gaben, ausgetrickst zu werden, in Fettnäpfchen zu treten, mithin dauernd als Verliererin das Feld zu verlassen und überlegte, was dagegen zu tun wäre.

Ins Büro gehen, Akten kopieren, bevor Klinghammer sie endgültig wegschließen ließ? Niemals nicht! Allein in der Stadt herumstreuseln, um Ideen auszutüfteln oder Zeit totzuschlagen? Doof! Christian? Wieso musste sie den Döskopp ewig betteln? Wollte er sie auf die Probe stellen, oder bedrückten ihn Sorgen, über die er mit ihr nicht reden mochte?

Eine Jux-Tour nach Leipzig? Treffen mit Frau Jahn, falls sie Zeit und Lust dazu hatte, weil sie erst Dienstag nach Berlin kommen konnte, wie Stoll ihr gestern noch kurz vorm Verlassen des Büros zurief.

Schon besser! Falls sie denn etwas über Schüßler zu sagen hatte. Zögerlich, beinahe in Zeitlupe, tastete sie nach dem Telefonhörer.

„Klamm", knurrte Christian sie verschlafen an.

„Hatt Du Plan für Weekend?" trällerte sie munter.

„Ich wurde geplant", maulte er, von ihrer Vitalität verstört. „Soll Nachmittag irgendwo bei Halle Fotos für Greenpeace machen."

„Hab ich Dir was getan?"

„Nee. Wieso?"

„Na ja, Zuneigung hört sich für mich eben ein bisschen anders an."

„Reichlich eingebildet am frühen Morgen. Hat nicht alles und jedes mit Dir zu tun", rechtfertigte er sich

mufflig. „Haufenweise unbezahlte Rechnungen sind nicht gerade der Urknall für Empathie."
„Kannst mich mitnehmen, will nach Leipzig", bot sie verschmitzt an, „dann können wir vielleicht in Ruhe über einiges reden."
„Bist Du scharf drauf, auf 'ner Ostautobahn Hopse zu spielen?"
„Ich würd's drauf ankommen lassen..."
„Na gut", gab er sich geschlagen. „In zwei Stunden am Bahnhof Zehlendorf?"
„Charmant", lästerte sie böse, „bin ich Dir nicht mal das Abholen wert?"
„Mann", stöhnte er, „zweimal quer durch die City..."

26

Jensen saß unter dem Sonnenschirm eines Straßencafés nahe der Thomaskirche, sozusagen zwischen Kantor Bach und ‚*Pfeffermühle*'.
Sie erwartete Carla Jahn, bei der sie gleich angerufen hatte, nachdem sie am Hauptbahnhof deprimiert aus Christians Auto gestiegen war. Ihre renitenten Gedanken und Gefühle in den Griff zu bekommen, bereiteten ihr ungewohnte Konflikte.
Gestritten hatten sie und nicht zu knapp, statt geküsst, was sie weitaus netter gefunden hätte. Sie redete von Zukunft, Christian von Ungewissheit. Während sie anbot, ihren Spruch vom Aufgewärmten zu nivellieren, verschanzte er sich hinter Ausflüchten, die sie nie zuvor von ihm gehört hatte. Fast hörte es sich für sie nach Komplexen an, als er darauf pochte, dass es für ihn nicht in Frage käme, sich in Flauten wie der jetzigen, von ihr aushalten zu lassen.
Wenn es um Prinzipien ging, schwante ihr, war auch bei Christian alle Theorie grau, verdrängten alte Rollenbilder großspurige Bekenntnisse.
Gedankenverloren betrachtete sie die Flaniermeile, die vom Markt, am ‚*Capitol*' vorbei, bis zum Stadtring führte, auf dem neunundachtzig Montag für Montag Tausende unterwegs gewesen waren.
Mittlerweile ähnelte das historische Areal, das Goethe und viele andere große Geister inspiriert hatte, von ‚*Auerbachs Keller*' bis zu den alten City-Messehäusern einem überdimensionalen Buddelkasten.

Genauso alter Handelsplatz wie Hamburg, kam ihr flüchtig in den Sinn und sie vermisste die Weite ihrer Küste, die die Seele beruhigte und Fernweh gebar. Der Verlust schmerzte umso mehr, je weniger sich Träume erfüllten, für die sie ihr Leben so rigoros geändert hatte. Bestürzt forschte sie nach, ob das Heimweh wäre, was da gerade über sie herfiel...
Die Frau, Anfang vierzig, die schnurstracks auf die Tische unter den Schirmen zustrebte, befreite Jensen zum Glück aus ihrer seltsamen Selbstbeschau. Hoffend, dass sie die Erwartete wäre, winkte sie wie verabredet mit der ‚*Leipziger Volkszeitung*'. Carla Jahn, stämmige, dauergewellte Blondine, etwas kleiner als Jensen, machte nicht den Eindruck, als ließe sie sich ohne Weiteres die Butter vom Brot nehmen.
„Sie sind die Berlinerin?" fragte sie zu Jensens Erstaunen kaum sächsisch gefärbt.
„Zugereiste. Astrid Jensen, erfreut", stellte sie sich eilig vor, vom letzten Fünkchen Heimweh veranlasst anzufügen: „Gebürtige Hamburgerin."
„Se ham ä bissel mähr sächs'sche Breide vermudet, hä?" fragte Frau Jahn belustigt, die offenkundig in Jensens Miene las, was sie beschäftigte. „Arbeite seit über zwanzig Jahren im Messeamt. Mundart ist im Umgang mit Ausstellern und Besuchern nicht sehr hilfreich."
„Was darf ich Ihnen bestellen?" fragte sie hastig, um die Konversation nicht vom Hundertsten ins Tausendste schwappen zu lassen.

„Cappuccino tut's."

„Apropos Messeamt, Sie kannten Frau Tiffert persönlich?"

„Kennen wäre zu viel gesagt. Ich sah sie gelegentlich und wir wechselten das eine oder andere dienstliche Wort", meinte Frau Jahn nachdenklich. „Hat, wenn ich mich nicht irre, Dolmetscher und Hostessen an Aussteller vermittelt. Wieso? Ihr Kollege sagte mir, es ginge um Schüßler?"

„Ist ein Fall", verriet ihr Jensen dünn. „Gewaltverbrechen. Ich bin von der Mordkommission. Frau Tiffert ist Opfer und Schüßler möglicherweise Täter."

Sie schmunzelte über Frau Jahns kuriose Miene, nahm gelassen hin, als fremdartiges Wesen betrachtet zu werden.

„Passt zu dem kaltschnäuzigen Hund...", entlud sich in gleicher Sekunde Frau Jahns Widerwille.

„Wie ich hörte, soll er auch die Betreuung von wichtigen Ausstellern und Gästen gemanagt haben..."

„Hören Sie mir bloß auf", lamentierte Frau Jahn entrüstet, „der war bei uns zu Hause. Und das nicht nur Frühjahr und Herbst, sondern auch zur Dokfilmwoche, der AGRA in Markkleeberg und was weiß ich alles."

„Die Betreuung war demnach keine vorrangige Aufgabe...?" fragte Jensen erstaunt über die Legenden, die sich allerorts um Schüßler rankten.

„Ich vermute", erwog Frau Jahn, „der Affentanz mit den Weibern war sein Hobby. Die meisten hielten ihn

für den verlängerten Arm des Ministeriums. Er besaß im Haus sein eigenes Zimmer, schwer gesichert. Hatte Leute von der ‚Runden Ecke', unserer Bezirks-Stasi zur Seite und man munkelte, er habe direkten Draht nach ganz oben gehabt sowie allerlei Technik. Das kam aber auch nach der Wende nie ans Licht."
„Affentanz?" Jensen blinzelte. „Wie darf ich das verstehen?"
„Wie würden Sie das denn wohl nennen", klagte Frau Jahn, „wenn die zu den Messen ihre Nutten-Bagage hierher beorderten." Sie schnitt eine hässliche, neidgefärbte Grimasse und fügte an: „Das Übelste daran war, dass die redlichen Kolleginnen zusehen durften, wie die Schlampen haufenweise Westkohle abgriffen. Übrigens hatten es viele von denen Jahr für Jahr mit den gleichen Ausstellern und Gästen."
Jensen war froh, dass sie auf dem Weg zur S-Bahn daran gedacht hatte, ins Büro zu huschen und von Stolls Schreibtisch einen der Umschläge einzustecken, auf denen er säuberlich und ein wenig sarkastisch „Das Phantom" notiert hatte.
Jetzt zog sie das Kuvert heraus, entfaltete die Zeichnung, um sie auf den Tisch zu legen, betrachtete dabei für Sekunden konzentriert die Zeichnung und geriet in Panik.
Schockverzögert erschrak sie, als hätte sie der Blitz getroffen: Die Fratze, die Dagmar Schüler dem Zeichner in den Stift diktiert hatte, glich in ihren Augen Ekeltype Scholz wie ein Ei dem anderen.

Fassungslos purzelten ihre Gedanken durcheinander wie Kraut und Rüben.
„Ist Ihnen schlecht?" fragte Frau Jahn besorgt. „Soll ich Ihnen ein Schnäpschen bestellen?"
„Entschuldigung, aber mir ist... ein kapitaler Fehler...", stammelte Jensen, die mit einer fahrigen Bewegung fast ihr Glas Orangensaft umgekippt hätte. „Ist das Schüßler?"
Carla Jahn nahm das Blatt zur Hand.
„Sieht ihm ähnlich, ja", sagte sie langsam, „vor allem dieses unerträglich, arrogante Grinsen."
„Wissen Sie vielleicht noch, wann Sie ihn hier zuletzt gesehen haben?"
„Frühjahr neunundachtzig, denk ich. Im Herbst war der nicht mehr hier, da müsste ich schon komplett neben mir stehen."
„Haben Sie vielen Dank, Frau Jahn", verabschiedete sich Jensen unhöflich überstürzt. „Ich faxe meinen hiesigen Kollegen ein Protokoll, das Sie dann bitte unterschreiben."
Sie lief einfach drauflos, zurück zum Hauptbahnhof, um dort möglichst bald von Christian ins Auto geladen zu werden. Jensen sah weder nach rechts, noch nach links, stürmte an Burg-Café und Nikolaikirche vorbei, wäre am liebsten vor Scham in den Boden versunken. Sie hätte es sehen müssen! Sie allein kannte Scholz dank Christians Kriecherei, keiner sonst aus dem Team. Fokussiert auf Frau Kern, alarmiert von den Verfolgern, abgelenkt vom Angriff auf

den Kollegen, hatte sie das Wichtigste tagelang verdrängt!
Auf dem Platz, der zum Brühl hin vom Würfelbau der Leipzig-Info begrenzt wurde, lichtete sich ihre Konfusion langsam. Etwas klarer im Kopf, blickte sie nach vorn.
Wer schob heute Bereitschaft? Stoll...? Sollte sie aus der Ferne schlafende Hunde wecken? Eher nicht!
Auch wenn er womöglich ihre Ansicht von unverwechselbarer Ähnlichkeit nicht teilte, wusste Christian garantiert, wo Scholz wohnte.

27

Abends gegen halb Neun saß Jensen endlich im Präsidium an ihrem Schreibtisch und zog als erstes das Telefon zu sich heran. Sie verfluchte ihre verdammte Schludrigkeit, durch die sie sich in die Bredouille gebracht hatte, Kollegen ihren freien Abend zu stehlen. Nach knappem, sprödem Wortgeplänkel mit Linke, sah sie unleidlich aus dem Fenster.

Die silbrige Kugel des Fernsehturms wirkte zwischen verglühendem Abendrot und aufziehender Nacht als wäre ihre westliche Hemisphäre in Blut getaucht.

Akkurat befestigte sie die angegilbte Visitenkarte, die Christian ihr gegeben hatte, mit einer Klammer an jenem Blatt, von dem Scholz sie, wie es ihr vorkam, faustisch angrinste. Zum Glück hatte Christian ihre Interpretation der Zeichnung ohne großes Tamtam akzeptiert und sie nicht als hysterisch oder verrückt angefeindet.

Verspannt wählte sie die Nummer auf dem Kärtchen, spürte ihre Finger zittern, presste den Hörer ans Ohr und strich nervös eine Strähne aus der Stirn. Nach drei erfolglosen Versuchen gab sie auf.

Ausgegangen, unterwegs oder Nummer längst antiquiert, dachte sie.

Richterliche Anordnung konnte sie sich um diese Zeit abschminken. Gefahr im Verzug, falls hinreichend begründet, war das ultimative Argument, auf das sie sich berufen konnte, um womöglich sofort im nächsten Fettnapf zu landen.

Sie entschied sich für Risiko, weil ihr Bedürfnis nach Klarheit ihre Furcht vor erneuter Blamage übertraf.
„Haben Sie Steaks zu heiß angebraten und dabei die Bude abgefackelt?" lästerte Stoll übermotiviert, als er eintrat und sich spornstreichs an der Kaffeemaschine zu schaffen machte.
„Guten Abend, Herr Stoll", begrüßte sie ihn süßlich. Linke, der ihn mitgebracht hatte, plumpste auf den nächstbesten Stuhl und spottete einfallsreicher: „Sie schulden meiner Tochter eine mindestens zehnseitige Gute-Nacht-Geschichte."
„Danke. Hab's kapiert", blockte sie enerviert. „Ist mir alles peinlich genug." Jensen sah ihnen an, dass sie rätselten, was ihre dunkle Andeutung meinte. „Bin gerade aus Leipzig zurück", eröffnete sie ihnen geknickt. „Hat sich so ergeben. Bekannter hat mich mitgenommen, der in der Nähe von Halle Fotos für Greenpeace gemacht hat."
„Bekannter?" Stoll grinste zweideutig.
„Studienkollege, Herr Stoll", nahm sie ihm den Wind aus den Segeln. „Ich habe mich mit Frau Jahn getroffen, weil Sie mir gestern vor Feierabend noch zuriefen, dass sie frühestens am Dienstag herkommen könnte."
„Und hat's was gebracht?" wollte er neugierig wissen.
„Weniger als erhofft. Erstaunlich ist nur das Ausmaß der Legenden, die sich um Uwe Schüßler ranken. Angeblich soll er weit mehr gewesen sein, als nur für Promi-Betreuung zuständig."

„Und weshalb genau schlagen wir uns jetzt hier den Abend um die Ohren" fragte Linke düster. „Die Infos von Frau Jahn hätten doch bis Montag Zeit gehabt."
„Schüßler", Jensen suchte schulbewusst nach Worten. „Ich weiß jetzt, wer er ist und wo er ist..., habe ich leider erst heute realisiert." Sie schob das Blatt mit der angehefteten Visitenkarte auf den Tisch. „Vor der Abfahrt war ich noch rasch hier und habe ein „Phantom"-Kuvert von Stolls Schreibtisch in die Tasche gesteckt, um Frau Jahn den Inhalt zu zeigen. Sie hat ihn sofort erkannt. Und perplex, ich auch."
Beide Herren sahen sie entgeistert an.
„Seit Sie das Original vom Zeichner abgeholt haben", Jensen sah selbstkritisch zu Stoll, „habe ich es, mit Gott und der Welt beschäftigt, keines Blickes gewürdigt. Tut mir wahnsinnig leid!" Sie räusperte sich, um den Kloß im Hals loszuwerden. „Okay, der Mann ist mir dieser Tage zweimal als Scholz über den Weg gelaufen. Hätte ich nur einmal richtig hingesehen, wäre uns viel Ärger erspart geblieben."
Ihr gestriges Duell mit Klinghammer und Retzlaff, verschwieg sie wohlweislich, jetzt, nah am erhofften ersten Erfolg.
„Nichts gegen Ihre Intuition, meinetwegen auch begründetem Verdacht", wandte Linke indes ein, „aber haben wir einen handfesten Beweis, dass ihr Scholz und dieser Uwe Schüßler identisch sind?"
„Die Fotos vom Strich, die ich Ihnen Dienstagfrüh gezeigt habe, als ich reizend ‚Streberin' genannt

wurde", befleißigte sich Jensen ihn für ihre Idee zu erwärmen, „na ja, die hat mir der Bekannte in die Hand gedrückt, bei dem ich heute mitgefahren bin. Durch ihn durfte ich auch Scholz kennenlernen, mit dem er seit zwei Jahren befreundet ist, ebenfalls Bildjournalist. Soll im Frühsommer neunundachtzig über Ungarn nach Westberlin gekommen sein. Ich gehe jede Wette ein", ergänzte sie selbstsicher, „dass der gesuchte Schüßler als Scholz unter dieser Adresse", sie tippte auf die Visitenkarte, „und unter den Haltern weißer Opel Vectra zu finden ist. Suchen und Warten, ob das faktisch stimmt, dauert mir jetzt ehrlich gesagt zu lange."

„Scheiß Aktionismus bringt doch nix", knurrte Linke argwöhnisch. „Außer, dass wir anschließend alle im Regen stehen."

„Vertrauen Sie doch mal dem Bauch, Herr Linke, und nicht nur dem Verstand."

„Was heißt hier mal...? Wie war das mit der Liste von Flops?"

„Fertig mit Sticheln?" ließ sie ihn schlicht abblitzen. „Fordern Sie einen Streifenwagen vom zuständigen Revier an, Herr Stoll. Konstanzer Straße 76. Charlottenburg." Konziliant an Linke gewandt, gestand sie unruhig: „Möglich, dass der Vogel ausgeflogen ist. Habe versucht anzurufen, ging aber keiner ran."

„Streife ist los", rief Stoll aus dem Nebenzimmer.

„Also dann, ab die Post", gab sie das Signal zum Aufbruch. „Versuchen wir unser Glück."

Linke setzte sich wie gewohnt hinters Lenkrad, sie auf den Beifahrersitz, Stoll saß im Fond.

„Man kann nie wissen", warnte sie, ihre Phobie vorm heimischen Korridor im Hinterkopf, öffnete die Umhängetasche, zog die gesicherte Pistole, prüfte das Magazin und fragte, „Sie?" Beide nickten.

„Über Ungarn abgehauen", brabbelte Linke ungläubig, als spräche er zu sich selbst. „Stasi-Offizier, im Frühsommer neunundachtzig. Hübsches Märchen. Muss man nur fest dran glauben."

„Wenn das Fakt wäre, dann muss mir mal einer erklären", meldete sich Stoll aus dem Fond, „wie das zu Michels Aussage passt, die Schneider wäre ihm Wochen vor dem Mauerfall im Restaurant gegenüber vom Palast begegnet?"

„Ganz so war's ja nicht", widersprach Jensen. „Michel meinte nur, dass sie wahrscheinlich jemand erkannt hätte, der sie total in Panik versetzte und den er verkürzt als Edelpuffdirektor beschrieb. Sein Bild von dem Typ stimmte allerdings mit dem Menzels von einem Ex-Lover der Schneider überein, wie mit Späteren, die wir bezüglich Uwe Schüßler gehört haben."

„Halb, ganz oder etwas anders, rum wie num", Linke drehte sich kurz halb zu Stoll um, „meine Ost-Logik sagt mir, Schüßler ist mit anderer Identität ausgeschleust worden. Wär' für mich das Einzige, was angesichts der Fakten Sinn macht. Fragt mich jetzt aber bitte nicht, wieso und weshalb."

„Möglich. Aber wenn, dann stehst Du Dir ganz schön auf den eigenen Füßen", gab Stoll keine Ruhe. „Oder glaubst Du echt, die Schneider hätte das Zeug dazu gehabt, Schüßler auf die Schliche zu kommen und dann anderthalb Jahre abzuwarten, um ihn damit unter Druck zu setzen?"
„Nicht wirklich."
„Na, da bin ich ja beruhigt."
„Als ich gestern früh en passant hörte, Scholz wäre Ossi, bekam ich gleich ein flaues Gefühl im Magen, hab's nur für zu abwegig gehalten", gestand Jensen bitter und bereute sofort ihre unbedachte Wortwahl.
„Sagen Sie jetzt nicht, Sie hätten die Stasi unterschätzt?" fragte Linke betont zynisch. „Kann nicht sein!"
„Er hat Christian, also meinen Studienfreund, mich und wer weiß wen benutzt, hat mich, uns, mit den gefälschten Fotos auf die die Frauen gehetzt."
„Und wozu der Aufwand?" fragte Stoll naiv.
„Um für ihn die Arbeit zu machen", entgegnete sie gehässig. „Gundulas Versteck lüften..., die Tiffert bei Stevic orten, den Schlüssel finden, worum es ihm genau geht, weiß ich doch nicht. Nur, dass der Typ ein heimtückischer Arsch ist."
Als Linke vorm Haus hielt, in dem Scholz wohnte, empfing sie die Streife. Mit dem Quartier vertraut, hatten die Kollegen bereits alles überprüft.
„Getan hat sich nichts, seit wir angekommen sind", informierte sie der Fahrer.

„Fluchtwege?" fragte Linke knapp. „Hof? Seitenflügel? Rückfront?"

„Unter Kontrolle", antwortete er, dann wies er auf den Mann, der aus dem Nachbareingang kam. „Wallmann, Hausmeister. Scholz ist 1. OG links!"

Wallmann hatte kaum die Haustür geöffnet, da stürmte Jensen an ihm vorbei, stiefelte die Treppe hinauf, als ginge es um ihr Leben. Linke und Stoll konnten ihr nur mit Mühe folgen.

Sie klingelte, klingelte ein zweites Mal, fühlte sich unsicher wie vor der Tür von Nicole Tiffert. Es rührte sich nichts. Linke, der die Pistole weggesteckt hatte, legte sein Ohr an die Tür, lauschte, schüttelte den Kopf: „Kein Mucks."

„Wir müssen rein! Sie wissen, für den ersten Einsatz gibt's keine zweite Chance", flüsterte Jensen, sah Wallmann auffordernd an. „Machen Sie auf! Meine Verantwortung und bleiben Sie bitte auf dem Treppenabsatz."

Linke vorweg, Jensen dahinter, betraten sie mit vorgehaltener Waffe die Wohnung. Schöner Altbau, geräumig, drei Zimmer, fast zehn Meter Korridor. Trotz aller Vorsicht knarrte ab und an eine Diele.

Stoll sicherte die Eingangstür.

„Keine Bewegung!" brüllte Linke perplex, als er die Tür zum letzten Raum rechts vom Korridor aufstieß. Jensen, halb seitlich hinter ihm, gab ihm Deckung, hielt die Waffe schussbereit auf den Mann gerichtet, der nach vorn gebeugt am Schreibtisch saß.

„Hände vor, so dass ich sie sehen kann", rief Linke barsch. „Uwe Schüßler, Sie sind festgenommen." Er fasste die Handschellen. Der Mann rührte sich nicht. „Scheiße", fluchte die Kommissarin lauthals, weil sie begriff, dass Schüßler tot war. „Stecken Sie die Waffe weg", stöhnte sie enttäuscht, „wieder vorgeführt."
Die Pistole lag rechts auf dem Fußboden, als wäre sie ihm aus der Hand gerutscht.
„Wetten, dass das die Makarow ist, mit der Nicole Tiffert ermordet wurde", rang sich Linke niedergeschlagen ab und riss das Fenster auf. Fast verhungert vom Abnehmen, lugte der Mond als schmale Sichel durch die windbewegten Baumkronen.
„Den Dummen, der darauf wettet, werden Sie kaum finden", raunte Jensen sarkastisch.
Das fade, weißliche Licht, das in den Raum fiel, verlieh der Szenerie Absurdität. Schüßlers Kopf lag auf dem linken Unterarm, als hätte er sich entschlossen, ein Nickerchen zu machen. Sein Gesicht ähnelte einer wächsernen Maske, wirkte zugleich seltsam gefasst. Die Oberlippe hochgezogen, als wollte er sein herzloses Grinsen über den Tod hinaus bewahren, sah die Eintrittswunde an der rechten Schläfe aus wie ein überreif geplatzter Abszess.
Überzeugendes Suizidarrangement... Alles so schön, alles so glatt... Die Kommissarin verharrte regungslos, zitterte vor Wut am ganzen Körper.
Ein toter Mörder für sie, glaubte Klinghammer, damit seinen Teil der Abmachung erfüllt zu haben?

Eine Flasche feinster Whisky, der Verschluss abgeschraubt, stand in Griffweite des Toten. Sein Blut, das über den Holztisch gekrochen war, dickflüssig, Sirup ähnlich, hatte die helle Maserung schwärzlich verfärbt. Sein Abschiedsbrief war vom ersten Luftzug durchs geöffnete Fenster auf den Boden geweht worden.

Jensen streifte dünne Plastikhandschuhe über und hob ihn auf.

Oberstleutnant Uwe Schüßler, gestand drei Morde, schrieb selbstgerecht, dass er, abgesehen von der fatalen Begegnung mit Edith Menzel, nichts bereue. Er schrieb von vernichteter Selbstachtung, fiesem Verrat und dankte seinem langjährigen Chef, Generalmajor Dieter Jäger für Jahrzehnte vertrauensvoller Zusammenarbeit.

Und so weiter... Angeekelt bugsierte sie das Blatt in eine Klarsichthülle vom Sideboard, weil sie nichts Besseres zur Hand hatte.

Verbrechen aus hehren Motiven, um irreparablen Schaden vom Gemeinwesen fernzuhalten? Hatte sie nicht erst kürzlich aus berufenem Munde Vergleichbares dazu gehört?

„Suizid?" fragte Linke kaum hörbar.

„Im Leben nicht." Jensen setzte sich gerädert auf den Stuhl in der Zimmerecke. „Was sich nur schwerlich beweisen lassen wird, wie es aussieht."

„Zum Glück sieht's hier nicht nach Bombenangriff aus wie in Wernsdorf", tröstete sich Stoll lax. „Streife habe ich abgezogen und gebeten, Winkler und Spusi anzufordern."

„Ich glaube nicht, dass wir uns noch vorstellen können, wie es nach einem alliierten Bombardement aussah", flüsterte Jensen gedankenverloren.

Was erhoffte sich Schüßlers General davon, ihn auszuschleusen, bevor der Mauerfall überhaupt absehbar war, wie Linke vermutete und Christian als Kacke abtat?

Sollte er Agenten kontaktieren, um angesichts der sich Monat für Monat zuspitzenden Lage im Ernstfall auf alles vorbereitet zu sein?

Mit der West-Identität als Scholz war es für ihn problemlos, nach Lust und Laune zwischen den Welten zu pendeln.

Jensen fragte sich, wann und wie Schüßler von der „Sammlung" erfuhr, wer sie zu Papier gebracht hatte und jetzt auf den Markt werfen wollte, wenn die Kern wirklich wie ein Grab geschwiegen hatte? Wer gab ihm die Order, Verräter und Material zu liquidieren, um den politischen Eklat zu verhindern? Seine Leute? Klinghammer?

Oder starb Schüßler letztlich an Ambitionen, die denen der Schneider und der Tiffert ähnelten?

Wie hatte Frau Kern am Donnerstagabend gesagt: ‚Was wissen Sie denn, mit wem der sich neuerdings eingelassen hat?'

Und sein Geständnis, Schütze im ‚*Papillon*' gewesen zu sein, überzeugte sie erst recht nicht!

„Das müssen Sie sehen", hörte sie Linke von fern erregt im Flur rufen. Entmutigt von ihren Gedanken erhob sie sich.

Er hatte den blauen Lamellen-Vorhang am Ende des Korridors beiseite gezogen und starrte in zirka acht Quadratmeter Abstellkammer, drei Wände in voller Höhe Stahlschubfächer, alle sauber beschriftet.

„Fotoarchiv."

„Prost Mahlzeit", jammerte Stoll.

„Ich bin zwar keine Pathologin, aber länger als vier, fünf Stunden ist der nicht tot", schätzte die Kommissarin, bewegte ihren Kopf in Richtung Zimmer. „Wer das arrangiert hat, ist darauf aus, eine exakte, unwiderlegbare Inszenierung im Interesse des Gemeinwohls abzuliefern."

„Nachtschicht?" erkundigte sich Linke verzagt.

„Was denn sonst", bekräftigte sie energisch, „sowie die Spusi grünes Licht gibt." Nachdenklich ergänzte sie gähnend: „Ist unsere einzige Chance. In ein paar Stunden fährt hier ein Transporter vor und dann wird Tabula rasa gemacht."

Ihr Zeitgefühl verloren, saß Jensen im Schneidersitz auf dem geknüpften Läufer, der die Mitte des Korridors bedeckte, während die Morgendämmerung über die Zinnen kroch. Jeder eine Wand, Linke und sie die langen, er links, sie rechts, Stoll die schmale Stirnwand, etwa 90 Schübe, so hatten sie sich aufgeteilt. Ihnen kam entgegen, dass sich Schüßler als Pedant erwies, der sein Archiv penibel führte.

Jensen, beim siebenten oder achten Schubfach, dessen Thematik interessant schien, merkte kaum, wie ihr die Lider zufielen. Dann aber schreckte sie von einer Sekunde zur anderen hoch.

Männer am Tisch, Sektgläser in der Hand, offenbar angesäuselt, prosteten einander zu, als träfen sie sich regelmäßig in trauter Runde.

Christian! Was hätte sie darum gegeben, stünde er jetzt neben ihr.

„Herr Linke", rief sie zappelig, „das müssen Sie sehen! Nicht zu glauben."

Er kam hektisch aus dem Zimmer gestürmt, einen Bilderstapel in der Hand.

„Der Tote. Also nicht selbst aufgenommen", Jensen zeigte auf Schüßler, der etwas abseits auf Stevic' Bodyguard einredete, den sie aus jener Kneipe kannte, in die Drews sie entführt hatte und dem Zlatko sein Alibi für die Morde in Wernsdorf verdankte. „Haben Sie eine Idee, wo das ist?"

„Sieht nach ICC aus. Mehr kann ich nicht sagen. Ist mir alles noch zu neu, zu fremd."

„Sehen Sie die am Tisch im Vordergrund?" Sie hielt ihm ein weiteres Foto hin.

„Kommen mir bekannt vor", rätselte er übermüdet, „weiß nur nicht woher?"

„Mirko Stevic, Zlatkos älterer Bruder, unser Wirtschaftssenator und OK Kuhl, Retzlaffs rechte Hand, als ob alle Gerüchte über die Beteiligung der Familie am Drogenhandel nur üble Nachrede wäre."

„Ich denke mal", befürchtete Linke, „das wird dem Boss überhaupt nicht schmecken."
„Schauen wir mal, was die Kästen sonst noch hergeben", meinte sie zerschlagen, „soll Stoll gleich alles einpacken lassen."

28

Montagmorgen Punkt acht fegte Jensen durch die Bürotür und glaubte, sich in einen Bienenstock verirrt zu haben. Linke bestürmte sie vorm ersten Schluck Büro-Kaffee mit Winklers Befund und Prolls vorläufigem Ergebnis der Spurenanalyse, sie sollte sich bei Kellner melden und der Chef hätte sich auch schon nach ihr erkundigt.
Überrumpelt nahm sie Linke die Mappen aus der Hand und fühlte sich, als hätte man ihr aus lauter Gemeinheit den Sonntag vom Kalender stibitzt.
Sie setzte sich, las, vergaß darüber das Kaffeeholen. Dr. Winkler bestätigte erwartungsgemäß Suizid. Als Todeszeit nannte er Sonnabend zwischen fünfzehn und neunzehn Uhr. Etwa halb elf abends fanden wir ihn, überlegte sie und freute sich, dass ihre saloppe Schätzung vor Ort nicht zu weit abgewichen war.
Überrascht hielt sie inne, weil eine Hand ihren Kaffeepott auf das letzte freie Plätzchen inmitten unsortierter Papiere stellte.
„Entspannt die Seele", betonte Stoll beflissen.
„Danke", fiel sie aus allen Wolken.
Wieder war ihnen jemand zuvorgekommen. Null Indiz für Fremdverschulden. Schuss aus kurzer Distanz, fast aufgesetzt. Schmauchspuren an rechter Hand. War Schüßler Rechtshänder? Sie wusste es nicht. Seit wann hielt sich ein Profi wie er die Waffe an die Schläfe, anstatt auf Nummer sicher zu gehen und sich den Lauf in den Rachen zu schieben?

Hatte man Schüßler mit gepanschtem Schnaps sediert, ihm die Pistole auf den Tisch gelegt oder mehr noch, die Hand geführt, das Geständnis gleich mitgebracht und vor der Tür auf Vollzug gewartet? Ehrenkodex. Exempel für dieses Ritual, Freitod einzufordern, gab es mehr als genug.

Proll schrieb, der Schießtest hätte zweifelsfrei bewiesen, dass Schüßler und Nicole Tiffert durch die gleiche Waffe starben.

Ein Schelm, der Böses dabei dachte... Boykottiert, ausgetrickst, angeschmiert.

Sie wusste nicht, welches dieser Adjektive ihren Zustand treffender beschrieb. Das Lob vieler Kollegen für die Aufklärung der widerlichen Morde klang in ihren Ohren nach Hohn. Am liebsten hätte sie herausgebrüllt, dass man ihr einen widerwärtigen Pyrrhussieg geschenkt, ihr Team aufs Gemeinste vorgeführt hatte.

Ehe Jensen dazu kam, endlich Kellner anzurufen, schlich Linke herein, einen Wisch in Hand, der ungewöhnlich aussah.

„Was ist?" blaffte sie unfreundlich.

„Ich geh' davon aus", sagte er sachlich, ihrem rüden Ton zum Trotz, „Sie haben bei Proll gelesen, dass Schüßler nicht nur die Waffe benutzt hat, mit der die Tiffert getötet wurde, sondern sich auch die gleiche Munition in den Kopf geschossen hat, wie wir sie auf dem Klo vom ‚*Papillon*' fanden. Also habe ich mir erlaubt, auf eigene Faust, alte Kanäle anzuzapfen."

„Alte Kanäle? Aha!"

„Egal", drückte sich Linke um Details. „Militärstaatsanwalt bei der russischen Kommandantur, in Karlshorst."

„Und spannend?"

„Er meint, dass kürzlich ein Major Aljonow den Verlust seiner Dienstwaffe gemeldet hat, bei der Anhörung jedoch, vorsichtig formuliert, zugeben musste, sie als Pfand für Spielschulden versetzt zu haben."

„Mmh, russisches Roulette also", spottete Jensen. „Macht man ja eigentlich mit Revolvern. Bin richtig erstaunt, dass die sich jetzt derart freizügig bewegen dürfen."

„Sollen ihre Kommandeure sie wegsperren, nur, weil hier keine Mauer mehr da ist?" fragte Linke belustigt und fuhr unbeirrt fort, „jetzt kommt's, als Ort seiner Verfehlung nannte Aljonow die Kneipe, in der Drews und Sie Zlatko Stevic getroffen haben."

„Mensch Linke", freute sich Jensen, „toll!"

„Langsam, langsam. Ich denke", schlug er weniger euphorisch vor, „wir sollten meinem Freund eine Kopie von Prolls Gutachten zuleiten, damit wir sicher sind, das die Knarre von Aljonow auch wirklich die ist, die wir bei Schüßler gefunden haben."

„Okay", willigte sie langgezogen ein. „Dass er Kontakt zur Stevic-Familie hatte, wissen wir ja inzwischen. Kann gut sein, dass die ihm das Ding hingelegt haben. Aber warum? Auf alle Fälle dranbleiben. Ich fürchte, da laufen ganz krumme Sachen."

Erbost maulte sie ihr bimmelndes Telefon an. Sie kam partout nicht dazu, mit Kellner zu reden.
„Der Chef verlangt nach Ihnen", säuselte Helga Förster am anderen Ende.
„Glückwunsch, liebe Frau Doktor", empfing sie der Oberrat galant, stolzierte, Hand vorgestreckt, auf sie zu und nötigte sie in den Sessel vor seinem Burgwall. „Auch, wenn es uns leider nicht mehr vergönnt ist, den Täter seiner gerechten Strafe zuzuführen, ist die Aufklärung seiner Taten dennoch ein wichtiger Meilenstein, insbesondere für Sie persönlich."
War Heidkamp etwa wirklich überzeugt von seiner Lobhudelei, fragte sich Jensen entsetzt.
„Dem Geständnis und dem Fakt Rechnung tragend, dass sich der Täter selbst gerichtet hat", eröffnete er ihr, flocht wie gewohnt sein unikales Räuspern ein, „stellt der Staatsanwalt die Ermittlungen ein. Wir ermitteln nicht gegen Tote, wie Sie wissen."
„Nicht Ihr Ernst…", fiel ihm die Kommissarin aufgebracht ins Wort. „Und den Mörder von Nicole Tiffert, lassen wir einfach laufen, oder was?"
„Wie meinen?" Heidkamps berüchtigte Stirnfalte vertiefte sich sichtlich.
„Der andere Modus operandi, der brutale Angriff auf den Techniker, die seltsame Herkunft der Waffe!"
„Welcher Waffe?" schnarrte Heidkamp.
„Schüßler hat sich mit der Makarow erschossen, mit der die Tiffert umgebracht worden ist."
„Weiß ich."

„Mag ja sein", gestand ihm Jensen schnippisch zu. „Gehörte ihm aber nicht, sondern vermutlich einem Russen, der sie Stevic als Pfand für Schulden beim Zocken gegeben hat."

„Woher wissen Sie das?"

„Solide Ermittlungsarbeit, die Retzlaff mir abspricht. Ob sich die Herkunft bestätigt, lässt Herr Linke gerade prüfen."

„Jetzt machen Sie aber mal Pause", seine Brauen hoben sich kritisch Richtung Stirnglatze, „wollen Sie mir nach allem, was Sie und Ihr Team in den letzten Tagen geleistet haben, wieder diesen albernen Verschwörungskram auftischen?"

„Moment bitte, Sie gestatten..." Sie ließ ihren Chef einfach sitzen. Heidkamp sah ihr perplex nach. Minuten später kehrte sie mit einem Satz Fotos in der Hand zurück.

„Nennen Sie das Verschwörungskram, ja?" sprudelte sie heraus, warf Bild um Bild vor ihm auf den Tisch. „Mirko Stevic, Wirtschaftssenator, kroatische Investoren, Oberkommissar Kuhl, Schüßler mit Bodyguard des Clans. Nachschlag gefällig?"

„Woher?" stammelte Heidkamp fassungslos.

„Schüßlers Fotoarchiv. Mehr als neunzig randvolle Blechkisten."

„Das verschwindet auf der Stelle bei Retzlaff", befahl der Oberrat gefährlich leise, dessen Gesicht langsam wieder Farbe gewann. „Das sollen die gefälligst auswerten. Ich denke, wir ersparen uns Belehrungen."

„Gerne", murrte sie entmutigt. „Ich bin ja nur froh, dass Retzlaffs Kalfaktor wenigstens diesmal die Glocke etwas zu spät läuten gehört hat."

„Der Fall ist aufgeklärt", beharrte Heidkamp nachdrücklich auf seinem eingangs geäußertem Statement. „Sind wir uns einig?"

„Nicht so ganz", widersprach Jensen zu seinem Verdruss erneut, „lassen wir uns einfach gefallen, dass verdeckte Ermittler im Einsatz gefährdet, dass Kollegen im Dienst tätlich angegriffen werden?"

„Es gibt Regeln und an die halten wir uns", beschied ihr der Chef unmissverständlich.

„Toll, wenn wir Regeln achten, die selbst von denen missachtet werden, die sie genauso gut kennen sollten wie wir", stichelte Jensen entrüstet, in Gedanken bei Klinghammer.

„Lesen Sie. Vielleicht verstehen Sie ja dann, weshalb Sie aus der Sache raus sind." Der Oberrat schob ihr einen Aktendeckel zu, als ‚streng vertraulich' eingestuft.

In der Mappe befand sich ein Fax vom Staatsschutz des LKA Niederdachsen, dass sich als Information zu einem Verkehrsunfall entpuppte.

Am Sonnabend, etwa zweiundzwanzig Uhr, entnahm sie dem Bericht, ereignete sich auf der Bundesstraße 4, Richtung Hamburg, nahe der Gemeinde Bienenbüttel ein Verkehrsunfall mit Todesfolge. Unfallopfer, las sie verblüfft, sind Gundula Kern und Rolf Stemmler, wohnhaft in Berlin.

Die Identifizierung der Verunglückten, hieß es weiter, stützt sich bislang einzig auf die am Unfallort gefundenen Personaldokumente, die vermutlich mit dem Handgepäck aus dem Wagen geschleudert wurden. Das Unfallfahrzeug, ein auf Stemmler zugelassener grüner Opel Omega, geriet nach Kollision in Brand und ließ bei Eintreffen von Rettungskräften und Polizei zunächst keine Untersuchung durch die Spurensicherung zu.

Unfall? Spezialisten? Klinghammer? dachte Jensen verbittert. Grässlich, wenn das unter Verantwortung fürs Gemeinwohl zu verstehen ist!

„Zumindest kann Schüßler daran keine Aktie haben, der war zu der Zeit bereits tot." Sie legte die Mappe zurück. „Ist für mich nur ein weiterer Beweis, dass an der Sache vielmehr stinkt, als wir bisher wissen."

„Schüßler? Wie kommen Sie jetzt auf den? Leiden Sie zeitweilig an Legasthenie? Unfall!" leistete sich Heidkamp einen für seinen gewohnten Habitus auffallend emotionalen Ausbruch. „Was bitte ist an einem von täglich tausenden Unfällen auf unseren Straßen beunruhigend? Wir haben weder die Zeit, noch das Geld, um sie in weitere überflüssige Ermittlungen zu investieren."

„Perfekte Zufälle sind immer beunruhigend, finden Sie nicht", flüsterte Jensen. „Ich lass mich bestimmt nicht zweimal verarschen!"

„Kann es sein, dass Sie absichtlich Ihre Suspendierung herausfordern?" fragte der Oberrat tückisch.

„Nein", sie druckste theatralisch, „aber Urlaub hätte ich gern, ein paar Tage."
„Bewilligt", stimmte ihr Chef vorbehaltlos zu, fügte jedoch sofort an, als lese er im Gesicht der Kommissarin ihre wahre Absicht, „Urlaub, wie gesagt! Meine Geduld für ihre Eskapaden ist erschöpft."
„Weisung vom Chef", rief sie Stoll im Vorbeigehen zu. „Schüßlers Fotoarchiv komplett zum Staatsschutz, veranlassen Sie das bitte!" Jensen warf ihm die Bilder hin, die sie dem Chef vorgelegt hatte und steckte sich eins in den Jeansbund unter ihrer Bluse. Den Fuß bereits wieder auf dem Gang, wandte sie sich um und bat: „Ach, und holen Sie Kellner. Bin gleich wieder da."
Drews Kontaktpartner saß vergrämt zwischen Aktenstapeln und glich einem Häufchen Unglück.
„Morgen", grüßte ihn Jensen fidel und frotzelte: „Na? Schmerzensgeld für meine kaputten Füße schon gesammelt?"
Sie warf dem Griesgram das abgezweigte Foto von oben herab in den Schoß.
„Ist ja ein Ding", staunte der Kollege, der nur langsam begriff, was er in der Hand hielt.
Sie zeigte auf Kuhl.
„Ist nicht von uns. Alles klar!"
„Danke", flüsterte er verwirrt. „Ich treffe Carsten heut Abend ohnehin."
„In seiner Lage sollte man sehr genau wissen, wer in welcher Mannschaft spielt."

Nicht alles, was gut gemeint war, kam auch gut an, blitzte in ihr eine Prise Selbstzweifel auf. Hoffentlich hatte sie kein neuerliches Eigentor fabriziert.

„Was ist?" schmollte Jensen, die sich von fragenden Mienen bedrängt sah, als sie in ihr Zimmer kam.

„Das Pfeffi ist gelutscht", verkündete sie bissig und sah verschmitzt zu Linke. „Akte Schüßler zu, Ermittlung eingestellt. So einfach ist das!"

„Nee. Hä?" reagierte Stoll entgeistert.

„Schüßler passt zu perfekt als Sündenbock und es schont Ressourcen, wie ich eben vom Chef zu hören bekam."

„Gut für die Quote, schlecht für die Tote", bemerkte Linke zynisch.

„Da läuft weit mehr", machte sie ihrem Zorn Luft, „Zur gleichen Zeit, als wir Schüßler auf den Pelz gerückt sind, hat sich das Duo Kern/Stemmler in der Heide totgefahren."

„Was für ein irrer Zufall", spottete Stoll unzufrieden.

„Geht noch besser", prahlte Kellner, als läge ihm daran, Stoll zu übertrumpfen. „Keine Ahnung, wer auf der Heidepiste über die Klinge gesprungen ist, aber sicher nicht Gundula Kern, die ist seit vier Jahren tot."

Die blöden Gesichter, die seiner prosaischen Feststellung folgten, mit der Kamera eingefangen, hätte Christian das Bild glatt als Beitrag zum Wettbewerb Foto des Jahres einsenden können.

Jensen musste schmunzeln.

„Gundula Sturges, am 26.10.1957 als Gundula Marianne Kern in Delitzsch, Böttgerstraße 7, geboren", zelebrierte Kellner indes das Resultat seiner Recherche, „Abitur 1976, studierte anschließend in Berlin und wohnte in der Kopenhagener Straße 23, nahe Schönhauser Allee. In der Weißenseer Parkstraße, wie Sie meinten", er sah zur Chefin, „hat die nie gewohnt. Kehrte Mai fünfundachtzig von einem bewilligten Verwandtentrip nicht zurück. Ungewöhnlich, dass ihr die Reise als Single überhaupt gestattet wurde. Heiratete vier Monate später in Mannheim den US Air-Force Offizier Edward Sturges und ging mit ihm in die Staaten. Am 7. Juli 1987 verstarb sie nach einem Surf-Unfall vor Big Sur an der kalifornischen Pazifikküste. Dem Standesamt Delitzsch liegt die Sterbeurkunde vor und auf Einladung des Gatten nahm die Mutter an der Beisetzung der Tochter teil."
„Die Eltern leben noch?" frage Jensen neben sich.
„Keine Ahnung. War ja nicht relevant", reagierte Kellner pikiert, der ein klitzekleines Lob erwartet hatte. „Werde ich mich auch noch darum kümmern."
„Kontaktieren Sie, wenn möglich, die Mutter und bitten Sie sie, uns eins ihrer letzten Fotos von der Tochter zu schicken." Sie überlegte kurz und fügte hinzu, „Stichwort Parkstraße. Mewes, der Fotograf bei der *Sybille*, mit dem ich vorige Woche geredet habe, bot an, sein Fotoarchiv einzusehen, weil seine Bilder mit den Personalien der jeweiligen Models versehen sind.

Würden Sie das bitte übernehmen? Dann werden wir hoffentlich sehen, was gehauen und gestochen ist!"
„Einfädeln, okay. Aber wer soll's machen?" begehrte Kellner auf. „Schließlich haben Sie mit der falschen Frau Kern Kaffee getrunken."
„Die beiden", Jensen zeigte auf Linke und Stoll, „wissen zumindest von Fotos, wie sie aussieht. Ich mach ein paar Tage Urlaub, brauch Zeit, um das Ganze zu verdauen", teilte sie der Runde deprimiert mit.
„Kapitulation?" Linke schaute sie sauer an.
„Nicht so extrem. Aber zu Fallobst tauge ich nicht."
Allein mit sich, rollten ihr Tränen über die Wangen und sie wählte rasch Christians Nummer.
„Ah, Polizistin", fiel er grußlos mit der Tür ins Haus. „Du kommst mir gerade recht." Seine Stimme klang gereizt. „Bei mir wurde eingebrochen."
„Wann?"
„Von Sonnabend zu Sonntag."
„Und gestern?" fragte sie vorwurfsvoll. „Hab durchgerufen, zu Hause warst Du jedenfalls nicht."
„Jedenfalls ist der Arsch kein Gänsehals", nörgelte er trotzig. „Hörst Du mir überhaupt zu? Ich bin am Sonnabend, nachdem Du ausgestiegen bist, gleich nach Rostock. Umweltstory, sagte ich doch! Und Sonntag bin ich sehr spät wieder heimgekommen."
„Aufnahmen vom Besuch im Spree-Café weg?"
„Nee, alles noch unberührt in der Fototasche."
„Verdankst Du vermutlich alles Scholz. Der hat sich in der gleichen Nacht erschossen."

Stille. Jensen konnte sich nicht erinnern, Christian je absolut sprachlos erlebt zu haben.

„Verdanke ihm was?"

„Wie ich Dir auf der Rückfahrt von Leipzig im Auto zu erklären versucht habe, die Gerüchte waren keine Kacke", erinnerte sie ihn. „Scholz hieß Schüßler mit bürgerlichem Namen, war Stasi-Offizier und nicht etwa abgetaucht, sondern unterwegs, um Quellen auf der Westseite vor Enttarnung zu schützen."

„Ist Dir klar, in welche Lage mich das bringt?" ranzte er sie böse an, als er sich gefangen hatte. „Kranke Gerüchte über Beihilfe sind das Allerletzte, was ich im Moment gebrauchen kann."

„Na sag mal, spinnst Du jetzt total?" protestierte sie energisch. „Die Zeiten, als die Überbringer schlechter Nachrichten geköpft wurden, sind Gott sei Dank vorbei." Sauer fügte sie an: „Ich kann am wenigsten dafür, dass Du Dich mit diesem Parvenü eingelassen hast! Den Einbruch, hast Du den wenigstens angezeigt?"

„Ja. Materielle Geringfügigkeit. Keine Chance."

„Kriegst Du es allein wieder hin?"

„Was?"

„Ordnung machen? Soll ich helfen?"

„Ach lass man, geht schon."

„Ich habe die Schnauze echt gestrichen voll. Diese Scheiß Ignoranz bei uns! Muss hier erstmal raus." Ihren Plan im Hinterkopf, schlug sie ihm beklommen vor: „Ein paar Tage, Hamburg, da wollte ich fragen…,

ob Du nicht vielleicht Lust hättest mitzukommen?"
„Zu Papa etwa? Fällt Dir da nix Besseres ein? Denk ich nicht im Traum dran. Da habe ich nichts verloren!"
„Den kriegst Du doch gar nicht zu sehen."
„Ich brauch keine Extraportion Ärger."
Wer nicht wollte, der hatte schon, dachte sie traurig über seine Absage und legte wortlos auf.

29

Bloß weg hier! Astrid nutzte den kurzen Spaziergang ins Nachtasyl, um Prioritäten für den Abend abzustecken, vor allem den elenden Frust des Dienstes geistig auf die Südhalbkugel, am besten die Osterinseln, zu verbannen. Packen, Duschen, Essen... Sie stockte, weil unschlüssig, ob ihr Kühlschrank ausnahmsweise nicht einem ausgeräumten Safe ähnelte. Dann Likörchen, Fernsehen und Schlafen!!!

In der kleinen Diele angekommen, zwischen Schuh-Abstreifen und Handtasche-Ordnen, vermisste sie plötzlich die Panik auf dem dunklen Flur, die pure Angst, dass in Sekunden das Telefon bimmelte oder wieder ein ungebetener Gast auf dem Sofa lümmelte. Sie fragte sich irritiert, ob die latente Furcht, der Moment Hysterie, die schlaflose Trockenübung mit der Pistole nachts auf dem Bett, nach kaum einem Monat zu ihrer Alltagsnormalität gehörten?

Wann hatte sie zum letzten Mal gelächelt, Kraft statt Bitterkeit aus dem Job geschöpft oder unbeschwerte Zweisamkeit genossen?

Kaum hatte sie sich den schwarzen Rollkoffer gegriffen, aufs Sofa geworfen und aufgeklappt, wollte an nichts Anderes denken als an die morgige erholsame Tour durch die blühende Heide, da spürte sie, wie die Tücken ihres makellosen Plans in ihrem Rücken die Messer wetzten. Der Verfasser des Papiers, das ihr Heidkamp jovial zu lesen gegeben hatte, hieß Stegemann und war Chef der Celler Kripo.

Astrid hoffte, dass er weniger selbstherrlich gestrickt war als ihr Chef, nicht der mächtigen Paragraphenreiter-Gilde angehörte, sondern sich morgen Nachmittag zum Käffchen überreden ließ.

Ihr Zimmer im *‚Schwarzen Adler'*, dem netten Altstadt-Hotel, hatte sie bereits reserviert.

Was sollte, besser konnte, sie ihm sagen? Dass sie mit seinem weiblichen Unfallopfer, deren Identität verschleiert war wie das Antlitz einer Muslima, Cappuccino geschlürft und angenehm geplauscht hatte? Dass sie nicht den Hauch einer Ahnung besaß, wer diese Frau wirklich war?

Die marode, blaue Pappe, die ihr die falsche Madame Kern nur sehr zögerlich zugeschoben hatte, kam ihr in den Sinn.

Astrid haderte mit sich, weil sie sich des Eindrucks nicht erwehren konnte, zu fasziniert vom Anblick des fremden, mit Hammer, Ährenkranz und Zirkel verzierten Dokuments gewesen zu sein und vielleicht Wichtiges außer Acht gelassen hatte. Sie rief sich ihre Notizen ins Gedächtnis und stellte fest, dass selbst Kellner in seinem Vortrag vorhin prüfbare Angaben, wie Ausstellungsort und Datum oder Grenzübertritte, nicht erwähnte. Hätte das vielleicht etwas mehr an Klarheit gebracht? Wie in drei Teufels Namen kam die Unbekannte überhaupt an den Ausweis der realen Gundula Kern? Kannten sie sich persönlich? Wieso spielte das Jahr 1985 in dem Verwirrspiel anscheinend eine Schlüsselrolle?

Was hatte die echte Frau Kern studiert, welcher Tätigkeit ging sie bis zu ihrer Flucht nach? Auch dazu hatte Kellner geschwiegen.

Sie hingegen wusste aus dem Gespräch mit der Unbekannten, dass die etwa zur gleichen Zeit an zwei Franzosen geriet, die ihr Fluchthilfe versprachen, die nach hinten losging und sie, die Namenlose, nach kurzer Untersuchungshaft unter Schüßlers Knute brachte.

Zumindest vor der Flucht der einen und U-Haft der anderen musste es eine Verbindung zwischen ihnen gegeben haben, bei der die blaue Pappe seine Besitzerin wechselte. Aber wozu?

Ohne mit der Wimper zu zucken, rief sie Linke an und schämte sich erst nach dem Wählen für einen winzigen Augenblick.

„Nanu, Chefin, Reiselust verflogen oder Langeweile?" nahm er sie wenig erbaut auf die Schippe.

„Ach, Herr Linke", seufzte sie, „ich weiß, dass ich gerade sehr unhöflich bin. Aber ich mache im Moment genau das, was ich mir für den Rest des Tages strikt verboten hatte, nämlich über die elende Arbeit nachdenken."

„Und jetzt möchten Sie mich teilhaben lassen. Sehe ich doch richtig, oder?"

„Im Prinzip, ja", Jensen druckste einen kleinen Moment. „Vor allem an Hintergründen und Indizien, die sich meinem Westverständnis nicht auf den ersten Blick erschließen."

„Bin ich jetzt als Ossi oder als Partner gefragt" reagierte Linke seltsam angekratzt. „Ich gebe zu, beides hätte heutzutage seinen ganz eigenen Charme."
„Missverstehen kann man sich immer, man muss es nur richtig wollen", erwiderte sie trotzig.
„Okay, okay. Worum geht's?"
„Mich beschäftigt zum Beispiel, was die echte Gundula studiert und gemacht hat, bevor sie abgehauen ist?"
„Dürfte für Kellner keine Hürde sein", warf Linke ein.
„Ist für mich auch nur von Belang", fuhr Jensen fort, „weil ich mir einbilde, dass eine uns bislang unbekannte Beziehung zwischen den Frauen bestand, sie sich vielleicht kannten. Wie sollte die Falsche sonst an den Ausweis der Echten gekommen sein?"
„Einspruch", rief Linke am anderen Ende sofort. „Jeder der westwärts reisen durfte, ob dienstlich oder privat wie die echte Kern, bekam einen blauen Pass und sein Ausweis verblieb für die Gültigkeitsdauer des Visums bei der zuständigen VP-Meldestelle. Was Sie in der Hand hielten, kann im Grunde nur eine Fälschung sein."
„Das zerfledderte Ding", stöhnte Jensen hilflos. „Und die perfekte Übereinstimmung der Angaben lässt Sie nicht zweifeln?"
„Vielleicht genau deswegen nicht", höre sie leise auf der Gegenseite.
„Mist, verdammter", fluchte sie grimmig. „Bleibt uns wirklich nur der Bildabgleich, falls die Mutter und

Mewes mitspielen." In sich gekehrt, beinahe verzagt, fragte sie: „Oder sehen Sie vielleicht eine Möglichkeit, an Namen derjenigen zu kommen, die von der Stasi Sommer fünfundachtzig bei Fluchtversuchen festgesetzt wurden?"

„Angenommen, es gäbe die, nach wem wollen Sie suchen?" erkundigte sich Linke verdutzt. „Doch nicht witziger Weise nach Kern?"

„Sicher nicht", unterbrach ihn Jensen. „Aber nach Yvonne vielleicht, von der Mewes behauptet, dass sie bereits Mitte der Achtziger in den Westen wollte."

„Nach einem Vornamen, der bei uns nicht gerade unüblich war? Ist doch kalter Kaffee! Ich glaube nicht, dass uns das zu Resultaten führt, die den Aufwand lohnen. Die verplemperte Zeit mit den Anfragen zu Schüßler und seiner Promi-Betreuung sollten uns eigentlich Warnung genug sein, finden Sie nicht?"

„Ich mag Sie, Herr Linke, ehrlich, Sie sind so ein brillanter Stimmungsaufheller."

„Ich weiß, vor allem bei diesem Thema."

Fälschung! Scheiße. Wann, von wem, weshalb angefertigt, fragte sie sich.

1985, nachdem Gundula ihren US-Air-Force-Bubi geheiratet hatte? 1987, nach ihrem Unfalltod?

Wollte die Unbekannte nicht in dem Jahr das illegale Treiben ihrer ermordeten Kolleginnen Nicole und Liane entdeckt haben?

Oder ging es nie nur darum, in die Haut einer anderen zu schlüpfen?

Hatte sie jemand wie Witwer Sturges aus den USA, von dem man sowieso nie erfahren würde, ob die Air-Force-Uniform nicht nur sein Tarnanzug war, in den Wirren der Wendemonate auf die Idee gebracht, dass es für sie einträglich sein könnte, mit Identitäten zu jonglieren?

Unter dem Aspekt fand sie es sofort einfacher, sich zu erklären, wieso Mewes meinte, sich an Yvonne zu erinnern, mit der er gearbeitet haben wollte und Frau Schüler glaubte, im heftigen Streit nebenan den Namen Gundula gehört zu haben, der, wie sie es beschrieb, häufig spöttisch, geradezu verächtlich fiel. Was nicht sonderbar war, dachte sie, wenn Liane und Nicole zu wissen glaubten, wer ihre Kollegin wirklich war.

30

„Lust auf bodenständige Beschaulichkeit?" erkundigte sich Stegemann schmunzelnd. „Oder was treibt Sie aus dem Schmelztiegel der neuen Republik her?" Jensen saß mit ihm mutterseelenallein auf der Hotelterrasse im Schatten eines grünweißen Sonnenschirms, jeder ein Stück frischen Kirschkuchen und ein Kännchen Kaffee vor sich.

„Phlegma kann ja so was von reizend sein", säuselte sie hintergründig und piekste ihre Kuchengabel zwischen zwei Früchte. „Sie glauben ja nicht, wie sehr mir als Küstendeern im Berliner Dschungel der Blick übers endlose Meer fehlt, wo die Wellen am Horizont den Himmel küssen." Sie errettete eine Fliege, die drauf und dran war, sich im süßen Kaffee zu ertränken, und fuhr fort: „Hier sitze ich, weil ich gern mehr über den Unfall vom Sonnabend wüsste. Hatte mit den Opfern in einem anderen Fall zu tun. Inzwischen auf Geheiß des Staatsanwalts geschlossen."

„Aha, möchten Sie gern", er warf ihr einen prüfenden Blick zu und schlug prompt vor: „Wenn das so ist, gehen wir besser in mein Büro."

Stegemann erwies sich als pflegeleichter Kollege, den Jensens Ansage, dass ihre Anwesenheit rein privatem Interesse folgte, nicht davon abhielt, frei von der Leber weg mit ihr zu plaudern.

„Kopiert, entgegen strikter Weisung vom LKA", bemerkte er durchtrieben, während er ihr eine Akte aus der Ablage auf seinem Schreibtisch reichte.

„Beweismittel, Spurenanalyse, Berichte, haben sich die Staatsschützer aus Hannover gleich Sonntag unter den Nagel gerissen."

Stegemann wurde ihr von Minute zu Minute sympathischer. Sie unterrichtete ihn knapp über ihre Achterbahnfahrt auf der Schattenseite angesagter Einheitseuphorie sowie darüber, weshalb sie den düsteren Glanzpunkt dieses seltsamen Vergnügens ausgerechnet in seinem etwas abgelegenen Amtsbereich vermutete.

„Lesen Sie", riet er ihr kommentarlos.

Am Sonnabend, 25. Mai, 22.17 Uhr, überflog Jensen die Seiten, meldete Herr Heiner Rensenbrink aus Bad Bevensen über Notruf Unfall mit Personenschaden auf der B 4, Fahrtrichtung Lüneburg, nahe Ausfahrt Bienenbüttel. Der Zeuge sicherte den Unfallort. Bei Eintreffen von Polizei und Rettungskräften befragt, konnte er keine Angaben zu Ursache und Hergang machen.

Auf Grund der Schäden im Frontbereich des Fahrzeugs, hieß es weiter, ist von Wildberührung als Ursache für den Kontrollverlust des Fahrers auszugehen, der auf gerader, trockener Fahrbahn eintrat.

Das Fehlen stimmiger Bremsspuren auf der Fahrbahn, stützt die Vermutung, dass der Fahrer physischen Einschränkungen unterlag, die sein Reaktionsvermögen minderten, Ablauf und Folgen des Unfalls negativ beeinflussten. Die Unfallopfer wurden zur Gerichtsmedizin nach Hannover überstellt.

Blutalkohol, Toxikologie etc. werden mit der Obduktion geklärt. Jensen blätterte weiter zum Bericht des technischen Sachverständigen, der schrieb, dass am Fahrzeug, Opel-Typ Omega A, 2,3 TD, Erstzulassung 10/1989, keine Mängel bei Betriebs- und Verkehrssicherheit oder vorsätzlich herbeigeführte Schäden festgestellt wurden.

Im Gutachten des Ermittlers der Feuerwehr las sie hingegen: ...dass der Nachweis hochentzündlichen Brandbeschleunigers im Kfz-Innenraum nach meiner Erfahrung den Anfangsverdacht eines Tötungsdelikts rechtfertigt. Der ermittelnde Staatsanwalt wurde umgehend informiert.

Ein Fakt, den Heidkamp entweder nicht kannte oder ihr bewusst vorenthalten hatte. Absurd, dachte sie. Unfall! Wenn das Feuer gelegt worden war, um Spuren zu vernichten, erübrigten sich alle Hypothesen über Schwarzkittel oder marodierendes Rotwild.

„Ist es bei Ihnen Usus, Autowracks nach Wildunfällen kurzerhand abzufackeln?" erkundigte sich Jensen unverschämt.

„Also bitte, Kollegin", verwahrte sich Stegemann gegen ihren Spott. „Meine Männer haben nach bestem Wissen untersucht, was ging. Ich war selbst mit da draußen. Hatten Sie schon mal das Vergnügen, unter Kunstlicht durch dichte Schonungen zu kriechen? Sehr empfehlenswert!"

„Nicht wirklich", räumte Jensen kleinlaut ein. „Das Feuer beweist aber definitiv, dass wer nachgeholfen hat und damit Keiler oder Zwölfender als Täter ausscheiden."

„Logik?" Stegemann machte keine Mördergrube aus seinem Herzen. „Das Leben ist nicht immer logisch. Merkt man, dass Sie Großstädterin sind. Sie reden wie die Käsköppe aus Hannover, die auch glauben, wir hätten nur deshalb einen Zollstock im Büro, um nachzumessen wie tief wir schlafen."

„Entschuldigung, so war's nicht gemeint."

„Ich bin weder blöd, noch ignorant", redete sich Stegemann in Rage, „nichts wüsste ich, wenn der Feuerprofi aus Hannover nicht so kulant gewesen wäre, mir heute Vormittag sein Fazit zu faxen. Wir hatten keine Chance, Widersprüchen auf den Grund zu gehen. Die Staatsschützer brausten Sonntag an, haben alles eingesackt. Ende vom Gelände. Zumindest für meine Leute und mich." Resigniert wandte er den Blick zum Fenster: „Ich habe bis jetzt kein Feedback, ob die Toten die sind, deren Papiere, Ostausweise um präzise zu sein, wir im Umfeld des Wracks neben anderem eingesammelt haben."

„Ich las gestern, dass sie auf Gundula Kern und Rolf Stemmler ausgestellt sein sollen."

„Richtig", gestand er wortkarg. „Aber was heißt das?"

„Eben. Gundula Kern ist die weibliche Tote jedenfalls nicht. Die ist seit vier Jahren tot."

„Hab ich mir nach Ihrer Schilderung fast gedacht."

Von Gänsehaut auf den nackten Unterarmen begleitet, erinnerte sich Jensen plötzlich an Klinghammers

Wutanfall in ihrer Wohnung. „...Lebensgefahr, dass ich nicht lache', hatte er gebrüllt und zu Recht geargwöhnt „...in der Taiga sicherer als unter Millionen Passanten ...da ist doch was faul!'
„Stemmler und die Unbekannte sind Freitagmorgen in ein Kaff bei Uelzen gefahren, wo sie angeblich ein Ferienhaus besitzen soll", sagte sie grübelnd zu Stegemann. „Wissen Sie, wo das ist?"
„In Hahnewald. Habe ich Sonntag nebenher aufgeschnappt. Aber dort gewesen bin ich nicht. Ich weiß nur, dass die Insassen des Unfallfahrzeugs Freitagabend im ‚Jagdschloss' dinierten, unserem Sterne-Tempel in Bad Bevensen."
„Wie wär's mit einem Ausflug nach Hahnewald und anschließend zum ‚Jagdschloss'", schlug Jensen lammfromm vor.
„Dann aber flott", drängelte Stegemann, „danach ist nämlich bei mir Schicht für heute."

31

Die Höfe und Katen Hahnewalds, vielfach vom traditionellen Reetdach behütet, bestenfalls mit zweihundert Einwohnern besiedelt, muteten an, wie es sich für ein Heidedorf gehörte, als krallten sie sich an der löchrigen, mäßig befahrenen Asphaltstraße fest, die abseits der Bundesstraße in weitem Bogen von Uelzen nach Bienenbüttel führte.

Der Ort, mittendrin die aus Feldstein erbaute Kirche, deren Turm oberhalb des Schiffes mit Holz verkleidet war und dessen traditionelle Uhr vermutlich aus Geldmangel seit langem die gleiche Zeit anzeigte, hockte in einer flachen Mulde, aus der leicht ansteigende Wege ins locker bewaldete Hinterland führten. Weit und breit keine Bushaltestelle zu sehen. Was machte man hier, fragte sich Jensen angeödet, die unvermittelt Wernsdorf vor Augen sah.

Rechts von ihr dröhnte die Hupe eines Traktors, dem Stegemann beinahe die Vorfahrt genommen hätte.

„Hast Du Spargel geklaut? Oder wieso bretterst Du wie ein Irrer durchs Dorf?", blökte der Fahrer und hielt an, als er Stegemann erkannte.

„Nee, nee", beschwichtigte der schuldbewusst, fragte stattdessen: „Sag mal Hannes, gibt's hier irgendwo Sommerhütten von Berlinern?"

„Ortsausgang, links Waldweg rein, da stehen vier, fünf Holzhäuser. Wurden, soweit ich weiß, von einer Berliner Firma gebaut. Mehr ist hier nicht."

„Danke."

„Sehr abgeschieden", pries Jensen die Lichtung verträumt, derweil Stegemann, das Schild mit der Aufschrift ‚Privatgrundstück - Betreten und Befahren für Unbefugte verboten' am offenen Tor übersah und auf einer der fünf betonierten Stellflächen parkte.
„Vorsaison und keine Gäste?" Er blickte sich irritiert um. „Sehr ungewöhnlich."
Auf dem mit Maschendraht eingezäunten Areal, dessen Fläche Jensen locker auf zweitausend Quadratmeter schätzte, standen, scheinbar wahllos aufgestellt, fünf Blockhäuser im skandinavischen Stil.
„Lauschiger Flecken", anerkannte sie. „Wenn Madame hierfür Schlüssel besitzt, weil sie die richtigen Leute kennt, könnte das Eigentum einer Stasi-Tarnfirma sein. Stand Näheres am Tor?"
„Der Eigentümer", meinte Stegemann lakonisch.
„Witzig", versetzte Astrid humorlos und rief ihm zu: „Das zweite von links."
Sie hatte das Haus sofort entdeckt, weil Siegelband des LKA auf Rahmen, Türblatt, und Schloss klebte.
Ohne auf Stegemann zu achten, rannte sie ums Haus, kletterte über das Geländer der rückseitigen Terrasse, auf der weiße Gartenmöbel in der Sonne schmorten, die dem Plastikramsch glichen, der Heidkamp ins Büro gestellt worden war. Reflexartig griff sie einen aufgeheizten Stuhl und schlug mit dessen hinterem Bein die Verglasung der Terrassentür kaputt, wobei ihr splitterndes Glas fast die Jeans aufgeschlitzt hätte.

„Sind Sie wahnsinnig", fluchte Stegemann derb, der ihr hinterher gehechelt war. „Wer hat Ihnen denn diese Rambo-Methoden beigebracht?"

„Ohne Lösung, kein Problem", alberte sie selenruhig. „Falls jemand fragt, schieben Sie es auf Einbrecher, oder wenn Ihnen das nicht passt, auf mich."

„Als Urlauberin? Sie träumen wohl!" schnaubte Stegemann, obwohl Jensen längst ins Hausinnere verschwunden war.

Bestürzt hielt sie mitten im Schritt inne, blickte Richtung Küche, sah die offene Tür zum Bad und glaubte ein Deja vu zu erleben. Wernsdorf.

Alles sah aus, als wäre vor Kurzem eine Horde Wildschweine durch den Bau getobt. Sie suchte mit den Augen die Tote, die es hier nicht gab und meinte das faulige Schilf am Ufer des nahen Krossinsees zu riechen.

„Wie sieht's denn hier aus?" stöhnte Stegemann ungläubig, der inzwischen neben ihr stand.

„Verstehen Sie jetzt, was ich vorhin meinte?" fragte Jensen ihn kurz angebunden.

Wer hatte das Haus zwischen Unfall und Eintreffen der Spusi vom LKA derart verwüstet, überlegte sie.

Klinghammers Leute, Schüßlers Seilschaften, Nicole Tifferts Abnehmer? Andere Dienste? Immerhin war hier de facto bis zur Unterschrift des *„Zwei plus Vier Vertrages"* britische Besatzungszone gewesen.

Eine warme Windbö, die durch das kaputte Fenster ins Haus fegte, wirbelte zu Jensens Erstaunen einen

quadratischen, weißen Notizzettel unter den demolierten Liegen hervor, auf dem sie las: 05/25; H.B. 22.00; TTR.
„Das ist eindeutig eine Gedankenstütze zu einem Treff", sprudelte sie aufgeregt heraus. „Und zwar am Unfalltag ab 22.00 Uhr. Die Kürzel sagen mir auf Anhieb nichts."
Stegemann trat unruhig von einem Bein aufs andere, schien um seinen Feierabend zu fürchten.
„Auf alle Fälle ist damit klar", triumphierte Jensen, „dass die hier waren und nach ihrem Dinner ein Date mit oder bei H.B. hatten. Fällt Ihnen vielleicht was dazu ein?"
„Zigarettenmarke", warf er ihr trocken an den Kopf.
Nachdenklich folgte sie ihm zum Auto. Schlecht gelaunt, schwiegen sich beide auf der Fahrt zum ‚Jagdschloss' an.
Der Genusstempel erweckte rundum den Anschein, als hinderte ihn sein Michelin-Stern nicht, am Nachmittag in der Hängematte zu faulenzen.
„Hallo, Christina", rief Stegemann der Servierin lächelnd zu, die entspannt am Tresen auf Getränke wartete. „Hast Du eben mal 'ne Minute?"
„Wenn's unbedingt sein muss" meinte sie kess. „Bedeutet meist nur Ärger, wenn Du auftauchst."
„Frau Jensen, Berliner Kripo", überging er ihre versteckte Spitze und wies auf seine Begleiterin. „Ihr geht es um den tödlichen Verkehrsunfall auf der B 4 von Sonnabend."

„War diese Frau hier rechts im Bild, am Unfalltag im Restaurant?"

Jensen zeigte ihr Schüßlers Kunstfoto, das durch Christians tätige Mithilfe vor fast zwei Wochen in ihren Besitz gelangt und inzwischen als einziges dem Säuberungswahn Klinghammers entgangen war.

„Och Mensch, das habe ich doch vorgestern alles schon den Hannoveranern erzählt."

„Bitte", fiel ihr Jensen ins Wort.

„Ja, ja, die war zwischen sechs und zehn Uhr abends hier, in Begleitung, die saßen an 27, einem Zweiertisch und wurden von mir bedient."

„Hat die Dame vielleicht Kontakt zu einem anderen Gast gesucht?"

„Glaube ich eher nicht. Die Herrschaften schienen mir zu sehr mit sich beschäftigt, und offenbar auch nicht gleicher Meinung."

„Sie haben gestritten?"

Hätte Susi aus dem *,Papillon'* kaum besser gekonnt, kam ihr in den Sinn.

32

Zigarettenmarke! Arsch, ärgerte sich Astrid und fand einmal mehr bestätigt, dass selbst der netteste Kollege zum Stinkstiefel werden konnten, wenn es um seinen Feierabend ging.

H.B./TTF? Wer sollte darauf kommen? Vermutlich ganz simpler Abkürzungsfimmel. Aber das machte es auch nicht besser.

Trotz Rätselheft, Lektüre und musikalischer Ablenkung vom Walkman, bestätigte sich ihre Sorge flinker als befürchtet, einsam im netten Hotelzimmer der Langeweile anheim zu fallen.

Sie saß grübelnd, zweifelnd und zu allem Überfluss deprimiert auf der Bettkante.

Warum mussten die beschissenen Wände immer dicker sein als der Kopf, überlegte sie am Boden zerstört. Was war passiert seit der Nacht nach dem Treffen im Spree-Café? War sie Christian zu nah auf die Pelle gerückt? Bedrückten ihn mehr als nur Geldsorgen?

Astrid warf ihren Kopf aufs Kissen und hätte am liebsten herzzerreißend geflennt.

Sie hasste sich, weil sie eitel Christians Korb, für ihren Vorschlag, sie zu begleiten, selbst herbeigeredet hatte, weil sie dämlich genug gewesen war, sich von der Schlange, die sie voreingenommen als an Leib und Leben bedrohte Kronzeugin eingestuft hatte, austricksen zu lassen. Hier war weiß Gott nicht der Ort zum Verstecken, in dieser Einöde überlebte man nicht länger, hier pokerte man fernab lästiger Blicke, zum Beispiel bei einem Treffen mit H.B. nach dem Besuch im Nobelrestaurant.

War ihr Beschützer Rolf Stemmler der Angreifer in Nicole Tifferts Wohnung gewesen, war er der Sieger dieser Schnitzeljagd ums goldene Kalb? War es das, was Klinghammer zutiefst beunruhigte?

Und am Ende all dieser Strapazen ein verschleierter Mord auf der Landstraße, der die Flucht mit der „Sammlung" ihrer ermordeten Kolleginnen verhinderte? Da ist doch was faul, zitierte sie Klinghammer im Geiste!

Astrid rechnete. 22.00 Uhr plus-minus, Abfahrt am Jagdschloss, B 4 Richtung Norden. Unfallmeldung 22.17 Uhr. Was konnte in den maximal zwanzig Minuten im Radius von zirka 15 km passiert sein?

Jeden Parkplatz, jede Tanke, jede Bude zwischen Lokal und Unfallstelle hätte man abklappern müssen... In den Berichten stand nichts davon, dass sich irgendwer dafür interessiert hätte.

Von jeglichem Zeitgefühl verlassen, schnappte sie sich den Autoschlüssel und eine Wanderkarte aus der Info-Mappe des Hotels und ging hinunter zum Parkplatz.

Astrids Ärger kam auf der Landstraße kurz hinter Celle. Die Uhr im Armaturenbrett ihres Miet-Audi zeigte 19.42 Uhr. Spontanität wurde selten belohnt, vor allem nicht, wenn sie undurchdachtem Handeln entsprang.

Ein Glück, dachte sie, dass Linke nicht sauer neben ihr saß und ihr wieder ihren Scheiß-Aktionismus vorwarf.

Eine gute Stunde verfuhr sie allein damit, nach Bad Bevensen zu kommen.

Was bitte erwartete sie, danach noch auf die Reihe zu bringen? Eine Tankstelle und zwei Waldparkplätze mit Imbiss gab es an der B 4 zwischen Kneipe und Bienenbüttel, das sagte ihr die Karte. Das Gesicht zur Faust geballt, passierte sie nach knapp dreißig Minuten bei Tempo 150 km/h das Ortseingangsschild von Uelzen.

‚Jetzt komm runter, schön gesittet durch den Ort', befahl sie sich, ‚ab auf die B 4 und dann ran an die erste Tanke hinter Uelzen'. Astrid bog nach links ein und hielt abseits der Tanksäulen.

Reger Betrieb während der Primetime des Fernsehens, wunderte sie sich. Ihr Blick zur Preistafel gab die Antwort: 1,00 DM je Liter Diesel!

Ihr linker Absatz berührte noch nicht ganz den Asphalt, als es über ihr aufs Autodach klopfte: „Na, auf dem Weg zur Nachtwanderung in der Heide, den echt klaren Sternenhimmel bewundern?" Stegemann lächelte sie an und hielt ihr ein Sixpack unter die Nase. „Bier vergessen."

„Wohnen Sie in Uelzen?"

„Wieso? Finden das anstößig?"

„Fast Hundert Kilometer Arbeitsweg jeden Tag? Ganz schön happig!"

„Billiger als die Kosten für eine Wohnung in Celle."
„Bin kein Wandertyp, schon gar nicht nachts. Aber ich hatte vorhin so eine Idee", nuschelte Jensen verschämt.
„Ach so", schnaufte Stegemann, „da bin ich jetzt aber gespannt."
„Hat der Pathologe die Toten identifiziert?"
„Sie sind ja lustig. Rufen Sie ihn selbst an, vielleicht sagt er Ihnen was", empfahl ihr Stegemann beleidigt.
„So wie mich die falsche Madame Kern auf die Nudel geschoben hat, traue ich ihr zu, dass sie nicht neben Stemmler in der Gerichtsmedizin liegt."
„Ich denke, die ist eh schon tot, formal betrachtet? Wozu dann ein solch makabres Manöver mit so hohem Risiko?"
„Weil die vom Radar verschwinden will! Die wird gejagt von jedem, der Beine hat, kapieren Sie, weil alle ein exzessives Interesse daran haben, dass diese ‚Sammlung' endlich vom Reißwolf gefressen wird."
„Wenn, dann ist der Scheiß doch spätestens gestern in der Pathologie aufgeflogen", widersprach Stegemann. „Und was hat sie dann davon?"
„Bitte! Nicht so naiv. Noch bevor das LKA am Sonntag bei Ihnen tabula rasa gemacht hat, war die in der Luft, auf dem großen Wasser oder wer weiß wo. Ist doch genau mein Punkt. Die zwanzig Minuten zwischen Restaurant und Unfall haben ihr gereicht, um ihr Ding durchzuziehen."
„Wie Sie meinen." Er sah sie etwas konfus an.

„Zwischen Ausfahrt Bevensen und Unfallort gibt's eine Tanke und zwei Parkplätze mit Imbiss."
„Ach was", grunzte Stegemann belustigt.
„Sollte zu schaffen sein, denk ich", behauptete sie nach kurzem Blick auf die Uhr.
„Gerade so. Ab Zehn wird da meist nur noch geputzt." Er überlegte, sah Jensen, weil fast einen Kopf größer, von oben herab an und schlug ihr vor: „Den zweiten Imbiss, sprich letzten vor der Unfallstelle, betreibt meine Ex seit Anfang des Jahres. Den fahren wir zuerst an und dann südwärts zum Bierchen."
Konfliktscheu schien Stegemann nicht, dachte Jensen. Oder suchte er einen willkommenen Vorwand, seine Ex wiederzusehen?
Sie erkannte sofort, dass der Stand, den Stegemann ansteuerte, weit mehr war als die übliche Pommes-Schmiede am Straßenrand.
Pächterin: Cornelia Stegemann, las Jensen auf dem weißen Blechschild am linken Holzpfosten.
Neben Wurst, Steak und Schaschlik vom Holzkohlegrill, bot sie einem Hofladen gleich frische Eier, Honig, Kartoffeln und Schinken aus eigener Quelle an sowie zu dieser Jahreszeit natürlich Spargel.
„Als Beamter um die Zeit nicht beim Bier?" stichelte Frau Stegemann, die den Grill reinigte. „Haben sie Dir die Bezüge gekürzt?"
„Conny, meine Ex", flüsterte er Jensen hölzern zu, wandte sich wieder um und stellte seine Begleitung vor: „Frau Jensen. Echte Kommissarin aus Berlin."

„Ach, deshalb müsst ihr mit zwei Autos rumgurken? Soll ich jetzt Beifall klatschen für soviel Luxus?"
„Ich übernachte in Celle", sprang Jensen ihm bei und setzte hinzu: „Eigentlich Hamburger Deern."
„Also vom Torf in die Jauche?" Conny sah sie gehässig an. „Wollen Sie was von mir?"
„Haben Sie die Frau vorgestern hier gesehen?" fiel sie mit der Tür ins Haus und reichte ihr das Foto aus der Handtasche.
„Nee. Bestimmt nicht."
„Grüner Omega, Berliner", mischte sich Stegemann ein, der Connys Schwäche für schicke Autos kannte. „Sonnabend, zirka 22.00 Uhr, sagt Dir das mehr?"
„Ja. So einer kam hier raufgekurvt. Ich dachte noch, der wäre total besoffen."
„Wann?"
„Zeit haut etwa hin."
„Allein im Wagen?" Astrid verstand die Welt nicht.
„Nee", ergänzte Conny maulfaul, „zu zweit. Eine Blondine saß mit drin, aufgebrezelt."
„Könnte das die Frau auf dem Foto gewesen sein?"
„Gucken Sie hin, jetzt ist es noch nicht so spät wie Sonnabend, aber genauso schummrig unter den Bäumen. Da sie im Wagen sitzen blieb, konnte ich sie nur als Schatten wahrnehmen."
„Und wieso kam Dir der Fahrer besoffen vor?" erkundigte sich Stegemann berufsbedingt neugierig.
„Weil er in ondulierten Linien über den Parkplatz geschlingert ist, bis er endlich in seiner Lücke stand.

Aber im Ernst, der hatte natürlich nichts getrunken. Der wirkte krank und fertig, als ob er kurz vorm Infarkt stünde. Ich hatte Heidenangst."
„Und wo hat er gehalten?" Jensen sah sich um.
„Unter der Fichte", Conny zeigte zum größten der Nadelbäume, die den Wald zum Platz hin begrenzten.
„Und was dann?"
„Und dann? Sonnabend! Da wurde es hier am Tisch hektisch wie bei der Feuerwehr" schilderte Conny lapidar, „und zu sehen gab es auch nichts, weil sich ein Truck mit Container davorstellte."
„Truck?" fragte Jensen eindringlich.
„Keine Spedition, Charter oder Miete, was weiß ich, steht ja nie was dran."
„Alles schön und gut", gähnte Stegemann. „Intuition ist der Fetisch aller Unwissenden, meinte schon ein bekannter Tatort-Kollege. In diesem Sinne. Ich stecke jetzt meine Beine unter den Tisch. Ihr könnt ja von mir aus noch plaudern bis das Flutlicht zündet."
Er wies auf die Parkplatzleuchten.
„Okay. Dann vielen Dank für alles", verabschiedete sich Jensen artig, während Conny Stegemann ihrem Ex hinterherrief: „Denk dran, mein Lieber, gibt Gesprächsbedarf, Stichwort Unterhalt!"
„Können Sie mir den Fahrer des Trucks beschreiben? Hält der öfter bei Ihnen?" verfolgte Jensen ihren Faden hartnäckig weiter.
„Öfter? Weiß nicht. Ich habe den Stand ja erst fünf Monate", sie überlegte. „Zweimal Schaschlik extra

scharf, Pommes rotweiß. Das erste Mal war der nicht hier."

„Schaschlik mit Pommes rotweiß sind als Beschreibung sehr dünn, finden Sie nicht", flachste Jensen.

„Unauffälliger Typ halt. Etwa eins achtzig, drahtig, Mitte dreißig, hellbraune Haare." Conny warf ihren Putzlappen auf die plastikbezogene Verkaufstheke, sah in Gedanken versunken über den bis auf Jensens Audi leeren Parkplatz. „Helga wäre Ihnen bestimmt eine größere Hilfe gewesen."

„Helga?" fragte Jensen unsicher.

„Helga Imhof, von der ich nach zwanzig Jahren übernommen und aus ihrem *Bienenkorb* meine *Futterluke* gemacht habe."

„Helgas Bienenkorb hieß das hier?" erkundigte sich Jensen wie vom Donner gerührt.

„Bienenkorb klang viel schöner, ist mir schon klar", gestand Conny Stegemann zerknirscht. „Mir ist bloß nichts Hübscheres als Futterluke eingefallen."

„Was anders ist, muss nicht automatisch schlechter sein", tröstete Jensen sie obenhin.

Unglaublicher Zufall, dachte sie aus dem Häuschen, H.B., so was konnte keiner erfinden.

„Sie haben mir sehr geholfen. Schönen Feierabend", bedankte sie sich auf einmal sehr eilig, wollte zur Unfallstelle, die wenige Kilometer nördlich lag.

Was war auf der ihr verborgenen Seite des Trucks passiert? Hatte der Fahrer womöglich das Double an Bord? Wen?

Die stockdunkle Nacht kam rasend schnell in der Heide, wo die Straßen unter den dichten Baumkronen teils kilometerlangen Tunneln glichen, stellte sie überrascht fest. Als sie bei Conny vom Parkplatz gefahren war, hatte sie weit und breit keinen Lkw auf der B 4 gesehen. Aber der Truck hinter ihr war real. Man hatte sie im Visier! Vor allem wer hatte sie auf dem Radar und scheute nicht vor Mord zurück?
Die Schüßler-Fraktion? Die Klinghammer-Fraktion? Warum, wenn alle Messen gesungen waren? Oder irrte sie mit ihrer bizarren Idee, dass die Unbekannte längst über alle Berge wäre?
Scheinwerfer blendeten sie in allen drei Rückspiegeln. Man hatte sie nie wirklich aus den Augen gelassen. Scheiße! Aus der Gegenrichtung näherte sich eine Zugmaschine ohne Auflieger.
Hier ist kein Apartmenthaus, die Falle ist echt und deine blöde Kanone chic, aber völlig nutzlos! Während Sie fieberhaft nach Auswegen suchte, näherte sich der Volvo F 12 hinter ihr bis auf Zentimeter der Stoßstange. Plötzlich schoss eine Lichtsalve, begleitet von dröhnendem Hupen, aus den Scheinwerfern auf dem Dach des Fahrerhauses vom entgegenkommenden Lkw, als wollte er den Kumpel grüßen.
Blitzlicht! Das Szenario, dem Stemmler und seine Begleitung zum Opfer gefallen waren? Würde auch sie in Flammen aufgehen?
Für Sekunden blind, zog Jensen das Lenkrad instinktiv nach rechts, es splitterte und krachte...

Ihre Hände krallten sich beim Überschlag irgendwo fest. Stoff? Grasnarbe?
Noch einmal quietschte es neben ihr am Türholm. Sie versuchte, sich zu orientieren. Ihr Körper, der bis dato präzise reagiert hatte, versagte. Sie verlor das Bewusstsein.
Sekunden kam es ihr vor, als tauchte sie aus ihrer Umnachtung auf, hörte Plätschern, roch ätzenden Gestank. Weißliches, grelles Leuchten überlagerte ihre letzte Wahrnehmung.
War sie im Himmel? Stand sie vor der Pforte?

33

„Im Bett faulenzen wäre zu Hause echt bequemer gewesen", quasselte Christian frech drauflos, als er Donnerstag gegen Mittag in Astrids Zimmer auf der Unfallstation im Lüneburger Krankenhaus stürmte.
Er küsste sie zart auf die Wange, die nach minderwertiger Flüssigseife roch. Sein spontaner Besuch, seine vorlauten Sprüche taten ihr gut.
Er sah sie unsicher an, selbst etwas derangiert von seiner Irrfahrt im Labyrinth aus Einbahnstraßen in der Lüneburger Altstadt.
„Ehrlich, Du siehst aus, als wärst Du einem Grizzly in die Arme gelaufen", versteckte er seinen Schock hinter fadem Witz. „Wirklich alles gut?"
„Gorilla klingt wegen der Erderwärmung heutzutage plausibler." Sie lächelte gequält. „Leichte Verbrennungen, Kratzer, glücklicherweise nichts gebrochen. Nur gut, dass Conny kurz nach mir kam, mich aus dem brennenden Audi gezerrt und von ihrer Bude aus den Notruf abgesetzt hat. Sonst wäre ich vermutlich in der Karre verkohlt."
„Conny?"
„Ex vom Celler Kripochef. Betreibt einen Imbiss an der B 4."
Astrids linker Arm war bis zum Ellenbogen verbunden. Ein Turban aus Mull zierte ihren Kopf und der Riss unter dem Jochbein erweckte den Eindruck, als hätte sie sich im Boxring versucht. Auf ihren Händen und am Hals klebten Pflaster.

Christian hatte O-Saft und zart duftende Rosen mitgebracht. Während er ein leeres Honigglas randvoll mit Wasser füllte und die Blumen drapierte, musterte er sie klammheimlich.

Der grausige Vorsatz des feigen Attentats bestürzte ihn heftiger als ihr lädierter Körper.

„Woher weißt Du eigentlich, wo ich bin?" erkundigte Astrid sich derweil neugierig.

„Von Deinem Kollegen", nuschelte er geknickt. „Unser letztes Gespräch war ja nicht gerade prickelnd."

„Unser letztes?" begehrte sie auf. „Ich denke mit Horror an die Fahrt nach Leipzig."

„Na ja", stammelte er reumütig, „ich wollte mich gestern eigentlich entschuldigen, bevor ich noch alles versaue und da war ein Linke an Deinem Apparat, der mir erzählte, was los ist."

„Schön, dass Du Dich noch für mich interessierst", bemerkte sie spitz.

„Stress", zog er sich aus der Affäre und riet ihr bang: „Lass bloß endlich den Staatsschutz diese Drecksarbeit machen."

„Retzlaff? Einen Teufel werde ich tun."

„Denk doch mal an mich", Christian fasste nach ihrer Hand. „Was soll denn aus mir werden? Alleinsein ist schließlich keine Option für die Altersvorsorge."

Astrid durchschaute ihn, wusste, dass er ihr nonchalant zu raten versuchte, künftig auf lebensgefährliche Abenteuer zu verzichten, weil sie ihren möglichen Preis nicht rechtfertigten.

Sie ignorierte den Einwand und seufzte stattdessen traurig: „Noch weiß Gott allein, mit wem Stemmler vorigen Sonnabend gen Himmel gefahren ist." In die Sonne blinzelnd, dachte sie an ihre Unterhaltung mit Conny Stegemann. „Topspionin!", giftete sie zornig. „Kalt wie ein Eisblock. Und ich dumme Gans lass mich düpieren wie eine Anwärterin. Die DDR-Pappe, das arme Mädchen aus Delitzsch, das fluchtwillige Model, die unterdrückte Nutte, alles Lügen. Ich will wissen, wer sie ist, wer ihr hilft, wer sie deckt und wer für sie sterben musste!"

„Komm wieder runter", gab sich Christian alle Mühe, sie zu beruhigen. „Ärger ist nicht gerade für seine heilsame Wirkung bekannt."

„Ich will mich aber ärgern!" fauchte Astrid.

„Und wie soll es weitergehen?"

„Ich denke, es wird nicht mehr lange dauern, bis sie hier die Nase voll haben von mir. Dann geht's nach Hamburg, wenn ich schon mal so dicht bei bin."

„Zu Kreuze kriechen?" unterbrach er sie.

„Unfug! Um meiner selbst willen, Blödmann", rückte sie ihm den Kopf zurecht. „Hat sich denn wegen des Einbruchs noch was getan?"

„Nicht die Bohne. Deine Kollegen müssen schließlich besetzte Häuser in Ostberlin räumen."

„Ich meine, hast Du inzwischen überhaupt mal genauer geguckt, was fehlt?"

„Die ganze Musik", erklärte er sauer. „Auf absehbare Zeit gibt's nur Kerze und gutes altes Dampfradio."

„Ha, ha", Astrid täuschte ein bedauerndes Lächeln an. „Die haben also wirklich...?"
„Was?"
„Geheimnis", stotterte sie. „Ich musste sogar dafür unterschreiben, dass ich den Mund halte."
„Dunkel, holde Freundin, ist Deiner Rede Sinn."
„Also gut", Astrid rang mit sich und Schweiß perlte auf ihrer Stirn, „die Unbekannte hat mir beim Café-Plausch genau heut vor einer Woche erzählt, dass die Tiffert im letzten Telefonat mit ihr beiläufig einen Schlüssel erwähnte, ihr aber weder verriet, wo sie ihn versteckt hielt, noch in welches Schloss er passt. Sie und ihre Freundin Schneider sollen nämlich nicht nur für die Stasi, sondern auch privat, bloßstellende Details über prominente Westfreier gesammelt haben, die sie jetzt in bare Münze verwandeln wollten und dafür mit ihrem Leben bezahlten. All das, was ich danach bei Dir so blumig mit fünf Kilo TNT im Keller vom Kanzleramt umschrieben habe."
„Und das suchen die bei mir?"
„Möglich." Sie setzte sich im Bett auf und fuhr leise fort: „Retzlaff und ein Abgesandter von weit oben haben mich extra aufgesucht, weil sie mir misstrauten, als ich angab, vom Schlüssel zwar gehört, aber das Material nie gesehen zu haben. Das könnte sie auf die irre Idee gebracht haben, ich hätte das Zeug bei Dir eingelagert."
„Scheiße", klagte er mürrisch „das ganze Chaos also für nichts und wieder nichts? Man, lass bloß endlich

die Finger davon. Und wo, falls man das fragen darf, ist dieser Sprengstoff jetzt?"

„Bei der Frau, von der ich störrisch vermute, dass sie in der Heide eine Unschuldige als Double in den Tod geschickt hat."

„Muss aber teures Dynamit sein, wenn jemand dafür dieses Wagnis eingeht", staunte Christian perplex. „Das kannst du doch heute keinem Pathologen mehr verkaufen."

„Stimmt", räumte Astrid nachdenklich ein, „Aber die brauchte nur ein ganz minimales Zeitfenster, um sich in Luft aufzulösen. Offiziell lebt die nämlich seit vier Jahren nicht mehr."

Christian sah sie nachsichtig an, als wäre sie nicht ganz bei Trost.

34

Carl-Hinrich Jensen sah zwiespältig zum schmiedeeisernen Tor, dessen Flügel sich wie von Geisterhand öffneten. Formvollendet, ganz die alte Schule, empfing er seine Tochter auf dem ockerfarbenen Kieselweg, der die Parkanlage vor der Villa im Halbkreis durchschnitt.
Astrid hielt neben ihm, zog sich flügellahm aus dem BMW, den ihr die Auto-Vermietung als Unfallersatz zur Verfügung gestellt hatte.
„Du wirst Mutter von Jahr zu Jahr ähnlicher", begrüßte er seine Tochter jovial. „Sie war eine reizende Frau."
Astrid verzieh ihm, weil sie die kleinen Schwächen seiner Komplimente hinreichend kannte.
„Danke", umarmte sie ihn artig und fragte, „welchen Preis hat das Süßholz heute, Paps?"
„Du bleibst hoffentlich etwas länger?"
„Schauen wir mal..."
„Wozu kommst Du überhaupt her", erboste er sich theatralisch, „wenn Du Deinem alten Vater gar nicht schnell genug wieder den Rücken kehren kannst?"
„Alt?", umgarnte sie ihn elegant. „Ich kenne Männer in den Fünfzigern, die im Gegensatz zu Dir hinfällig wirken." Pensionierter Traumschiffkapitän, liebenswert und charmant, doch nur auf den ersten Blick, schmunzelte sie im Stillen.
„Und was bitte hat es mit dem Unfall auf sich?" ihr Vater deutete auf die Verbände.

„Nicht Unfall, Paps. Anschlag."

„Anschlag?" Er schaute seine Tochter verstört an. „Veralbere mich bitte nicht!"

„Keinesfalls", sie schüttelte den Kopf und verzog das Gesicht. „Oder wie würdest Du versuchten Mord nennen?"

„Opfer terroristischen Abschaums? Du?" empörte er sich. „Und dann so gelassen?"

„Ich bin nicht gelassen, Paps, das täuscht."

„Was sind denn das für Leute, die es wagen..." Der Mund ihres Vaters war zu einem schmalen Strich zusammengezogen.

„Killer, Paps."

„Astrid, bitte! Nicht diesen obszönen Polizeijargon."

„Aber, wenn es doch stimmt! Ich nenn die Dinge gern beim exakten Namen."

„Klingt sizilianisch. Was hast Du mit solchem Gesindel zu tun?" schimpfte der alte Jensen. „Das ist kein Umgang für eine kultivierte Frau! Ich dachte, Du verfasst kriminologische Studien."

„Irren ist menschlich", neckte sie ihn anzüglich. „Ich bin in die Tagespolitik geschlittert. Nicht absichtlich, dafür aber umso schmerzhafter."

„Und dort wimmelt es von Attentätern?" fragte er, als zweifelte er an ihrem Verstand.

Astrid war nicht in Stimmung, mit ihm zu diskutieren. Das Trauma der letzten Tage saß tief. Sie sehnte sich nach der Badewanne, nach Ruhe und Entspannung.

„Können wir später reden, bitte?" schlug sie ausgelaugt vor, „hab Kopfschmerzen."
Ihr Vater krauste die Stirn.
„Selbstverständlich", konzedierte er milde.
Das Bad vollbrachte Wunder. Astrid fühlte sich nicht nur erfrischt, sondern sie war auch das aufdringliche Krankenhaus-Odeur los, dass nicht nur in den Klamotten, die sofort in die Schmutzwäsche geflogen waren, sondern auch tief in allen Poren der Haut hockte.
Besser gelaunt, stibitzte sie wie als Kind Katenschinken, würzige Oliven sowie zwei Scheiben Appenzeller Käse aus der Speisekammer.
Allein, ausgeruht, im sicheren Hafen, fühlte sie sich gut wie lange nicht. Astrid ging in ihr Zimmer, das sie vorfand, als wäre sie gerade gestern gegangen, und warf sich auf die Liege.
Vater hatte ein bezauberndes, antiquarisches Unikat von Hand illustrierter Oscar-Wilde-Geschichten aufgetrieben und ihr auf den Schreibtisch gestellt. Sie legte Mussorgskis *„Bilder einer Ausstellung"* auf, begann zu blättern.
Die Luft erschien ihr plötzlich seltsam stickig, als wäre der Raum seit ihrem letzten Besuch nicht gelüftet worden. Astrid stand auf, öffnete die Fenster und linste mit gemischten Gefühlen zu den Kameras auf dem Sims der mannshohen Mauer entlang der Elbchaussee. Die früher verhassten Wächter auf einmal beruhigend zu empfinden, verstörte sie zutiefst.

Carl-Hinrich, wie sie ihren Vater insgeheim nannte, war unterdessen längst wieder ins Reich an der Alster gefahren worden, die Geschäfte, was sonst...
Sie schob die trüben Gedanken kurzerhand beiseite und rief Linke an.
„Na, wie steht's?" überfiel sie ihn aufgekratzt.
„Hallo Chefin, wieder richtig auf den Beinen?" erkundigte sich Linke auf der Hut.
„Drei Tage sollten als Reha reichen. Komme Montag zurück. Also Dienstag, denke ich, sehen wir uns wieder", kündigte sie ihm leutselig an, um nicht als paranoider Kontrollfreak zu gelten. „Gibt's was Neues?"
„Mehr als Sie sich vorstellen können", prophezeite Linke dunkel.
„Machen Sie es nicht so spannend."
„Also, Kellner hat am Dienstag mit Mutter Kern geredet und Stoll tags darauf bei Mewes von der *Sybille* einen Kurs in Modefotografie belegt."
„Erfolg?" fragte Jensen hektisch.
„Quintessenz der krausen Geschichte: Frau Kern hat zwei Töchter."
„Kellner erzählte uns doch was vom Standesamt Dessau", fiel sie ihm ins Wort. „Und die wussten davon nichts?"
„Von Sterbeurkunde Gundula hat er geredet, nicht von Geburtsurkunden", verteidigte er Kellner.
„Trotzdem semiprofessionell."
„Phantom", konterte Linke. „Wer im Glashaus sitzt!"
„Ist ja gut!"

„Also, Yvonne Kretzschmar heißt die ältere Schwester, weil sie kurzzeitig verheiratet war, und die fand Stoll auch auf alten Aufnahmen bei Mewes."
„Haben wir etwas über sie?"
„Ist Kellner bereits dran wie der Teufel."
„Was Anderes, damit ich nicht völlig umsonst unter die Räder gekommen bin. TTR, Firmenkürzel, jedenfalls was in der Richtung. Container, Spedition?"
„Keinen blassen Schimmer."
„Bitten Sie Stoll, falls ihm der Chef Luft dazu lässt. Der hat sich doch anfangs wegen Schneiders Alibi sehr gründlich mit der Branche befasst."
„Heidkamp?" Linke persiflierte dessen Räuspern perfekt, „läuft rum, als hätte er Schüßler im Alleingang zur Strecke gebracht. Einen Schlussbericht soll ich schreiben."
„Worüber?" fragte sie feindselig.
„Sagen Sie es mir?"
„Okay. Sonst?"
„Ich weiß jetzt, dass, wie sollte es anders sein, sechs Abteilungsleiter bei der HA VI alles gemanagt haben, was Einreise, Interhotels, Messen und Events betraf", Linke unterbrach sich kurz, konnte seinen Unmut, der ihn bei diesem Thema befiel, nicht verbergen. „Um an Namen zu kommen, habe ich den Verwaltungschef, General Jäger, Sie erinnern sich..."
„Selbstverständlich!"
„...mit einigen uns bekannten Fakten bedrängt. Also das hätten Sie hören müssen, echt", empörte er sich,

„hat mir mit einstweiliger Verfügung gedroht und was weiß ich..."

„Schonen Sie Ihre Nerven, Herr Linke", beruhigte sie ihn, „der hat reagiert, wie von Kellner vorhergesagt." Sie holte sich bei Agneta, die Vater widerwillig angestellt hatte, als Astrid endgültig aus Hamburg verschwand, starken Kaffee und schnorrte eine Zuckerschnecke vom Kuchentablett.

Carl-Hinrich erschien kurz vor neunzehn Uhr. Ein Ritual, von dem er nie abwich, solange ihre Erinnerung zurückreichte. Zur Feier des Tages servierte Agneta Bouillon, Entrecôte und Kirschgrütze als Dessert. Nach dem deliziösen Mahl setzten sich beide vor den Kamin und erfreuten sich an den heimelig züngelnden Flämmchen. Er trank Single Malt, achtzehn Jahre alt und zündete sich eine kubanische Corona Grande an, sie nippte Cognac Hennessy.

„Klinghammer", Astrid verfolgte jede Regung im Gesicht des Vaters, „der Name sagt Dir was?"

„Klinghammer...?" Er grübelte angestrengt. „Ministerialdirektor, ja, sitzt bei Kohl im Kanzleramt. Wieso?"

„Hat der mit Geheimdiensten zu tun?"

„Tochter! Wieso interessiert Dich das überhaupt?"

„Weil der unlängst bei mir eingebrochen ist."

„Bitte, Kind", fuhr der alte Jensen entrüstet auf, als säße ihm der Lügenbaron gegenüber, „so langsam aber sicher reicht's mir mit Deinen Räuberpistolen. Klinghammer eingebrochen! Da vergeht einem ja die Freude an der guten Zigarre."

„Eingebrochen", nervte sie störrisch, „in mein Apartment, in dem ich hause, bis ich was Ansprechendes gefunden habe. Zigarre war übrigens das Zauberwort, bei dem er sich Deiner erinnerte."
„Attentat, Einbruch...", ihr Vater maß sie zweifelnd. „Kannst Du etwas schlüssiger darlegen, was das zu bedeuten, vor allem mit Deinen Studien zu tun hat?"
„Du weißt, ich wollte unbedingt zurück ins vereinte Berlin", beichtete sie, nervös auf dem Sessel hin und her rutschend. „Riesenchance! Wurde mit Kusshand genommen. Keine Nutten, keine Luden, dachte ich. Solide Tötungsverbrechen. Machen sich gut für die Karriere. Im Osten derzeit allemal. Zunächst drängte man mich zwar zur Aufklärung von Vereinigungsstraftaten, das war aber nicht meins. Kurzum, mein neuer Chef hat sich letztlich überzeugen lassen, mich mit Mordermittlungen zu beauftragen."
„Du machst was? Wozu in drei Teufels Namen dann die harte Arbeit für den Doktorhut?" reagierte der alte Jensen außer sich. „Ich denke, es ist an der Zeit, dass ich mit dem Innenministerium..."
„Untersteh Dich", fauchte Astrid ihn an. Den bockigen Stolz eines kleinen Kindes in den Augen, fügte sie an: „Ich bin nicht der Piesepampel, ich leite die Ermittlung. Und dann dieser erste Fall..."
Sie schilderte den Fall, ließ nichts aus, selbst Niederlagen nicht, verdeutlichte akribisch, wie sie sich vorgetastet hatte, was sie mit Einbruch meinte und wie es zu dem Anschlag gekommen war.

In der folgenden Stille hätte man eine Daunenfeder auf den Perserteppich fallen hören.

„Abstrus!" schimpfte ihr Vater nach knapper Fassungslosigkeit. „Konfrontation statt Synergie. Merkwürdige Auffassung von Personalführung."

„Entschuldige bitte, aber die ergrauten Bürokraten wie mein Chef, die jetzt im Beitrittsgebiet in Führungspositionen gehievt werden, kennen den Osten doch nur aus dem Bilderbuch. Auch wenn es mir gegen den Strich geht, aber ihr altmodisches Dienstverständnis hat nicht nur Nachteile." Astrid schämte sich ein bisschen in der Rolle als Heidkamps Verteidigerin, spülte ihr Unbehagen mit einem Schluck Cognac herunter. „Mit seiner Strategie, auf politischen Klimbim zu pfeifen, die Anstifter als simple Kriminelle zu betrachten, kann ich aber besser leben, als mit der erbärmlichen Heuchelei der Staatsschützer, die unter Verweis auf Verantwortung fürs Gemeinwohl alles unter den Teppich kehren."

„Da Du ein schlaues Kind bist, nehme ich an, dass Du sehr genau weißt, wer sich dabei die Finger verbrennt. Ich würde dringend davon abraten, sich zwischen alle Stühle zu setzen."

„Du meinst kapitulieren?"

„Es ist weiß Gott nicht neu", knurrte ihr Vater, „dass Dienste Wasserträger vor ihren Karren spannen und zugleich als ihr Feigenblatt missbrauchen."

„Du sollst nicht töten... Das fünfte Gebot", murmelte Astrid unterdessen leise. „Ich hasse nun mal Leute abgrundtief, die dank ihrer Macht glauben, außerhalb der Gesetze zu stehen und Strafvereitelung im Amt als Kavaliersdelikt ansehen."

„Diese alte Kamarilla, die Du im Visier hast, besteht aus Profis, nicht anders als hierzulande, vielleicht im Detail sogar einen Tick besser. Ich hoffe nur, Du bist Dir über die sehr variablen Risiken im Klaren. Leider kenne ich Dich länger als Du selbst und erspare mir daher die überflüssige Mühe, Dich von diesem Himmelfahrtskommando abzuhalten."

„Mir geht's um Grundregeln", hielt Astrid zornig dagegen, „nicht um Ewiggestrige oder Agentenbillard."
Ihr stiegen Wuttränen in die Augen und sie fügte mit dünner Stimme an: „Ich habe sie gesehen. Alle. Genick gebrochen, Kugel im Kopf, verbrannt! Wenn wir uns nicht davor schützen und damit aufhören, die Annahme, Verbrechen könnten sich lohnen, ad absurdum zu führen, dann Gnade uns Gott!"

„Ist Dir das nicht Beweis genug, wozu die geschassten Cliquen fähig sind?", wandte ihr Vater ein.

„Bist Du sicher, dass sie an den Strippen ziehen?"

„Wer sonst?" fragte Jensen irritiert.

„Ihr habt sie doch Jahrzehnte hofiert, angeblich in humanitärem Interesse, aber wohl eher zum Segen von Investoren und deren Rendite. Geschäfte mit totalitären Regimes sind in Mode wie selten und jetzt behaupte ja nicht, Du hättest nicht fleißig mitverdient", warf sie ihm an den Kopf. „Oder täusche ich mich etwa?"

„Beruhige Dich, Kind", bat sich ihr Vater gütig aus, zu gütig. „Du bist ja total aus der Balance. Weißt Du, was Du mir da unterstellst?"
„Ja", erwiderte sie zu seinem Befremden kalt. „Wir verscherbeln das Arsenal der entbehrlichen Ost-Armee in Krisengebiete weltweit, dominieren die Treuhand im Interesse bestmöglichen Profits, begünstigen Korruption und Steuerflucht und obenauf für die Seele gönnen wir uns ein wenig Wohltätigkeit."
„Geld kennt keine Moral", entgegnete er unwirsch, „Sie ist bestenfalls eine Laune der Evolution. Aber das ist ein weites Feld..."
„Habt ihr je auf ein unsittliches Geschäft verzichtet?"
„Und was schicklich ist, bestimmst Du?"
Astrid hielt es nicht länger im Sessel.
Nach ein paar Stunden waren sie dort, wo sie immer gewesen waren, auf verschiedenen Planeten.
„Im Ernst!" Entgegen aller Gewohnheit schenkte sich Carl-Hinrich Whisky nach. „Du biegst Dir die Realität nach wie vor so zurecht, wie Du sie gern möchtest. Dabei hatte ich gehofft, dass sich Deine linkslastigen Ansichten mit steigender Erfahrung nivellieren. Dir kann doch kaum entgangen sein, dass sich sämtliche imaginären Utopien als lebensfremd erwiesen haben."
„Was können die Utopien dafür, dass die Menschen, die so stolz sind auf ihren Verstand, ihn missbrauchen, statt zu benutzen", konterte Astrid bitter. „Und wenn Du toleranten Geist, demokratische Haltung

und soziales Engagement für linkslastig hältst, bin ich eben links. Auch gut!"
Verwundert registrierte sie, dass der Vater jegliche Antwort schuldig blieb.
Man lernte nie aus.
Er entschwand wortlos ins Arbeitszimmer, schloss die Tür, telefonierte, wie Astrid unmittelbar darauf mitbekam.
„Deine eigenartige Perspektive ist für mich nicht hinnehmbar", brummte der alte Jensen gekränkt, als er zurückkam. „Als wären wir ein schäbiger Trupp geldgieriger Halunken."
„Jetzt übertreibst Du aber mehr als stark, Paps", beschwichtigte ihn Astrid.
„Morgen um elf bekommst Du Besuch in der Kanzlei", teilte ihr der Vater ohne nähere Erklärung mit. „Vielleicht bedarf es ja der Sicht eines Außenstehenden, um Deinen verkorksten Blick auf die Welt wieder etwas ins Lot zu bringen."
Er und Heidkamp, dachte sie bitter, zwei Dumme ein Gedanke.
Nachdem sich Astrid vom Streit erschöpft verabschiedet hatte, blieb ihr der ersehnte Schlaf versagt. Sie wälzte sich herum, ärgerte sich über Vaters erzkonservative Ansichten, schämte sich, dass sie, wie oft im Streit, ein Stück weit impulsiv übers Ziel hinausgeschossen war. Auf dem Weg ins Bett war sie noch kurz in Bruder Björns Zimmer gehuscht, das sich kaum von ihrem unterschied.

Dabei fuhr er inzwischen fast ein Jahrzehnt für Kielmann: Björn Peter Jensen, der Kapitän auf Großer Fahrt.

Wie lebte es sich mit missratenen Kindern, fragte sich Astrid rührselig. Keins verspürte den Funken Ehrgeiz, in die übergroßen Fußstapfen zu treten, Enkel nicht in Sicht. Obwohl es langsam Zeit wurde, wie ihr unweigerlich in den Sinn kam. Und sie erschauderte, weil es ihr schwerfiel, sich Christian als Vater vorzustellen. Anderes Thema...

Astrid sprang von der Liege, trat ans Fenster und öffnete es. Der kühle Wind, der vom Fluss her wehte, beruhigte sie.

Yvonne Kretzschmar, geborene Kern. Das Bild einer Mörderin vor Augen zu haben, ihren Namen zu kennen, ging ihr, wie man salopp sagte, runter wie Öl.

Ihren Blick ziellos in die Ferne gerichtet, versuchte sie gedanklich die Spreu vom Weizen, sprich die Fiktion von der Wirklichkeit zu trennen.

Siebenundachtzig, im Sommer jenes Jahres, als ihre Schwester starb, so hatte Yvonne behauptet, hätte sie das illoyale Handeln ihrer Kolleginnen entdeckt.

Wie standen die Schwestern zueinander? Mochten sie sich, waren sie sich fremd, hassten sie sich? Warf Yvonne der jähe Tod des geliebten Menschen aus der Bahn oder bot er ihr nur eine unerwartete Chance?

Statt sich mit ihrem Wissen sofort bei Schüßler ins rechte Licht zu setzen, deckte sie die Verräterinnen. Warum?

Was, wenn Sturges den Tod seiner Frau zum Anlass genommen hatte, einen Nostalgietrip durch die deutschen Lande zu unternehmen, dabei Schwiegermutter und Schwägerin besuchte.

Wusste er, für wen Yvonne arbeitete und vielleicht auch wieso?

Sie nahm sich vor, sofort nach ihrer Rückkehr in Berlin zu prüfen, ob es Hinweise auf eine Einreise in die damalige DDR gab.

Setzte er Yvonne den Floh ins Ohr, dass es einträglicher für sie wäre, für ihn Augen und Ohren offenzuhalten, als beim absehbaren Ruin des Ostblocks mit der Stasi unterzugehen?

Sie schickte Nicole nach Leipzig, angeblich um sie zu beschützen. Hatte sie auch Liane Stein mit Schneider verkuppelt, um Kontrolle zu haben? Stammte Schneider womöglich aus dem gleichen Stall wie Stemmler?

Sie hatte nichts entdeckt! Es war ihre Idee! Sie stiftete die Kolleginnen an! Und erst als die merkten, welchen Wert die „Sammlung" im geeinten Land besaß und sie sie auf eigene Rechnung verscherbeln wollten, entbrannte der heftige Streit.

Astrid fragte sich, weshalb diese Frau ausgerechnet ihr vom Schlüssel erzählte. Hatte sie sich Schüßlers perfide Masche abgeguckt, andere die Arbeit für sich tun zu lassen?

35

„Nu bin ick ja man platt", juchzte Helga Steffens aus tiefstem Herzen, als Astrid am nächsten Morgen Vaters Reich betrat. „So eine Freude, Sie hier zu sehen, Frau Doktor. Welch Sonnenschein!"
Carl-Hinrichs Assistentin, die in dem Raum, an diesem Platz saß, solange Astrid zu denken vermochte, zeigte sich aufrichtig gerührt.
„Astrid", bat sie verschämt, das Gesicht leicht gerötet, „für Sie, Frau Steffens, nur Astrid, bitte."
Ein Lächeln auf dem Gesicht, das beinahe mütterliche Wärme aussandte, zog die perfekt gepflegte Endfünfzigerin die obere Schreibtischlade auf und flüsterte verschmitzt: „Alles beim Alten. Schokolade liegt noch am gleichen Fleck."
Astrid brachte es partout nicht übers Herz, ihr einen Korb zu geben und brach zwei Stücke ab.
„Nicht so verzagt", beanstande Frau Steffens feinsinnig. „Um ihre Linie brauchen Sie sich nun wirklich nicht zu sorgen." Schön wär's, mogelte sich Astrids schlechtes Gewissen am Kompliment vorbei. „Ihr Besucher wartet bereits im Beratungsraum vom Chef", ergänzte Vaters Assistentin indes formell.
„Moin, moin! Kriminaloberkommissarin Dr. Astrid Jensen" Sie ging auf den Herrn zu, der interessiert aus dem Fenster auf den Ballingdamm hinuntersah und reichte ihm die Hand. Sie setzte sich auf den grauen Polsterstuhl an der Stirnseite des Tisches: „Mit wem habe ich die Ehre?"

„Kaiser", gab der Weißhaarige grinsend vor. „Wie der smarte Versicherungsbubi aus der Fernsehwerbung. Passt vielleicht sogar ein bisschen."

Jensen war froh, dass sich ihr Besucher, mit dem sie im abgeschirmten Beratungsraum konferierte, nicht so wichtig nahm, wie der blasierte Retzlaff. Leider verflog Kaisers Grinsen so schnell, wie es über sein Gesicht gehuscht war, wich abschreckend wirkendem Ernst. Um fünfzig, dunkelblauer Anzug, wartete er selbstbewusst nicht darauf, dass sie ihm Platz anbot, sondern setzte sich und warf ein Kuvert auf den Tisch, aus dem Farbbilder herausrutschten.

Der Knall, den der Aufprall bewirkte, jagte ihr einen Schauer über den Rücken.

„Yvonne Kretzschmar", sagte Kaiser reserviert. „Übrigens tatsächlich aus Delitzsch."

„Fuhlsbüttel, richtig?" Jensen griff bestürzt nach dem obersten Foto. „Wann?"

„Sonntag, 26. Mai. Check-in: Sechs Uhr dreißig, LH 614, Ziel: New York", setzte Kaiser sie peinlich genau in Kenntnis.

„Machen Sie Witze?" fragte die Kommissarin bleich, die ihren düstersten Albtraum wahr geworden sah. „Erfordert unser Gemeinwohl jetzt auch, Mörder laufen zu lassen?"

„Ich liebe Sarkasmus, aber scherze nie mit ärgerlichen Fakten. Nennen Sie mir eine juristische Handhabe, Frau Doktor, die es uns ermöglicht hätte, sie festzuhalten?" belehrte er Jensen staubtrocken.

„Die Dame wies sich an der Passkontrolle mit echtem US-Dokument als Kathryn Fuller aus."
„Namen sind Schall und Rauch. Sie ist und bleibt eine Mörderin", sprudelte die Kommissarin aufgewühlt heraus.
„Das ist Ihre Sicht, Gnädigste", widersprach Kaiser gelassen. „Hinterher ist man immer schlauer. Falls Sie stichhaltige Beweise für Anstiftung oder Beihilfe zum Mord vorlegen können, besäße ich keine Hemmungen, ihre Auslieferung zu beantragen."
„Hab ich was versäumt?" Jensen schlug mit der flachen Hand auf den Tisch. „Sie wissen, wer sie ist. Sie wissen, wie sie dahin gekommen ist, wo sie ist, und verlangen von mir Beweise?"
„Ich bin Ihnen keine Rechenschaft schuldig, was ich weiß oder was ich nicht weiß", stauchte Kaiser sie zurecht. „Wie wäre es, wenn Sie erstmal vor der eigenen Tür kehrten?"
„Statt mir an den Fersen zu kleben", schimpfte Jensen gereizt, „wäre ein Minimum Kooperation zwischen den involvierten Ämtern nützlicher gewesen!"
„Also bitte, Frau Kommissarin. Sie haben sich unabgestimmt mit Oberrat Heidkamp und dem Staatsschutz bei Nacht und Nebel mit der Frau getroffen. Wir haben Besseres zu tun, als der Polizei ihre Arbeit zu erklären", entkräftete Kaiser ihren Einwand rigoros. „Als Sie merkten", fügte er sauer hinzu, „dass Sie von ihr quer über den Tisch gezogen worden sind, war es leider für alle anderen längst zu spät."

„Ja, ich war befangen", gestand Jensen bitterböse, „alles spielte sich unter enormen Druck ab. Drei getötete Frauen. *Der Landhausmörder*, unser Präsident, die Innenministerkonferenz. Sie schien eine der Hauptfiguren zu sein, um endlich den Fuß in die Tür zu bekommen..."

„Ich weiß", unterbrach Kaiser sie. „Todeskandidatin, Opfer des alten Systems, Kronzeugin. Hat sie Ihnen alles komödiantisch perfekt eingeträufelt." Er sah sie tadelnd an. „Angriff ist immer noch die beste Verteidigung. Die Dame spielte auf Zeit und Sie waren das ideale Medium, alle glauben zu lassen, Sie hätten diese ‚Sammlung' oder zumindest den Zugang dazu. Jetzt wird sich Langley damit beschäftigen."

„CIA?" fragte Jensen konsterniert.

„Da hier kein Wort nach außen dringt", er warf ihr einen drohenden Blick zu, „zwei Sätze aus dem Nähkästchen. Wir hatten die Kretzschmar seit geraumer Zeit im Fadenkreuz. Vieles deutete darauf hin, dass sie siebenundachtzig, als Drüben immer mehr aus dem Ruder lief, bei ihren skurrilen Eskort-Einsätzen umgedreht worden ist."

„Kann das nicht auch Sturges, der Witwer ihrer ertrunkenen Schwester gewesen sein?" unterbrach ihn Jensen zaghaft. „Immerhin hoher Air-Force Offizier."

„Vielleicht." Kaiser sah sie verblüfft an.

„Aber das Yvonne Kretzschmar, geborene Kern, die ältere Schwester von Gundula Sturges, geborene Kern, ist, wissen Sie?"

„Okay. Sie haben die Hausaufgaben gemacht." Kaiser grinste, fuhr nach kurzer Pause fort: „Die Amis waren ohne Mitgift nicht an ihr interessiert, wir hatten Order, jeden fremden Zugriff zu verhindern und ihr früherer Arbeitgeber wollte seine Schande ausmerzen, die schwarzen Schafe schlachten, bevor sie blöken. Was hätten Sie zwischen allen Fronten getan? Mitgift sichern, Yvonne, Gundula, egal wen, für eine jungfräuliche Identität opfern und binnen Minuten das Spiel für sich entscheiden."
„Und die Frau neben Stemmler auf der Bahre? Legen wir die als Kollateralschaden zu den Akten?", fragte Jensen wutentbrannt.
„Wir sind kein Verein wie Ärzte ohne Grenzen, Frau Kommissarin", argumentierte Kaiser aggressiv. „Wer auf unserem Platz golft, sollte wissen, dass jedes gespielte Loch das letzte für ihn gewesen sein könnte."
„Golf, Herr Kaiser, kennt diese Frau höchstens als Marke von Volkswagen."
Kaiser sah sie verständnislos an, griff nach dem Kuvert mit den Fotos und steckte es in seinen Koffer.
„Entführung, eher Totschlag, sind keine Bagatelldelikte, bei denen der Staatsanwalt die Ermittlungen einfach einstellen kann", insistierte Jensen hartnäckig. „Es sei denn, Sie beweisen, dass die Frau freiwillig auf die Schlachtbank gestolpert ist, was ich für ausgeschlossen halte."
„Soweit ich durchblicke", rückte Kaiser mehr als zögerlich ein paar Brocken raus, „soll die Kretzschmar

auf dem Berliner Strich für den Job eine Hure angeheuert haben, Name vermutlich Blank, Rita. Wahrscheinlich sollte die nicht sterben, nur mit dem alten Dokument ordentlich für Wirbel sorgen, aber dann hat wer die Inszenierung versaut."
„Mit Brandbeschleuniger im Innenraum des Unfallfahrzeugs? Träumen sie weiter!"
„Offiziell habe ich Ihnen mitzuteilen", ließ sich Kaiser auf keine Debatte ein, „dass der Vorgang beim Generalbundesanwalt geführt wird und nicht ein Sterbenswörtchen unseres Gesprächs nach irgendwo dringt oder in Ihre Berichte einfließt. Ist das klar?"
„Hat mich nicht so sehr gefreut, Herr Kaiser, wenn ich ehrlich bin."
Jensen stand auf.

36

Dienstagmorgen, auf dem kurzen Weg ins Büro, befiehl Jensen aus heiterem Himmel sonderbarer Bammel vor dem Wiedersehen mit dem Team. Der unangenehme Gedanke, dass sie in den nächsten Minuten genötigt sein könnte, Farbe zu bekennen, verwandelte ihre für gewöhnlich flotten Schritte in zögerliches Bummeln. Schlimmer noch, mit der pragmatischen Einsicht, dass nichts mehr so wäre, wie eine Woche zuvor, als sie den grauen Kasten fluchtartig verlassen hatte, überkam sie sentimentale Wehmut.

Bereits auf dem Flur bemerkte sie, dass man die Köpfe zusammensteckte, ihr aufmunternd zunickte. Selbst Kollegen, sonst auf Abstand bedacht oder ihr kaum bekannt, grüßten plötzlich respektvoll und ein riesiger, bunter Strauß mitten auf ihrem zugemüllten Schreibtisch drückte ein Maß an Mitgefühl aus, das sie so nie erwartet hätte.

Stoll brachte frischen Kaffee, Linke Gebäck und Kellner durfte seine Zigarette rauchen.

„Schön, Sie wieder fit an Bord zu haben", enthielt sich Linke großer Gesten. „Und? Kapitulation?"

„Bin noch uneins mit mir", Jensen sah in die Runde. „Aber gefühlt, mehr rotes Tuch, als weiße Fahne."

„Also zweiter Start?" fragte er optimistisch, angelte sich eine Zuckerschnecke.

„Möglich", blieb sie vage, ergänzte rätselhaft, „leider fehlt mir oft das Händchen für die zweite Chance."

„Rotes Tuch?" erkundigte sich Kellner schmunzelnd. „Haben Sie im Krankenbett etwa aus Gnatz entschieden, sich als eine der weltweit seltenen Matadoras in die Stierkampfarena zu wagen?"

„Im übertragenen Sinne? Warum nicht!" Jensen biss in den Pfannkuchen und bekleckerte sich prompt den Rock. „Wenn ich in den letzten Tagen eins zur Genüge hatte, dann Zeit zum Nachdenken", lenkte sie von ihrem Malheur ab und versuchte, das Pflaumenmus mit dem linken Zeigefinger vom Rock zu wischen und in den Mund zu bugsieren.

„Wenn es was gebracht hat", lästerte Stoll notorisch.

„Warum so ironisch?" zahlte sie mit gleicher Münze zurück. „Ist doch alles super! Wir haben Schüßler, wir wissen, dass die Kretzschmar als ihre Schwester Gundula aufgetreten ist, die längst Sturges hieß, als sie starb. Kleines Manko, der Fall ist damit keineswegs gelöst, wie sich viele von Herzen wünschen. So viel zum Thema rotes Tuch."

„Was man weiß, macht nicht immer klüger", frotzelte Stoll verlegen.

„Auch Wolkenkratzer fangen als Keller an", stimmte sie zu. „Wie heißt es so prägnant, zwei halbe Wahrheiten sind oft verdrießlicher als eine ganze Lüge. "

„Gehen Sie nicht zu hart mit sich ins Gericht. Was haben Sie denn erwartet?" staunte Linke über den selbstkritischen Unterton der Chefin.

„Kooperation statt Konfrontation innerhalb der eigenen Reihen zum Beispiel."

„Bedeutet konkret?"

„Dass der Mord an Stemmler und Begleitung in der Heide für mich genau ins negative Raster passt."

„Wieso Mord?" fragte Kellner überrascht.

„Weil Stemmlers Opel, nachdem er vorsätzlich von der Straße gefegt worden ist, nicht in Brand geriet, sondern gesetzt wurde. Was der Chef am Montag danach nicht wusste oder mir zu sagen vergaß."

„Armleuchter", fluchte Linke grob. „Der musste doch wissen, dass Sie den Vorgang nicht stillschweigend auf sich beruhen lassen."

„Hat er, mich sogar mit erhobenem Zeigefinger vor Einmischung gewarnt", winkte sie ab. „Interessiert mich jedoch nicht wirklich." Jensen sah zum Fenster, um ein Tränchen zu verstecken. „Ich beschreibe Ihnen mal kurz das Tatmuster, dann können Sie sich selbst ein Bild machen. Truck mit blendendem Licht von hinten, fast auf der Stoßstange, Truck von vorn, im optimalen Abstand Hupkonzert und volle Salve Fernlicht, als würden sie sich grüßen, der von vorn Ruck nach links und Ade zur ewigen Ruh. Auf der stockfinsteren Heidestraße sind sie für Sekunden total blind. Wenn das kein perfektes Szenario ist, was dann! Keine Spuren, keine Zeugen, aus. Sogenanntes Verblitzen. Soll die Stasi aus der Trickkiste italienischer Mafiosi geklaut haben, hörte ich während des Studiums."

„Maximale Heimtücke. Das war ihr Metier. Aber die Indizien, dass anstelle der Kretzschmar eine andere im Unfallwagen saß, sind dünn", zweifelte Linke. „Und, warum Sie, nur drei Tage danach? Bedeutet doch, dass man Sie oberserviert hat. Passt das auch ins Raster, oder wie?"

„Zu viele Fragen, zu wenig Antworten. Das ist unser Problem, Herr Linke." Jensen gab sich einen Schubs und zitierte Kaiser: „Was in Brand gesetzt betrifft, hörte ich lediglich das Gerücht, dass womöglich einer der Täter die Nerven verloren und deshalb die abgekartete Inszenierung versaut hätte."

Jähes Läuten unterbrach das Kaffeekränzchen. Gebannt starrte die versammelte Runde wie auf geheimes Kommando das schwarze Telefon an.

„Freut mich, dass Sie wieder gesund unter uns weilen, Oberkommissarin", säuselte Helga Förster. „Der Chef wünscht Sie zu sehen."

Heidkamps Reinraum strahlte wie eh und je, vermittelte den Eindruck, als sollten hier bald Mikrochips gefertigt werden. Jensen fragte sich stumm, wann Heidkamp auf den Trichter käme, Schutzbekleidung für Audienzen anzuweisen.

„Grüß Sie, liebe Frau Doktor", reichte ihr der Oberrat fidel die Hand, wies galant auf den antiquierten Sessel, „bin erfreut, Sie rundum genesen bei uns begrüßen zu dürfen. Über alles Andere breiten wir lieber den Mantel des Schweigens."

„Weshalb?" fragte sie streitlustig. „Weil ich keinen Spaß daran finde, mir soufflieren zu lassen, was ich zu denken habe?"

„Stelle fest, Sie sind wieder die Alte", bemerkte er gehässig. „Wagemut hat halt seinen Preis." Seine väterliche Art reizte Jensen. Doch ehe sie etwas einwenden konnte, fuhr der Chef milde fort: „Auch, wenn wohlwollender Rat bei Ihnen selten auf fruchtbaren Boden fällt, sollten Sie künftig Eigenmächtigkeiten unterlassen und ihre Kollegen nicht immerfort für dümmer halten, als sich selbst."
„Bezieht sich worauf?" erkundigte sie sich betroffen.
„Gründe für Abmahnungen gäbe es mehr als genug", Seine Brauen hoben sich mahnend. „Wie ich erfuhr, haben Sie verbockt, Schüßler früher und lebendig zu stellen. Und dann wäre da noch das Foto, dass versehentlich bei den Drogenhelden, statt bei Retzlaff gelandet ist. Die Interne kümmerte sich bereits um Herrn Kuhl, der inzwischen vom Dienst suspendiert ist. Naja, und ihr Urlaub..."
„Ich wollte doch..., nur nicht, dass Drews..., in eine Falle tappt", gestand Jensen zerknirscht.
„Sehen Sie, genau dort liegen ihre kleinen Defizite", griff der Chef ihre Steilvorlage dankbar auf. „Vertrauen in unser gemeinsames Anliegen wäre ab und an die bessere Wahl."
Sie fühlte sich an Carl-Hinrichs Predigt erinnert und fragte zornig: „Und woher soll das bitte kommen, wenn man alle naselang zum Narren gehalten wird?"
Offenbar war das Thema für den Chef durch und in sattsam geläufiger Manier schob er ihr einen dürren Hefter zu.

„Morgengabe von Retzlaff", bemerkte er ranzig. „Bericht zur Angelegenheit Stemmler. Außerdem bittet der Herr Staatsanwalt aus Hannover um Angaben zu Ihrer Rolle in dem Fall."
„Welche Rolle?" fragte sie befremdet. „Hauptkommissar Stegemann hat bereits alles zu Protokoll genommen. Ich fände viel beruhigender, er würde endlich Ermittlungen wegen versuchten Totschlags in meinem Fall einleiten. Oder überfordert ihn das?"
„Rufen Sie an, klären Sie das", forderte sie der Oberrat nonchalant auf. „Was den Unfall mit Todesfolge angeht, schlägt mein Kollege aus Hannover vor, dass wir die Sache lautlos zu Ende bringen, weil beide Opfer Berliner sind. Er will niemanden schicken. Erscheint ihm zu aufwendig, im Klartext zu teuer."
Was hieß lautlos, überlegte Jensen misstrauisch.
„Unfall? Das Gutachten des Brandermittlers spricht von Brandbeschleuniger und Anfangsverdacht der Verschleierung eines Tötungsdelikts", vergewisserte sie sich aufsässig.
„Woher wissen Sie das?"
„Von Stegemann."
„Sehen Sie zu, dass die Sache erledigt wird", forderte der Chef sie für ihren Geschmack etwas zu gleichgültig auf. „Der Staatsanwalt weiß Bescheid und die Leichen sollten zu Winkler überstellt sein. Mich beruhigt vielmehr, dass Ihre Anwesenheit meinen Optimismus nährt, endlich den akkuraten Abschlussbericht im Fall Schüßler zu bekommen."

„Und da soll was drinstehen? Dass wir Geständnissen von Mördern, weiß der Kuckuck wie zustande gekommen, blindlinks vertrauen?" warf die Kommissarin vorsichtig ein.

„Frau Doktor", gab sich der Oberrat wider erkennbarem Zucken der Stirnfalte friedfertig, „wir sind nicht die Lobbyisten Toter."

„Aber der Opfer", fauchte sie. „Genügt Ihnen nicht, dass uns die Kretzschmar gelinkt hat?"

„Uns? Sie! Der Fall ist erledigt. Ende der Debatte."

Die Kommissarin stürmte wütend durchs Sekretariat und knallte mit Verve die Tür hinter sich zu.

Beinahe jedes Detail erinnerte sie an die allererste Audienz, als sie mit hochrotem Kopf, zornig bis ins Mark an diesem Fenster auf dem Gang gestanden hatte und in den tristen Innenhof hinunterschaute. Damals verbot sie sich jedes Fünkchen Reue bezüglich ihrer Entscheidung hierher zu kommen.

Und heute? War sie sich unsicherer denn je! Diese verdammte Ignoranz, diese Radfahrermentalität von Buckeln und Treten, hatte sie Heidkamp etwa völlig zu Unrecht gegenüber Carl-Hinrich verteidigt?

Welcher Idiot hatte ihm vom Fauxpas mit dem Phantombild berichtet? Jemand aus den eigenen Reihen? Bei allem Zwist, bei allen Nadelstichen, das mochte sie nicht glauben.

Retzlaffs Rache, weil sein suspendierter Kammerdiener bei Schüßler geschlampt hatte? Dann hätte es wenigstens noch schadenfrohen Pfiff gehabt.

„Aus Hannover. Fall Stemmler." Froh, genügend Distanz zwischen Heidkamp und sich zu wissen, warf Jensen den Hefter salopp bei Linke auf den Tisch. „Sollen wir lautlos um die Ecke bringen. Der Sparsamkeit wegen."

„Ich dachte immer, nur die Schwaben hätten Reißzwecken im Portemonnaie", blödelte der.

„Zumindest haben wir jetzt alles schwarz auf weiß. Spusi, Technik, Pathologie. Wenn gelesen, leiten Sie es weiter an Winkler und Proll zum Durchackern. Wissen Sie, was das Schrägste ist, Heidkamp beharrt stur auf Unfall mit Todesfolge. Frag ich mich doch, in wessen Interesse?"

„Winkler und Proll sind Fakten-Fetischisten, da hat er ein mieses Blatt", stellte Linke boshaft fest.

„Wie lange bin ich jetzt hier", Jensen lehnte sich mit dem Hintern an seinen Schreibtisch, „zwei Stunden? Und schon könnte man wieder meinen, wir sind nicht mehr als eine überbezahlte Putzkolonne, die alles hübsch unter den Teppich zu kehren hat."

„Defätismus bringt uns nicht wirklich weiter", blubberte Linke. „Mit dem Primat der Politik kenne ich mich dank früherer Zeiten bestens aus, darauf können Sie Gift nehmen."

„Apropos frühere Zeiten", hakte sie ein. „Sturges, Gundulas kalifornischer Witwer, von dem wüsste ich nur zu gern, ob der zwischen siebenundachtzig und neunundachtzig nochmal in der DDR war, um seine angeheiratete Verwandtschaft zu besuchen."

„Sie können immer tolle Wünsche haben", murrte Linke. „Ist schwierig mit Besatzern, weil die Daten, wenn überhaupt, ebenfalls nur bei der Stasi zu finden sind. Auch wenn es auf den ersten Blick anders aussah, war der gesamte Reise- und Besucherverkehr von Westen deren Geschäft."
„Seine schicke Air-Force Uniform, habe ich mir eines abends so gedacht, könnte ja nur ein Tarnanzug sein, CIA, NSA oder so und wenn er dann noch vom Job seiner Schwägerin Yvonne gewusst hätte..."
„Ich geb's weiter an Kellner. So sind die Chancen am größten, eine Antwort zu kriegen."
„Haben Sie schon mal draufgeschaut?" Stoll wies auf einen der drei unsortierten Stapel, die sich in Jensens Ablage langweilten.
„Wann, Herr Stoll? Waren Sie hier oder auf fremden Planeten unterwegs?" pflaumte sie ihn an.
Er stand auf, griff sich die obersten zwei Seiten und wedelte der Chefin damit vor der Nase herum.
„TTR, das war doch Ihre Frage, richtig?" machte er es spannend. „TTR stimmt nicht ganz. TTRB, Truck und Trailer Rental Berlin. Ist ein Ableger oder Outsourcing, wie man jetzt sagt, von Autotrans Berlin, der ehemaligen Staatsspedition, mit dessen Chef wir bereits zutun hatten."
„Lkw-Vermieter, das passt", konstatierte sie trocken.
„Und dieser Chef ist wer?"
„Der Boss von Frank Schneider."
„Nee! Von unserem Witwer?"

„Genau. Kommt aber noch besser. Unter den Verträgen dieser Firma habe ich für den 25. Mai, also den Unfalltag, einen interessanten herausgefischt. Mieter war Siemens, Magdeburger Werk, Fracht Anlagenteile, Ziel Container-Terminal Hamburg."
„Und jetzt sagen Sie mir nicht, ausgerechnet Schneider hätte das Ding gefahren", jubilierte Jensen fast.
„Genauso sieht's aus!"
„Super gemacht, Herr Stoll."
„Wermutstropfen", schränkte er ein, „uns fehlt der letzte Beweis, dass Schneider am Unfalltag gegen 22.00 Uhr an Connys Futterluke auf dem bewussten Parkplatz gerastet hat."
„Haben wir ein Foto von Schneider?"
„Ja, aus der Personalakte", rief Stoll.
„Schicken Sie Stegemann ein Fax", beauftragte ihn Jensen.
„Er möchte bei seiner Ex anfragen, ob sie den Mann als ‚Zwei Schaschlik extra scharf, Pommes rotweiß' erkennt." Sie amüsierte sich über Stolls Blick. „Machen Sie ruhig. Die weiß, was wir meinen."

37

„Der Doktor will uns sehen, Chefin", rief Linke aus dem Nachbarzimmer. „Schien ziemlich aufgebracht."
„Warum?"
„Hat er mir am Telefon nicht verraten."
Beide fuhren im Paternoster in den Keller. Kaum abgesprungen, stieg ihnen Geruch von Desinfektionsmittel in die Nase.
„Die erste Leichenschau kann man nur als Treppenwitz bezeichnen", empfing sie der Doktor verstimmt. „Hab bereits mit Hannover telefoniert. Der Kollege rechtfertigte seine Nachlässigkeit doch glatt damit", ärgerte er sich, „dass er nur aufgefordert gewesen wäre, den Tod der Insassen infolge Unfalls zu bestätigen und deren Identität zu klären. Mir ist neu, dass sich Gerichtsmediziner inzwischen von Ermittlern vorschreiben lassen, wie sie ihren Job zu erledigen haben."
Die Kommissarin sah die Unterlagen aus Hannover aufgeklappt auf Winklers Tisch liegen und fragte sich, was Proll bei ihm wollte.
„Absoluter Blödsinn, dieses Unfallgefasel!" verlor sie zum Erstaunen aller Umstehenden urplötzlich die Contenance. „Aus Lügen werden auch durch Wiederkäuen keine Wahrheiten. Das war mindestens Totschlag, da der Kontrollverlust des Fahrers absichtlich herbeigeführt wurde und die Brandstiftung, die der Feuerwehrmann festgestellt hat, machte es zum vorsätzlichen Mord."

„Zu Brandermittlungen kann ich in der Akte nichts finden, werte Kommissarin", mäkelte Winkler baff.
„Herr Doktor, ich habe das Gutachten selbst in der Hand gehabt", bemerkte Jensen gereizt. „Selbstentzündung bei Dieselfahrzeugen ist doch sehr unwahrscheinlich. Mich macht nur wütend, dass wir schon wieder für dumm verkauft werden sollen!"
„Hat er die Toten denn überhaupt zweifelsfrei identifizieren können?" erkundigte sich Linke vorsichtig.
„Fahrer ja, Dame nein. Wie auch, wenn er voreingenommen arbeitet."
„Gab's Auffälligkeiten bei Stemmler", fragte Jensen neugierig, weil sie sich der Aussage von Conny über dessen desolaten Zustand am Mordabend erinnerte.
„Und ob", zeterte Winkler muffelig. „Dem brillanten Kollegen genügte die ältere Fraktur des Wadenbeins im rechten Unterschenkel, die namentlich in der Orthopädischen Klinik der Charité dokumentiert ist, um sein Häkchen zu machen." Er goss Kaffee aus dem Erlenmeyerkolben, den die Flamme eines Bunsenbrenners wärmte, in seinen Pott. „Noch jemand?" Da keiner Bedarf anmeldete, referierte er weiter: „Die ALS-Erkrankung seines Probanden ist ihm schlicht entgangen, weil dies Gespür für Symptome und neurologische Kenntnisse erfordert", flocht er stolz ein. „Die elende Krankheit befällt die Zellkörper des ersten motorischen Neurons im präzentralen Kortex des Großhirns, die Vorderhörner des Rückenmarks, wo sich die Zellkörper des zweiten motorischen Neurons

befinden, sowie die Nervenbahnen dazwischen."
„Stemmler litt unter ALS?" staunte die Kommissarin.
„Es fängt mit dem Zucken im kleinen Finger an und endet in düsterem Vegetieren", fügte Winkler hinzu. „Die Hände, sein muskulärer Zustand, die orthopädischen Maßschuhe, machten mich stutzig. Ich gehe in seinem Stadium der Erkrankung davon aus, dass der Mann seine Diagnose kannte."
„Dem war alles scheißegal, so sieht's aus", flüsterte sie Linke fasziniert zu. „Das erklärt auch, weshalb ihn Conny für Infarkt gefährdet hielt."
Und ihr fielen jäh Stemmlers Hände ein, die sie im Café angestarrt hatte, weil sie weit betagter aussahen als es seinem Alter entsprach.
„Ist noch nicht alles", bemerkte Proll vielsagend.
„Sie kennen die Tatortbilder aus Hannover?" Er wies auf die Akte.
„Nicht wirklich", gestand Jensen.
„Jens, der in der Wohnung Tiffert vorm Kachelofen zu Boden gegangen ist, hat die braunen, wenn auch recht beschädigten, Spezialschuhe und damit also Stemmler wiedererkannt."
„Und wie steht's mit der Frau an Stemmlers Seite?" erkundigte sich Linke ungeduldig.
„Ende Zwanzig, etwa eins zweiundsiebzig, Haare dunkelblond, Identität offen. Ich nehme eine zweite Obduktion vor. Bis zu deren Resultat ist Geduld geboten", knurrte Winkler zurück.

„Was ich im Moment am allerwenigsten habe, ist Geduld", gestand Jensen im Paternoster, mit Linke wieder auf dem Weg nach oben. „Kennen Sie das Gefühl, man würde Meter vor der Ziellinie mit Nebelgranaten beschossen?"
„Wer kennt das nicht", seufzte Linke.
„Also, ordentlich durchlüften", schlug die Kommissarin vor, „und bringen Sie bitte Stoll mit."
„Gut, meine Herren", die Kommissarin sah die Mitstreiter durchdringend an, pochte drohend mit dem Filzstift auf den Tisch, „dass Fehler passieren, wie Proll mit dem Fingerabdruck, mir gestresst mit der Zeichnung Schüßler, halte ich für menschlich, aber es brühwarm dem Chef zu melden, ist in meinen Augen intrigant und wenn jetzt auch noch Gutachten versickern, wird's fatal."
„Sie erwarten hoffentlich keine Antwort von uns?" fragte Linke sehr sachlich. „Die wäre nämlich uns beiden zu blöd."
„Freut mich", lenkte sie ein. „Aber ich muss mir sicher sein, dass keiner vom Team die unerlässliche Vertrauensbasis der Arbeit beschädigt."
„Abgesehen davon, dass die bisweilen etwas magersüchtig scheint", widersprach Linke, „ist ‚Sichersein' trügerisch, denn im Gegensatz zu Ihnen können wir uns von Idealismus allein nicht ernähren."
„Sie wissen, worum es mir geht." Jensen nahm sich frech die letzte, vom morgendlichen Kaffeekränzchen verbliebene, etwas angetrocknete Streuselschnecke.

„Nur mal so am Rande, ich kenne Leute, die vorgeben zu wissen, dass die Kretzschmar vor ihrer Flucht in die Heide, eine Hure vom Berliner Strich wegen gewisser Ähnlichkeit als Double angeworben hätte, Name Rita Blank."

„Leute kennen Sie", spottete Stoll dreist. „Haben Sie sich schon als nächstes Bond-Girl beworben?"

„Ganz bestimmt nicht! Die können sie in der Pfeife rauchen", brauste Jensen auf, „weil deren tolle Tipps praktisch für die Tonne sind, da sie sich nie öffentlich dazu bekennen würden."

„Ach die", griente Linke breit, „und Sie vermuten, dass Schneiders Boss oder Schneider selbst, Frau Kretzschmar was schuldig sind?"

„Jetzt macht doch mal halblang", schaltete sich Stoll ein. „Da ist der Mietvertrag, wir wissen, dass Schneider am Unfalltag von Berlin los ist und Fracht von Magdeburg nach Hamburg gekarrt hat. Wir haben den Notizzettel aus der Heide-Hütte, der besagt, dass gegen 22.00 Uhr auf dem Parkplatz bei Stegemanns Ex ein Date ausgemacht war..."

„TTRB ja, aber nicht, ob tatsächlich mit Schneider am Steuer, und das Gewäsch bezüglich der Blank ist schon gar kein Beweis. Solange wir auf Gerüchte angewiesen sind, ist das weniger als Kaffeesatz", nörgelte Jensen. „Kellner soll die Vermisstenanzeigen der sieben Tage vorm 25. Mai prüfen. Vielleicht findet er ja darunter eine Blank. Und wir, Herr Stoll, holen uns Schneider."

„Ich rede mit dem Staatsanwalt und Proll", entschied Linke. „Der Truck, mit dem Schneider Ende Mai unterwegs war, muss sofort in die KTU. Oder hatte den Hannover schon in der Mache?"
„Die haben nur Stemmlers Opel", antwortete Jensen. „Ist fast schon zu spät", bemängelte er. „Ich hoffe, Stefan kann uns noch was liefern, das die Anwesenheit der Damen im Truck bestätigt."
„Zaubern? Oder wie soll das gehen?" fragte Jensen erstaunt. „Ohne Vergleichsmaterial? Moment, der Brief! Hat Proll auf dem Liebesbrief was gefunden, den mir die Kretzschmar alias Kern vorm ersten Treffen in den Briefkasten gesteckt hat?"
„Weiß nicht", antwortete Linke ertappt.
„Ich frag nach", beruhigte sie ihn. „Herr Stoll, laden Sie Schneider vor."
„Geht klar."
„Wenn er auf dem Kuvert fündig geworden ist und ein Pendant im Lkw nachweisen könnte", sagte Jensen, den Hörer in der Hand, aus dessen Muschel es tutete, „wäre das ein erster Lichtblick... Hallo, Herr Proll, Brief Kretzschmar alias Kern an mich, war da was Verwertbares drauf?"
„Bei mir? Muss ich gucken. Kann mich gar nicht erinnern" Jensen hörte hastiges Knistern, dann meldete sich Proll: „Doch, hab Abdrücke gesichert. Zwei beschädigte, Teil von Daumen und Zeigefinger."
„Taugen sie zum Vergleich?" erkundigte sich Jensen nervös.

„So Lala würde ich sagen."
„Er hat was, das eventuell reichen könnte."
„Na fein." Linke stand auf und reckte sich. „Proben Blank, falls sich deren Identität bestätigt, kann er sich ja bei Doktor Winkler holen." Er kratzte sich am Kopf, schob einen Pfeffi in den Mund. „Würden Sie auf einen Deal eingehen, der ihren Tod bedeutet?"
„Wie meinen Sie das?" Jensen sah ihn irritiert an.
„Ihre gewagte Hypothese lautet, wie ich das sehe, die Frauen haben auf dem Parkplatz ihre Plätze in den Fahrzeugen getauscht. Also bin ich davon ausgegangen, Schneider hätte, bevor er in Berlin los ist, das Double betäubt, gekidnappt oder bereits tot in seinen Truck verfrachtet. Wenn es aber einen Deal zwischen beiden gab, wäre das unnötig gewesen und umso weniger wahrscheinlich ist, dass Kellner eine Anzeige findet. Aber wer, frage ich mich, lässt sich auf ein Geschäft ein, das er nicht überlebt."
„Ich bin mir nicht sicher, ob es wirklich so geplant war. Stemmler hat sich mit der Kretzschmar bereits beim Abschiedsessen vorm Parkplatztreff gefetzt. Er war die Schwachstelle, er kannte seine Diagnose und er hat die Inszenierung versaut."
„Sie haben vorhin gesagt, dass es Mord war..."
„Ja, aber einer, den die Kretzschmar nicht wollte. Die hatte nur eins im Kopf: diese monströse ‚Sammlung'. Und wenn sie erst im Flieger saß, musste sie ohnehin nichts und niemanden fürchten. Sie wollte Staub aufwirbeln. Stemmler, der ihre Helfer kannte, redete

denen dagegen ein, Ernst zu machen wäre für alle sicherer, als Zeugen zurückzulassen."
„Sie glauben echt, Stemmler, zu feige, Selbstmord zu begehen, hat den Plan egoistisch in aktive Sterbehilfe umfunktioniert und den Tod der Beifahrerin billigend in Kauf genommen? Krass!"
„Halte ich für denkbar." Jensen spielte ungeduldig mit ihrem Kugelschreiber. „Und Schneider? Sollten wir vorm Verhör noch Details wissen?"
„Aufs Wesentliche reduziert: Er ist schon zu Ostzeiten für die Staatsspedition in den Westen gefahren."
„Also Stasi oder lieg ich schief?"
„Direkt? Nein. Aber auf Herz und Nieren geprüft, ja. Ausführliche Berichte über jede Fahrt inklusive."
Gehörte er zu den Spezialisten? Wusste er doch vom Doppelleben seiner Gattin und ihren Plänen?
„Ich habe mit Kollegen gesprochen", fügte Linke derweil hinzu, „die ihn seit alten Zeiten kennen. Attestierten ihm übliche Qualitäten: Pünktlichkeit, Disziplin, Ordnung, hielten ihn aber sonst für kauzig, meinten, er hätte sich häufig, wie man hier spöttisch sagte, bei den Sicherheitsnadeln rumgedrückt."
„Wissen wir, wie er seine Frau kennengelernt hat?"
„Ich nicht", verneinte Linke eifrig blätternd. „Hier." Er zitierte: „...wird Genosse Frank Schneider aus Anlass, bla bla, mit der Verdienstmedaille der DDR ausgezeichnet." Er sah sie an. „Sozialistisches Kollektiv, vielleicht Aktivist, okay. Aber Verdienstmedaille, für einen Fahrer, keine Vierzig! Ist auffallend..."

„Waren Belobigungen bei Ihnen altersabhängig?" stichelte Jensen.

„Offiziell nicht", schränkte er ein. „Aber von Stellung und Betriebszugehörigkeit schon."

Sie schniefte, weil sich ihre Nase verstopft anfühlte.

„Nicht richtig zugedeckt letzte Nacht?" lästerte er, schaute kopfschüttelnd zu, wie sie verzweifelt in ihrer Handtasche wühlte.

„Eigentlich ja", erwiderte sie ernst, als hätte sie seinen Witz nicht verstanden.

„Antwort aus Celle", ohne zu klopfen, stürzte Stoll aufgeregt in Jensens Zimmer, schwenkte ein Blatt Papier.

Sie und Linke hoben unisono die Köpfe und warteten gespannt.

„Stegemann schreibt", zitierte Stoll, „Conny hat den Mann auf dem Foto zweifelsfrei als Kunden ‚Zwei Schaschlik extra-scharf, Pommes rotweiß' erkannt. Sie erinnert sich auch, dass er den Container-Auflieger Sicht verdeckend vorm späteren Unfallfahrzeug geparkt hat und dessen gesundheitlich angeschlagenen Fahrer in einen erregten Wortwechsel verwickelte."

„Na bitte, geht doch", sagte Linke erleichtert.

„Und noch was" fuhr Stoll fort. „Abschleppfahrzeug ist zu TTRB unterwegs. Schneider ist derzeit zum Gesundheitscheck beim Medizinischen Dienst, steht aber morgen Vormittag um zehn Uhr auf der Matte, wenn nicht, wird er geholt."

„Bitte nicht soviel Euphorie", bremste Jensen. „Fahrtenschreiber, Abdrücke, Lack, alles, was geht. Wir müssen eineindeutig beweisen können, dass er direkt in die Sache involviert ist."
Stoll rannte samt Zettel davon.
„Euphorie nicht, aber ein Schluck aus Winklers Erlenmeyerkolben wäre angebracht, finden Sie nicht?" stänkerte Linke.
„Auch schlechte Nacht gehabt?" revanchierte sie sich für den Seitenhieb bei ihrer Schnupftuchsuche. „Ich muss mich übrigens entschuldigen, das ich Sie für einen Moment in Verdacht hatte, dem Chef meinen Aussetzer..."
„Kann mich nicht entsinnen", ersparte Linke ihr lächelnd größere Verlegenheit, „wann der mit mir zuletzt persönlich gesprochen hat."
„Ach, ich war so auf Hundertachtzig, als ich endlich bei ihm raus war", gestand Jensen zögerlich. „Abschlussbericht Schüßler, Sie erinnern sich? Natürlich habe ich ihn gefragt, was da drinstehen soll. Aber der bastelt sich eine Welt, wie sie nach seinem Gusto zu sein hat, basta. Dem geht's um Quote, nicht um Wahrheit, Scheiße."
„Wut macht ungerecht. Das wissen Sie?"
„Mann, das sieht doch ein Blinder mit Krückstock, dass Schüßler die Tiffert nicht getötet hat", polterte Jensen. „Seit dem Café-Plausch mit der Kretzschmar zermartere ich mir den Kopf, woher und seit wann der vom Tun seiner Täubchen wusste."

„Gehörte sicher nicht zu den schönsten Momenten in ihren Leben", unterstellte Linke, „als sich Liane Schneider und Uwe Schüßler kurz vor der Wende zufällig nochmals über den Weg liefen. Und unsere Hypothese, sie hätte ihn später im D-Mark-Land mit seinem Vorleben erpresst, ist bis jetzt weder bewiesen, noch widerlegt."

„Wird sie auch nicht mehr, weder so, noch so", entgegnete Jensen lax. „Aber Schüßler schreibt in seinem fragwürdigen Geständnis von Verräterinnen, verstehen Sie."

„Kann er im Umfeld des Stevic-Clans gehört haben. Die Fotos von der Fete im ICC. Vielleicht wollte er sein eigenes Süppchen kochen, dem korrupten Kuhl oder General Jäger einen Gefallen tun?"

„Welches Motiv ihn umtrieb, ist mir egal. Für mich gibt es nur zwei Fixpunkte: Schüßler hat Nicole Tiffert nicht getötet und sein Tod war kein Suizid."

„Also, richtig traurig schien mir sowieso niemand über Schüßlers Tod", bemerkte Linke ironisch.

„Sicher nicht. Ich sehe trotzdem keinen Grund, den oder die Täter davonkommen zu lassen, weil auch Mord an einem Mörder nicht ungesühnt bleiben darf. Siehe Fall Bachmeier, die Frau, die den Schuldigen am Tod ihrer Tochter im Gerichtssaal erschossen hat."

„Sehr dunkel. Anfang der Achtziger?"

„Gut, Herr Linke, ich schreibe drei Thesen auf fünf Seiten für den Chef und mache dann Feierabend."

Die Kommissarin wusste, dass der Chef beim Präsidenten hockte und musste demzufolge nicht befürchten, bei der Abgabe in einen seiner gefürchteten Monologe verstrickt zu werden.

Bereits morgens, als sie ins bange Schlendern geriet, hatte sie beschlossen, endlich alle Fünfe gerade sein zu lassen. Wobei konnte man das besser als beim Shoppen? Ein Erdbeereisbecher baute sich vor ihrem inneren Auge auf, nachdem sie ihr Geschreibsel im Vorbeigehen abgeworfen hatte.

Hermannplatz entschied sie aus dem Bauch, während sie die Autotür öffnete. Das große Haus am Wittenbergplatz, direkt City West, empfand sie zu touristisch, zu trendy und auch ziemlich überteuert.

An diesem Tag nicht zum ersten Mal frustriert, stand sie kaum fünf Minuten später im Dauerstau am Kottbusser Tor.

Schüßler tot, Kretzschmar weg, dem Killer der Tiffert keinen Schritt näher, Kuhl suspendiert, dachte sie entmutigt. Nur Schneider besaß keine Lobby, war der letzte Mohikaner, den sie drankriegen konnte. Sie sah Klinghammer und Kaiser grinsend vor sich und fluchte unanständig.

Das Prädikat frauenfreundlich verdiente das Parkhaus ganz sicher nicht, in das sie von der Urbanstraße kommend einfuhr. Eng und schwierig, selbst für versierte Fahrerinnen wie sie! Obwohl die Ampel des ersten Parkdecks grün leuchtete, fand sie keinen unbesetzten Platz.

Jensen befiel Unmut. Das ging ja lustig los, von wegen entspannt stöbern!
Endlich die ersehnte Lücke. Getrieben von Angst, jemand könnte sie ihr wegschnappen, vollführte sie ein waghalsiges Fahrmanöver, grinste schadenfroh, weil der Fahrer des BMW, dem sie vor der Schnauze rumkurvte, wegen ihrer Kapriole voll auf die Eisen steigen musste. Sollte der hagere Knilch ruhig an die Decke gehen, sie hatte Gott sei dank ihren Platz!
Abgelenkt übersah sie, dass die Frau auf dem Beifahrersitz des VW-Passat links neben ihr, die Tür im selben Moment öffnete wie sie. Als die Bleche, von einem kratzigen Geräusch begleitet, aneinander rieben, fiel der Schuss.
Schalldämpfer!
Jensen kannte das Geräusch zur Genüge. Es klang, als zöge man den Sektkorken aus dem Flaschenhals. Ein Gemisch aus Betonsplittern und feinem Staub rieselte auf sie herab. Die Frau im Passat wimmerte, suchte Schutz im Schoß ihres Mannes. Sekundenschnell, ohne Nachdenken, lag die SigSauer in ihrer Hand, sie drehte sich nach links, suchte Schutz hinterm Holm der Fahrertür, fühlte nicht den blutigen Kratzer auf der Stirn, den sie sich zuzogen hatte, nutzte den Bruchteil Erstaunen in den Augen des Schützen über seinen unerklärlichen Aussetzer und drückte zweimal ab.
Intuitiv, beherrscht, wie auf der Schießanlage. Die Scheibe in der rechten Seitentür des BMW, die einige

Zentimeter hochfuhr, schien in Zeitlupe zu zerfallen, der Wagen ruckte, dann verreckte der Motor.

Ihre Waffe voran, trat sie ans Fahrzeug. Sie erkannte sofort, dass sie dem Mann hinterm Lenkrad direkt in den Kopf geschossen hatte und seine Rechte den Griff einer Beretta 90 umklammerte, Schalldämpfer aufgeschraubt.

Den Lauf auf ihn gerichtet, sah sie in das blutüberströmte Gesicht des Türstehers, der Drews und sie zu Zlatko vorgelassen hatte und den eins der konfiszierten Fotos im Streit mit Schüßler zeigte.

Die Dunkelblonde im Passat tauchte wieder aus der Deckung auf, zwängte sich aus der Tür und starrte Jensen an, als wäre sie eine Gangsterbraut.

„Sie…, sie hat geballert!" kreischte sie hysterisch und drehte sich zu den Herbeigeeilten.

„Quatsch nicht dämlich", brüllte ihr Mann wütend. „Der im BMW hat geschossen. Dann sie…"

„Ruf endlich die Polizei!" jammerte die Frau im Weinkrampf. „Polizei!"

Jensen nahm die Schluchzende beiseite, zeigte ihren Ausweis und sagte leise: „Ich bin die Polizei."

„Und im siebten Himmel ist Jahrmarkt", zeterte die Angesprochene unter Schock.

Sie bat die Umstehenden, vor Ort zu warten und forderte einen der Herren auf, vom Verkauf die 110 anzurufen.

„Ich hab's total vermasselt, total…", flüsterte sie wenig später Stoll hilflos zu.

„Türsteher von Stevic, der, mit dem Schüßler gestritten hat..." Jensen saß blass zwischen den offenen Hecktüren des Notarztwagens und in Tränen gelöste Wimperntusche verunzierte ihre Wangen.
„Vermasselt, Chefin? Was?" fragte Stoll mitfühlend und reichte ihr Zellstoff. „Dass Sie mit Dusel zum zweiten Mal von der Schippe gesprungen sind?"
„Gehen Sie", empfahl ihr Linke wohlmeinend, „sehen Sie zu, dass Sie zur Ruhe kommen. Hier können Sie im Moment sowieso nichts tun."
„Einen Scheiß werde ich", schimpfte Jensen wie ein Rohrspatz und zeigte zum BMW. „Sagen Sie Proll lieber, die sollen mir ein Polaroidfoto von ihm machen."
„Als Tatbeteiligte dürfen Sie nicht ermitteln", warnte Linke sie. „Wollen Sie vom Staatsanwalt und internen Ermittlern frikassiert werden?"
„Was ich darf oder nicht", fuhr sie ihn wütend an, „überlassen Sie besser mir!"
„Sie sind Juristin, verdammt nochmal. Wenn Sie es nicht wissen...", angesichts ihrer Verfassung verzichtete Linke darauf, den Disput fortzusetzen.
„Goran Krasnic", erklärte Stoll seiner stumm grübelnden Chefin. Dünne Plastikhandschuhe übergestreift, zeigte er auf den Toten, dem er die Brieftasche aus dem Sakko gezogen hatte.
Wortlos steckte sie das Foto in ihre Handtasche, das ihr ein Kollege im weißen Overall reichte.
Sie setzte sich ins Auto und raste mit quietschenden Reifen los. Stoll schüttelte ungläubig den Kopf.

Sie zweifelte nicht, dass Krasnic Nicoles Mörder war, wollte Espresso, Weinbrand und Susi das Foto zeigen, um endlich Gewissheit zu haben.

„Wie siehst Du denn aus?" erschrak Susi, als sie Jensen kommen sah.

„Eben", stammelte sie völlig aufgelöst. „Eben... Ich hab' ihn erschossen."

Susi sah sie mit großen Augen an: „Wen?"

„Nicoles Mörder."

„Ach du meine Güte..." Susi zuckte regelrecht zurück.

„Bitte, bitte", bettelte Astrid, legte das Polaroid auf den Tresen, „Espresso, Cognac und das hier."

„Ich denke, Du solltest besser schnell mal aufs Klo huschen", riet ihr Susi freundlich. „Vergraulst mir ja die Gäste."

Astrids Hoffnung erfüllte sich, als sie notdürftig aufgefrischt zurückkehrte.

„Ist der, der mit dem Kumpel nur ein Pils runtergestürzt hat", sagte Susi. „Hab überhaupt nicht geschnallt, dass der zum WC ist."

„Der geschniegelte Mercedes-Fahrer, saß der auch noch im Gastraum?"

„Himmelswillen! Du kannst Fragen stellen. Ist zwei Wochen her. Ich glaub ja, aber wissen nicht mehr."

38

Ich bin eine Mörderin! Die glasklare, in Stein gemeißelte Erkenntnis beherrschte beim Erwachen sofort wieder all ihre Gedanken, fraß sich in jede Zelle ihres Körpers wie ein todbringendes Krebsgeschwür, eins, gegen das ihr keine Chemo dieser Welt half.
Astrid hob den Kopf.
Von sich enttäuscht, schluckte sie apathisch die bittere Pille, dass ihr selbstgefälliger Stolz, Waffengebrauch selbst als Ultima Ratio auszuschließen, gestern binnen Sekunden von der brutalen Realität als eitle Illusion entlarvt worden war.
Sie setzte sich auf, elendes Zittern in Armen und Beinen, und steckte ihre Füße in die Samtpantoffel.
‚Du hast nicht das Recht, zu richten! Aber jedes‘, protestierte ein fragiles Stimmchen, ‚das Leben Unschuldiger vor Schaden zu bewahren.‘
Meinte das fünfte Gebot wirklich unzulässig verkürzt *„Du sollst nicht töten"* oder im engeren Sinne, *nicht morden*? Ging es nicht immer um niederträchtige Täter und ihre wehrlosen Opfer, um das Bekenntnis zu Grundsätzen, die das Töten von Menschen rechtfertigten?
Sie spürte, wie ihre seltsamen theoretischen Erwägungen mit ihrer Befindlichkeit kollidierten.
‚Wenn es Dir grad jetzt gut ginge, müsstest du Dir sehr wahrscheinlich vielmehr Sorgen um deine verkorkste Psyche machen‘, dachte sie selbstironisch und schlich verwirrt ins Bad.

Wieso hatte Krasnic sie verfehlt? Astrid besann sich des kreisrunden Lochs in Nicoles Stirn. Was lenkte ihn ab? Die lächerlichen Türen? Ihn? Einen Killer, der trainiert war, sein infames Handwerk skrupellos und, wenn es sein musste, in der Öffentlichkeit auszuüben?
Sie sah sich zwischen beiden Fahrzeugen, tief hinter dem Holm geduckt und mit zerschrammter Stirn. Der minimale Augenblick von Krasnic's Staunen über sein fatales Versagen, war ihre einzige Chance gewesen, auf die sich bewegende Seitenscheibe des BMW zu feuern und ihn auszuschalten.
Nach dem Duschen mühte sie sich, ihre zermürbte Seele mit Tee und Honig zu streicheln.
Vorm Spiegel, einen Bissen im Mund, der sich anfühlte, als würde er immer größer, das Teeglas neben dem Wasserhahn, glaubte sie, aus dem Radio in der Küche ihren Namen zu hören. Geirrt? Sicher!
Gefangen in der Vorahnung hässlicher Querelen, die sie nach den zwei Schüssen unvermeidlich erwarteten, hielt sie ihren Eindruck für abwegig. Dennoch ließ sie, von merkwürdiger Unruhe getrieben, alles stehen und liegen, warf sich den Gurt der Tasche über die Schulter und stürmte aus dem Haus.
Minuten später, den ersten Fuß noch nicht ganz auf die Schwelle zum Büro gesetzt, wurde ihr klar, dass sie sich beim Kämmen keineswegs verhört hatte.
Puterrot stand sie wie vom Donner gerührt der gesamten Mannschaft gegenüber, allen voran der Chef.

Unter dem Beifall der Kollegen stolzierte der Oberrat zwei Schritte vor: „Senator, Präsident, das Team und ich, wir alle gratulieren Ihnen, liebe Frau Doktor, zu Ihrem gestrigen beherzten Eingreifen. Ihre bewundernswerte Courage hat ein unmissverständliches Fanal gesetzt für die Handlungsfähigkeit der neuen Polizei in der künftigen deutschen Hauptstadt."
Jensen stand sprachlos inmitten des Zimmers, ihre Stimme versagte. Sie ließ sich die Hand schütteln, während all das, was Heidkamp totschwieg, wie im Zeitraffer an ihrem inneren Auge vorbeizog.
„Schießerei im Parkhaus! Taffe Kommissarin handelt vorbildlich." Stoll schnippte vor ihren Augen mit Daumen und Zeigefinger. „Kam schon gestern in den Abendnachrichten. Verpasst?"
„Muss ich wohl", flüsterte sie total von der Rolle.
„Lass gut sein, Thorsten", mahnte Linke. „Wir müssen uns sputen." Er wandte sich an Jensen. „Krasnic wird mit internationalem Haftbefehl gesucht. Mirko Stevic hat extra für ihn eine Wohnung angemietet. Nicht aus reiner Menschenliebe, versteht sich. Adresse kenn ich. Ich denke, wir sollten sofort los und sie auf den Kopf stellen. Beschluss ist da."
„Ist doch sowieso wieder alles zu spät", unkte Jensen zerschlagen.
Im Auto, auf dem Weg nach Dahlem zu einer kleinen Seitenstraße der Thielallee, fand sie langsam wieder zu sich selbst.
„War das nötig?" fragte sie rhetorisch.

„Ehre, wem Ehre gebührt." Linke lächelte verkniffen. „Der Boss hat vehement darauf bestanden, nach der Spitzenmeldung. Dient der Teambildung, glaubt er. Die Schlinge, unsere PR-Tante, wie sich das jetzt nennt, ist daran sicher nicht unschuldig."
„Heuchler..."
Noch vorm Zenit der weiten Kurve, die Linke fahren musste, um in die schmale Gasse einzubiegen, sah die Kommissarin den Daimler, der vor dem Haus parkte, in dem sich die gesuchte Wohnung befand.
„Aasgeier, verfluchte", wetterte sie. „Ich hab's doch geahnt."
„Ah, unser neues Mediensternchen", zog Retzlaff sie grußlos auf. „Spät dran, Kollegin."
„Du mich auch", raunte sie stocksauer.
„Und immer schön an Klinghammer denken", erwiderte Retzlaff boshaft.
„Schüßler baut mich mehr auf", stichelte sie zynisch.
Linke griff indes in die Jackentasche: „Richterliche Anordnung. Ich hoffe, Sie haben keine Beweismittel unterschlagen oder manipuliert. Der Oberstaatsanwalt erwartet Sie bereits."
„Sind Sie noch bei Trost, junger Mann?" schnauzte Retzlaff arrogant, während er im Fond des Daimler versank. „Tun Sie in Teufels Namen, was Sie nicht lassen können. Viel Spaß!"
Jensen war ausgesprochen froh, dass Proll mit seiner Mannschaft erst kurz nach Retzlaffs Abfahrt eintraf.

Verblüfft standen sie zu fünft in der ersten Etage des Mehrfamilienhauses.

Die Tür zur Wohnung, in der Krasnic gehaust hatte, stand offen, ein Schlüssel, von mehreren am Ring, steckte im Schloss, beide Zimmer, Küche und Bad, zeigten sich leergefegt, wie vorbereitet für eine Besichtigung.

„Was soll das?" Proll guckte Jensen missmutig an.

„Bitte, Stefan, versuchen wir es", bekniete Linke den KT-Leiter. „Wir müssen unbedingt was finden, verdammt..."

„Also gut", gab sich Proll geschlagen. „Bad zuerst. Ist häufig favorisiert. Spülkasten innen liegend, Umbau Badewanne, Verkleidungen, Fliesen, Lüfter, los, auf geht's."

Nach einer guten halben Stunde angestrengter Suche erwies sich Linke als Glückspilz.

„Klingt nicht wirklich verdächtig", rief er in der Badewanne stehend, „aber irgendwie anders."

Er kritzelte mit Filzstift Kreuzchen auf vier Kacheln, die ein Quadrat von etwa vierzig Zentimetern Seitenlänge bildeten. Ein Techniker entfernte Plastikimitate, die dem Fugenkleber täuschend ähnlich sahen, nahm die vier Fliesen heraus und legte eine Vertiefung von zirka zehn Zentimetern frei.

„1:0 für uns", freute er sich diebisch.

Jensen packte den gesamten Inhalt, vier Hefter, zwei Tonkassetten und eine Pistole vom Typ Luger in einen Karton.

„Abmarsch", entschied sie trocken. „Das war mehr als Dusel. Armer Heidkamp!"

Gleich bei Abfahrt steckte Jensen eine der Kassetten in den Rekorder. Die Qualität erwies sich als erbärmlich, neben vielem Rauschen hörte man ständig aneinanderstoßende Billardkugeln im Hintergrund.

„Klingt wie Kuhl", tippte sie, „der Termine von Drogen-Razzien an Mirko Stevic verrät. Hat Krasnic bestimmt als Lebensversicherung gewertet und deshalb aufbewahrt."

„Und Stevic hat nicht nur in bar, sondern auch mit Dienstleistungen gezahlt", unterstellte Linke. „Mist. Muss sofort an die internen Ermittler!"

„Sind Sie sicher? Soll Heidkamp doch zusehen, was er damit macht."

Linke beäugte kritisch die zitternde Hand der Chefin, als sie die zweite Kassette in den Schlitz steckte.

„Der Akzent! Kann nur Mirko Stevic sein", platzte sie erregt raus. „Der hat Nicole von Beginn an misstraut und Krasnic angewiesen, sie keine Sekunde aus den Augen zu lassen."

„Wieso sollte die einen Ton über ihre Absichten verloren haben?" zweifelte Linke.

„Bestimmt nicht. Er hat sie wohl eher zufällig belauscht, als sie sich mit den Engländern verabredete, zu denen sie vermutlich seit ihrer Leipziger Zeit in Kontakt stand."

„Halten Sie Krasnic für so clever?" Linke lächelte ungläubig.

„Der Zufall kann sowas von gemein sein. Wissen Sie doch!" widersprach ihm Jensen. „Er informiert seinen Boss, der nicht die Spur einer Idee hat, was läuft und Kuhl kontaktiert. Der verspricht ihm, ohne Konkretes zu verraten, das Blaue vom Himmel, wenn er ihm Schlüssel und Schloss liefert."
„Ist nicht so lange her, dass Sie mir vorgeworfen haben, aus der Hüfte zu folgern", erinnerte Linke sie. „Jetzt müssen Sie mir nur noch erklären, wie unser toter Schüßler in Ihre phantastische Story passt."
„Keine Angst", sagte Jensen in sich gekehrt, „wie der Mordabend im ‚Papillon', genau abgelaufen ist, bleibt auch für mich blanke Astrologie. Auf jeden Fall sind ihr Krasnic und ein Kumpel als Rückendeckung gefolgt. Susi, die Inhaberin, hat mir gestern bestätigt, dass Schüßler zeitgleich anwesend war", schönte sie deren Aussage etwas. „Ich bin mir sicher, der hat seit Wernsdorf verzweifelt auf die Chance gelauert, Nicole außerhalb des Grundstücks von Stevic abzufangen."
„Schüßler zu sehen, wo sie doch eigentlich Dollarzeichen statt Pupillen in den Augen hatte, muss sie total frustriert haben", stellte Linke sarkastisch fest.
„Wahrscheinlich hat sie in ihrer Panik Krasnic ausgeblendet und ist in Todesangst vor Schüßler aufs Klo gerannt. Weiblicher Reflex. Was denken Sie, wie oft ich bei der Sitte Nutten vom Thron gezerrt habe! Statt Schüßler folgt ihr der Kroate. Mit letztem Überlebensinstinkt verrät sie, was er wissen will, aber der knallt sie trotzdem ab. Keine Zeugen."

„Kann gut sein, dass Schüßler glaubte, durch sein Wissen um Krasnic's Tat an die Information zu kommen, die der von Nicole bekommen hatte", rundete Linke nachdenklich ab. „Würde doch genau in sein Schema passen."

„...hätte Krasnic auch im Interesse seines Gönners Mirko Stevic schon zwei Gründe, ihm die Pistole auf den Tisch zu legen", resümierte Jensen beinahe versöhnlich. „Schüßler hätte sicher nicht im Traum damit gerechnet, das ihn das gleiche Schicksal wie sein Opfer Edith Menzel ereilt. Aber einen wie ihn am Hals zu haben, hätte für Stevic und Kuhl zum Strick werden können."

„Und alles umsonst", brachte Linke es hämisch auf den Punkt.

„Ich weiß, Stemmler war dank meiner Intuition mit dem Ofen Igel und Kuhl Hase."

„Dumm gelaufen für OK Kuhl. Vor allem frag ich mich, ob und was Retzlaff davon wusste."

„Das wird er schön für sich behalten." Die Kommissarin lächelte.

39

„Wunder gibt es immer wieder...", intonierte Kellner etwas unmelodisch, als er die Chefin und Linke den Flur entlangkommen sah. „Habe mich wie bestellt mit Vermisstenanzeigen der Tage vorm 25. Mai befasst." Er schwenkte in seiner Rechten ein Formular: „Anzeige Blank, Rita. Erstattet von einem gewissen Frey, auch im Milieu aktiv, auf dem Revier, dessen Leute Ihnen bei Schüßler in der Konstanzer Straße behilflich waren. Der Revierleiter meint, die Blank hätte nach aktueller Kenntnis am Morgen des Unfalltages ihre Wohnung mit einem Mann verlassen und wurde seitdem nicht wiedergesehen. Ich habe ihm Schneiders Bild geschickt mit der Bitte, Zeugen aufzutreiben."

„Perfekt", lobte Jensen.

Amüsiert verfolgte Kellner, wie Linke, die Pappkiste unterm Arm, im zwei Meter Abstand hinter der Chefin her trottete.

„Geben Sie das gleich ins Sekretariat", sie zeigte auf den Karton, „Präsent für den Chef."

Jensen schlich groggy in ihr Zimmer, zog leise die Tür hinter sich zu und plumpste in ihren Bürosessel. Argwöhnisch betrachtete sie ihre tattrigen Hände, dachte über Kamillentee für ihren nervösen Magen statt Kaffee nach.

Ähnlich einer Szene aus drittklassigen Zombie-Filmen, sah sie Krasnic's blutüberströmte Visage, vertont mit dem hysterischen Geschrei der Dame aus dem VW, auf der Leinwand ihres Kopf-Kinos, dessen Schalter blockiert schien. Arbeit ist die beste Medizin, suchte sie Trost in einem gängigen Klischee, von dem sie allerdings gehört zu haben glaubte, dass es bereits so manchem Kollegen geholfen hätte.

Sie konnte sich zwar nicht so richtig vorstellen, dass Schlafmangel, Nabelbeschau, Unaufmerksamkeit im Ranking von Kriterien für solide Arbeitsergebnisse Spitzenplätze belegten, was sie aber genau wusste, war, dass sie dringend die Resultate der Untersuchung vom Truck brauchte, bevor Schneider zum Verhör kam.

„Morgen, Herr Proll", kratzte sie im Honigtopf, „der Fahrer von TTRB sitzt im Warteraum. Könnte es sein, dass Sie inzwischen Grund haben, mir ein Siegerlächeln aufs Gesicht zu zaubern?"

„Na ja," antwortete Proll gedehnt, „ob es fürs oberste Treppchen reicht, bin ich mir nicht so sicher. Aber mal der Reihe nach..."

„Aha", unterbrach sie ihn hörbar zuversichtlich.

„Also, Fahrerhaus. Picobello. Gewienert mit Cockpitspray. Aber einer der gesicherten Teilabdrücke von der Kretzschmar ist definitiv auf dem Stellgriff am Beifahrersitz. Bis da unten hat entweder der Ehrgeiz oder der Reiniger nicht gereicht."

„Super!"

„Und, auch nicht zu verachten", fuhr er sachlich fort, mit einer Prise bescheidenem Stolz gewürzt, „Opel-Lack, Amazonasgrün, vorne rechts. Feinste Partikel in den schmalen Kratzern am Stoßfänger. Tja so ist sie halt, die Chemie. Ob die aber sicher von Stemmlers Omega stammen, weiß ich erst genau, wenn ich Vergleichsproben aus Hannover bekomme. Weiter bin ich leider noch nicht."

Proll hatte seinen Satz noch nicht zu Ende gesprochen, da stand für Jensen fest, dass Schneider demzufolge hinter Stemmler gefahren war.

„Unser Verdacht, die unbekannte Tote, die Doktor Winkler gerade untersucht, könnte Rita Blank sein, scheint sich zu erhärten. Kellner hat eben eine Anzeige zu einer vermissten Person gleichen Namens aus Charlottenburg bekommen. Falls Neuigkeiten, bitte sofort an mich."

Jensen hatte kaum aufgelegt, schrillte das Telefon erneut unhöflich.

Zu Heidkamp? Saßen etwa die internen Ermittler bereits bei ihm?

„Liebe Frau Doktor, wie kann ein Tag, dessen Morgenstund wahrlich Gold im Mund hatte, sich binnen kürzester Frist in einen verkehren, der mir einmal mehr verzichtbare Scherereien mit Ihnen einbrockt", klagte er ärgerlich.

Hinter seinem Wall verschanzt, die Unmutsfalte gekraust, ließ er keinen Zweifel daran, dass er bei aller Wertschätzung für sie mit seiner Geduld am Ende der Fahnenstange war.

„Liegt vermutlich am Dissens, was den Zweck unseres Handelns bestimmt", unterstellte Jensen frech.

„Aufschlussreich, die Devotionalien", reagierte Heidkamp pikiert. „Geht nach Karlsruhe. Nicht mehr unser Bier."

„Na, sieh einer an!"

„Die Bundesanwaltschaft übernimmt", ergänzte der Oberrat förmlich.

„Verstehe, Staatsräson", warf sie bitter ein. „Der Fall versandet wie viele vor ihm."

Heidkamp biss entgegen seiner Vorliebe für selbstverliebte Reden nicht an, sondern setzte hinzu, als spräche er über ein lästiges Insekt: „Herr Kuhl ist in U-Haft und erwartet sein Verfahren."

„Und die Stevic-Familie, der ich vor Tagen noch alles erdenklich Schlechte anhängen sollte, kommt dank intransparenter Verflechtungen mit dem politischen Filz dieser Stadt wieder einmal vollkommen unbehelligt davon?"

„Kollege Retzlaff ist gleichfalls suspendiert. Seinen Fall hat der Herr Oberstaatsanwalt den Verfassungsschützern übergeben", überging Heidkamp impertinent ihre Frage. „Und jetzt zu Ihnen, Oberkommissarin." Es folgte sein sattsam bekanntes Räuspern. Jensen sah ihn argwöhnisch an. „Es mag in Ihren Ohren vielleicht heuchlerisch klingen, aber trotz Ihrer sporadischen Insubordination, Ihrer teils kapriziösen Arbeitsweise und Ihrer an Sturheit grenzenden Beharrlichkeit, hätte ich Sie durchaus gern hierbehalten..."

„Behalten? Soll was heißen?" fiel sie ihm ins Wort.

„Heißt, dass höheren Orts auffällige Sehnsucht danach besteht, Sie im Range einer Kriminalrätin zum BKA nach Wiesbaden zu versetzen."
„Nach Wiesbaden?" hörte sie sich entmutigt fragen, betroffen von seiner durch und durch unredlichen Rechtfertigung im Timbre vorgetäuschter Trauer.
„Dürfte ich erfahren, wer welchen höheren Orts das sein soll?"
„Hörte gerüchteweise", gab sich der Oberrat bedeckt, „Ministerialdirektor Klinghammer."
Weggelobt mit Sahnehäubchen, dachte sie schäumend vor Wut.
Carl-Hinrich...!!!
„Dazu ist das letzte Wort noch nicht gesprochen, verlassen Sie sich drauf!" Sie floh hochrot im Gesicht aus dem Raum.
„Ist tatenloses Rumsitzen Ihre spezielle Masche seelischer Folter?" polterte Schneider augenblicklich, als sich Jensen zu Stoll in den Verhörraum setzte.
„Ich glaube nicht, dass Sie in der Situation sind, uns Stasi-Methoden vorzuwerfen", erwiderte Jensen kalt.
„Zunächst Angaben zur Person", forderte sie ihn auf und schaltete das Bandgerät ein. Irritiert durch ihren rabiaten Ton, musterte Stoll die Chefin kritisch.
„Wozu alles doppelt gemoppelt?", schimpfte Schneider. „Ich habe gerade meine Frau beerdigt und muss für die Kosten bestimmt länger schuften als Sie!"
„Hier gelten unsere Regeln, alles klar?", wies Jensen ihn zurecht.

„Am 25. Mai fuhren Sie Berlin, Magdeburg, Hamburg", eröffnete ihm Stoll. „Container für Siemens. Richtig?"

„Werden Sie besser wissen als ich."

„Haben Sie gegen zweiundzwanzig Uhr bei Bienenbüttel Rast gemacht?" bohrte Stoll.

„Woher soll ich das wissen?" Schneider zuckte mit den Schultern. „Rastplätze sind mein zweites Zuhause."

„Stehlen Sie uns nicht die Zeit", warnte ihn die Kommissarin.

„Die Inhaberin bestätigt, dass Sie sich zu diesem Zeitpunkt an ihrem Imbiss aufhielten."

„Hab ich eben Hunger gehabt. Na und?!"

„Ist Ihnen auf dem Rastplatz ein grüner Opel Omega, Kennzeichen B-AS 4023, aufgefallen?"

„Wissen Sie...", setzte Schneider an.

„Kennen Sie diese Frau?" fragte Jensen schnippisch und warf Schüßlers gefälschtes Bild mit der Kretzschmar in der Mitte wie den Kreuz Buben beim Skat auf den Tisch.

Schneiders Gesicht verlor Nuancen an Farbe, als er die drei Frauen vor sich sah.

„Nee", leugnete er steif. „Was werfen Sie mir vor? Brauch ich einen Anwalt?"

„Noch ist das eine Befragung, Herr Schneider", klärte ihn Stoll auf. „Aber das kann sich schnell ändern."

„Sie parkten Ihren Truck direkt neben dem Opel, in dem die Frau saß", bezichtigte ihn Jensen ironisch.

„Und wollen sie nicht gesehen haben? Es war durchaus noch hell genug."

„Hab mich eben aufs Futtern konzentriert."

Die Kommissarin fixierte ihn mit den Augen, zählte auf: „Nicole Tiffert, Yvonne Kretzschmar oder Gundula Kern, ganz wie Sie mögen."

„Wer soll das sein?"

„Freundinnen ihrer Frau, die eine mehr, die andere weniger", sie drehte das Bild um 180 Grad, damit es aus seiner Blickrichtung nicht Kopf stand, „und die kennen Sie nicht?"

„Ich bin ein, zwei Tage die Woche daheim. Woher soll ich wissen, mit wem Liane abhing?"

„Und wieso hat diese Frau in ihrem Truck, den Sie nach Hamburg fuhren, den Beifahrersitz verstellt?" Sie klopfte im Takt mit ihrem Zeigefinger auf die Kretzschmar und verzog keine Miene.

„Sind Mietfahrzeuge. Woher soll ich wissen, wer da wann dringesessen hat?"

„Erzählen Sie keinen Unsinn, Mann! Ihre Lkws werden prinzipiell nicht von Mietern selbst gefahren", übernahm Stoll und schob einen Berichtsbogen quer über den Tisch. „Amazonasgrün, Hersteller-Lack von Opel, vorne rechts", zitierte er, „Partikel am vorderen Stoßfänger. Wollen Sie uns weismachen, die hätte jemand aus Jux drangeschmiert?"

„Ist eben der Schlosser wo gegen gerutscht."

„Schluss jetzt, Herr Schneider", schnauzte die Kommissarin zornig.

„Ist Rita Blank freiwillig eingestiegen oder wendeten Sie Gewalt an?"

„Keinen Schimmer, wovon Sie reden. Wollen Sie mir was anhängen?"

„Ist nicht unser Stil", belehrte sie ihn frostig. „Dass der Opel, wie die Imbissinhaberin bestätigt, der unmittelbar vor Ihnen vom Rastplatz fuhr, wenige Kilometer nördlich von der Straße gefegt und in Brand gesetzt worden ist, ist Ihnen schlicht entgangen?"

„Kann ich mich nicht erinnern."

„Haben Sie sich den Bauch so vollgeschlagen, dass Ihnen die Augen hinterm Lenkrad zugefallen sind?" lästerte Stoll. „Denn, wenn nicht, hätten Sie das Unfallgeschehen kaum übersehen können. Wir werden beweisen, dass Sie vor Ort waren und mindestens wegen unterlassener Hilfeleistung drankriegen, weil Sie an der Unfallstelle vorbeigefahren sind. Wahrscheinlicher ist aber, dass Sie und Ihr Kollege aus der Gegenrichtung hielten und das Wrack in Brand setzten, statt den Insassen Erste Hilfe zu leisten."

„Um Himmelswillen, was unterstellen Sie mir?" krakeelte Schneider weiß wie die Wand.

„Ende", sagte Jensen laut. „Sie kommen in Gewahrsam. Haben Sie genug Zeit, Ihre Lage zu überdenken. Abführen!"

„Sturer Hund", fluchte sie lauthals, zurück im Büro. „Glaubt, auf alles eine Antwort zu haben."

„Wird schwer für uns, zu beweisen, dass die Abdrücke und der Lack auf der Fahrt nach Hamburg an

beziehungsweise ins Fahrzeug gekommen sind", bemerkte Stoll unzufrieden.
„Stellen Sie fest, wer zwischen Freitag vor und Dienstag nach dem Unfall auf diesem Bock gesessen hat, und bitte vollständig", wies ihn Jensen nachdenklich an. „Ich werde sehen, ob nicht doch was zu finden ist, um ihn dranzukriegen."
Linkes dicker Hals war nicht zu übersehen, als er in Jensens Zimmer kam und ihr Gespräch mit Stoll unterbrach. „Jetzt wird doch der Hund in der Pfanne verrückt", knurrte er angewidert. „Wir haben einen Anwalt an der Backe."
„Anwalt? Wieso?" fragte Jensen einfältig.
„Wird sicher gleich hier sein", vermutete Linke. „Der soll Schneider abholen. Dr. Zehner. Im Auftrag von meinem speziellen Freund Jäger."
„Der Stasigeneral?" erkundigte sich Jensen verstört.
„So ist's", rang er sich sauer ab. „Ich frage mich nur, ob Schneider überhaupt schnallt, worum es geht."
„Nach meiner Uhr ist Schneider aber keine achtundvierzig Stunden unser Gast", stichelte Stoll süffisant.
„Geht ja nicht nur nach der Uhr", wandte Linke ein.
„Der muss dem erstmal sein Mandat erteilen" präzisierte Jensen. „Und das warten wir mal schön ab."
Stoll und Jensen waren gerade aufgestanden, um den Abgesandten von General Jäger zu seinem Mandanten zu begleiten, stürmte Kellner ins Zimmer.
„Gratuliere", strahlte er die verblüffte Chefin an. „Sie hatten den richtigen Riecher."

„Inwiefern?" fragte Jensen ein wenig überfordert.
„Sturges. Der war auf jeden Fall in der zweiten Julihälfte achtundachtzig in Berlin, als hier alle wegen der organisatorischen Katastrophe mit den Besuchermassen beim Springsteen-Konzert auf der Weißenseer Radrennbahn total unter Druck standen. Mehr war leider nicht zu machen."
„Springsteen-Konzert", flüsterte die Chefin von der Rolle. „Das gab's hier?"
„Und wie es das gab", prahlte Stoll. „Ich war dabei!"
Die Kommissarin hatte eben den letzten Namen der Anwesenden aufs Band diktiert, da stellte der Anwalt blasiert fest: „Mein Mandant macht von seinem Aussageverweigerungsrecht Gebrauch."
„Halten Sie das für klug, Dr. Zehner?", erwiderte Jensen in gleichem Tonfall. „Fakten werden davon nicht aus der Welt geschafft."
Schneider starrte mürrisch die graue Tischplatte an und spielte nervös an seinen Fingern.
„Welche Fakten?" fragte Dr. Zehner hochnäsig.
„Wenn Sie an Herrn Frank Schneiders Verteidigung ernsthaft interessiert sind, sollte Ihnen der aktuelle Ermittlungsstand geläufig sein", setzte Jensen den Anwalt kühl unter Druck. „Lackpartikel, Fingerabdrücke, die Tatsache, dass der von ihm gefahrene Truck, wie Herr Stoll belegen kann", sie wies kurz nach rechts, „zwischen der Hamburg-Tour und der Untersuchung durch die Spezialisten der Kriminaltechnik von keinem weiteren Fahrer genutzt worden

ist", flocht sie wider besseres Wissen ein, bevor sie fortfuhr, „zudem haben wir Zeugen, die zuverlässig bestätigen, dass Frau Rita Blank am 25. Mai in den von ihm gefahrenen Truck gestiegen ist. Wäre es in dieser Ausgangslage nicht angeraten, zu kooperieren?" Bewusst zögernd fügte sie an: „Oder sind Sie nur hier, um Herrn Schneider vor Augen zu führen, dass es für ihn gesünder wäre, den Kopf für ihre Auftraggeber hinzuhalten."
„Was erlauben Sie sich", fuhr Dr. Zehner auf.
„Diese Frau auf dem Bild vorhin", stotterte Schneider unerwartet unter den bösen Blicken des Anwalts, „sagte, die Blank trüge Schuld an Lianes Tod."
„Mann, Schneider, halten Sie den Mund. Merken Sie nicht, dass Sie in eine Falle tappen?" blaffte Dr. Zehner ihn zornig an.
Jensen zog das Foto aus dem Aktendeckel.
„Yvonne Kretzschmar, flüchtig", informierte sie fürs Band. „Wann nahm sie Kontakt zu Ihnen auf?"
„Woher ist das?" plusterte sich der Anwalt auf. „Als Beweismittel unzulässig, weil Verschlussmaterial."
Was der so wusste, dachte sie. Klinghammer würde Freudensprünge vollführen.
„Mir reicht, wenn es die Erinnerung Ihres Mandanten etwas auffrischt", konterte Jensen gelassen.
Schneider blickte gehetzt, fummelte an den Hemdsärmeln, fragte sich irritiert, was für ihn die bessere Wahl wäre, die Ermittler oder der arrogante Anwalt, dessen Absichten er nicht einzuordnen vermochte.

„Sprach mich nach Lianes Beisetzung an", seufzte er unsicher.

„Was wollte sie?"

„Nach Hamburg, ohne Spuren zu hinterlassen. Wollte die Beerdigungskosten für Liane und einen Tausender obendrauf zahlen."

„Das war alles?" fragte Stoll.

„Meinte, sie müsse abtauchen, kleiner Zwischenfall, keine große Sache. Mehr war da nicht."

„Und das haben Sie geglaubt?" wollte die Kommissarin wissen.

Auftrag! Soviel dazu, Herr Kaiser, dachte sie bitter.

„Ich hab's nicht so dicke wie Sie", klagte Schneider grimmig. „Wenn nicht, drohte sie mir, würde mir nicht mal mehr das Arbeitsamt helfen."

„Spätestens als sie erfuhren, dass Sie Frau Blank mit auf die Fahrt nehmen sollten, müssen Sie doch hellhörig geworden sein?"

„Bin gewohnt, Aufträge auszuführen."

„Bezogen Sie Gehalt von der Stasi?" fragte Stoll unverblümt.

„Nein", wies Schneider den Vorwurf von sich. Fügte dann aber an: „Verpflichtungserklärung."

„Ihnen ist wirklich nicht zu helfen", knurrte Dr. Zehner missbilligend.

„Kannten Sie Rolf Stemmler, den Fahrer des Opel?"

„Ist mir vorher nie begegnet."

„Aber die Imbissbetreiberin sagt, Sie hätten auf dem Parkplatz mit ihm gestritten, während die Frauen die

Plätze in den Fahrzeugen tauschten. Sie wussten, dass er todkrank war und es ging um die Brandstiftung."

„Feuer? Mit mir nicht! Sollte wohl nach uns jemand reinen Tisch machen."

„Dass Stemmler und Frau Blank sterben würden, während sie Frau Kretschmar nach Hamburg kutschierten, war Ihnen aber schon klar?"

„Nein! Als der Opel von der Fahrbahn abkam, habe ich aufs Gas getreten."

„Gehörten Sie zu den Spezialisten?"

„Welchen Spezialisten?"

„Dürfte ich zehn Minuten unter vier Augen mit meinem Mandanten reden", kommentierte Dr. Zehner die Gegenfrage Schneiders.

„Bitte", erwiderte Astrid verschnupft.

Als Stoll und sie den Raum auf die Sekunde genau nach zehn Minuten wieder betraten, saß Schneider hochrot und zornig auf dem Stuhl, presste wirr hervor: „Dem Herrn vertrau ich mich nicht an. Ich will einen Pflichtverteidiger."

„Sind Sie jetzt völlig übergeschnappt", entgegnete Dr. Zehner lässig. „Sie scheinen ja regelrecht erpicht darauf zu sein, im Kahn zu landen."

„Mir gegenüber haben Sie angegeben, diesen Mann zu kennen", ließ sich Stoll durch den von Dr. Zehner provozierten Zwischenfall nicht beirren, schob die Zeichnung auf den Tisch: „Oberstleutnant Uwe Schüßler."

„Hab ich das?"
„Woher kannten Sie ihn?"
„Chauffierte damals nebenher Promis, wenn Not am Mann war."
„Sie wussten also, was Ihre Frau vor der Wende tat und was sie zusammen mit ihrer Freundin Nicole Tiffert vorhatte?"
„Nicht genau", stammelte Schneider, der zusammengesunken auf seinem Stuhl kauerte.
„Sie haben Schüßler also nicht über deren Absichten informiert?"
„Wie denn?", stöhnte Schneider. „Zwei Jahre her, dass ich den zuletzt gesehen habe. Keine Ahnung, wo der nach unserer Hochzeit abgeblieben ist."
„Vorige Woche kam es auf dieser Straße, an fast gleicher Stelle, zu einem ähnlichen Vorfall. Können Sie dazu was sagen?"
„Hör ich zum ersten Mal."
„Sie sind Stammkunde bei Conny", fuhr Jensen ihn an, „und wollen nichts gehört haben?"
„War in Frankreich", warf Schneider wortkarg hin.
„Ermittlungen in eigener Sache sind unzulässig. Ich bin mir sicher, das wissen Sie, Frau Dr. Jensen", mischte sich Dr. Zehner ein.
„Und woher wissen Sie, dass es um mich geht?"
„Tut nichts zur Sache. Wir wissen vieles, ohne viel darüber zu reden. Sonst wäre ich für meinen Job nicht ausreichend qualifiziert. Um es kurz zu machen, ich werde beim Haftrichter Entlassung meines

Mandanten bis zur Anklage durch den Staatsanwalt beantragen, er verfügt über einen festen Wohnsitz und nach meiner Kenntnis besteht keine Fluchtgefahr."

„Das sollten Sie sehr genau bedenken, Herr Schneider", riet Jensen ihm frostig. „Jahre in Haft sind zwar kein Paradies auf Erden, aber auf alle Fälle gesünder, als morgen in Freiheit zu sterben."

Epilog

Morgenstund mit wahrlich Gold im Mund! Schockgefrostet hatte dieser Vormittag ihre Laune und das mit aller Macht. Die erlittene Niedertracht von Heidkamp machte es ihr schwer, sich zu entscheiden, welche Alternative ihrer seelischen Balance eher wieder auf die Beine half: Totlachen oder Augen ausheulen. Astrid starrte die kahle Wand rechts neben Fenster und Flipchart an, tupfte sich dabei Wuttränen aus den Augenwinkeln.

Scheiß Psychologie! Ihre ernüchternde Fehlsicht auf Heidkamp brachte sie auf die Palme. Nichts von althergebrachtem Dienstverständnis. ‚Feige und intrigant', allein darauf hatte er sein Maß in ihren Augen gestutzt. Mit diesen politisch beflissenen Statthaltern, die das Beitrittsgebiet kolonisierten, nicht ein Fünkchen Sozialkompetenz mitbrachten und notwendige interne Reformen schon gar nicht wollten, mit denen würde sie sich niemals gemein machen. Klinghammer!? Welche Aktien Carl-Hinrich im abgekarteten Spiel hielt, mochte sie überhaupt nicht wissen. Sie dachte nur daran, dass sie sich von denen nicht wie eine seelenlose Schachfigur übers Brett schieben lassen würde.

Und plötzlich war da wieder diese Wehmut in ihr. Wer mochte schon an Abschied denken, wenn er eben erst aus dem Zug gestiegen war? Selbst wenn es nur der Trotz war, den eigenen Fehlern eine Nase zu drehen, dann juckte sie das jetzt auch nicht.

Sie wollte nicht protegiert werden, basta! Sie wollte ehrlich ihr Ding machen und sich dabei morgens im Spiegel anschauen können.

Wenigstens waren Linke und Stoll nicht übergangen worden, was sie insgeheim befürchtet hatte. Immerhin etwas Erfreuliches an diesem verrückten Tag, auch wenn der Fakt an sich wenig hergab, ihre Stimmung zu heben.

Einstand, Sachstand, Ausstand. Klang nach gut vier Wochen viel zu viel für ein Püllchen Sekt, dachte sie. Die Tatsache, dass Christian bislang nicht zu erreichen gewesen war, belastete sie nur noch mehr, weil ihr das bedrückende Bild, den Abend mutterseelenallein im Provisorium verbringen zu müssen, vollends aufs Gemüt schlug.

„Ein Fläschchen Rotkäppchen halbtrocken, bitte", rief Jensen in der Kantine über die Ladentheke.

„Ach, gibt's was zu feiern?" erkundigte sich die Kantinenchefin aufdringlich.

„Sieht man mir das etwa nicht an", nahm Jensen sie auf die Schippe. „Linke und Stoll sind befördert worden."

„Und die Chefin ist leer ausgegangen?" bemerkte sie spitz.

„Ich bin so gut, dass mir der Oberrat den Stern hinterherwirft, wenn ich gehe", erwiderte Jensen sarkastisch.

„Vierfuffzig", verlangte die Kantinenchefin geplättet und reichte ihr den Sekt über die Vitrine.

Ihre Mitstreiter tuschelten angeregt, als sie die Tür mit der Flasche in der Hand öffnete.

„Alkohol? Na, wenn das der Chef mitkriegt", machte Kellner sich lustig.

„Der kann mich", knurrte Jensen. Unsanft stellte sie die Flasche auf den Tisch: „Wir stoßen an auf Kriminalhauptkommissar Linke, auf Kriminaloberkommissar Stoll."

„Und?" Linke sah Jensen fragend an.

„Anders als am ersten Tag, haben wir heut zwar Zeit zum Anstoßen", antwortete sie mürrisch, „aber Wermut führt die Kantine leider nicht."

„Wermut?" wiederholte Kellner langstielig und forderte sie geradeheraus auf: „Was ist? Jetzt aber mal raus mit der Sprache."

„Sie wissen also wirklich nichts?" fragte Jensen verblüfft, „dann ist das meine erste Dienststelle, wo der Buschfunk irreparabel defekt sein muss."

„Was sollten wir denn wissen?" fragte Linke unruhig.

„Weggelobt als Kriminalrätin aufs Abstellgleis zum BKA."

„Nach gut vier Wochen", meckerte Stoll neidisch, „so viel Schwein möchte ich auch haben."

„Wenn Sie das für Schwein halten, gehen Sie hin", hielt ihm Jensen vor. „Empfehlung schreibe ich Ihnen sofort. Sie müssen nur genug Freude haben, Tag für Tag den Papiertiger durchs Büro zu jagen."

„Bei der Besoldung wäre mir das egal", mokierte sich Stoll.

„Geld beruhigt, macht aber nicht unbedingt glücklich", erinnerte Linke ihn. „Gehen Sie zum Personalrat, wenn sie nicht wollen. Haben Sie mehr Erfahrung als wir. Ist doch heutzutage alles anders als früher mit der BGL, die sich vorwiegend der Obrigkeit verpflichtet fühlte."

„Und Sie glauben, Heidkamp oder der Präsident lassen sich davon beeindrucken? Habe ich in Hamburg ganz anders erlebt."

„Wenn Sie es nicht versuchen, werden Sie es nicht erfahren", riet Linke ihr zu.

Er stellte vier Saftgläser auf den Tisch, die einzigen geeigneten Gefäße, über die sie für einen solchen Anlass verfügten, und griff nach der Flasche.

Jensen war schneller.

„Wenn's kein Aufstieg mit Tränen wäre", bot sie der Runde schüchtern an, während sie den Draht vom Korken der Flasche löste, „würde ich Ihnen ja das Du anbieten. Darf ich als Frau, auch, wenn ich nicht die Älteste bin. Vorausgesetzt, Sie wollen?"

„Echt norddeutsch", pflaumte Stoll. „Immer ein bisschen steif. Wir machen so was ohne viel Aufhebens. Ein Schlückchen, ein Küsschen und fertig ist die Laube."

„Kann mich nicht erinnern, Dich je geküsst zu haben", fiel ihm Linke in den Rücken.

„Armleuchter", schmollte Stoll.

Jensen lachte zum ersten Mal an diesem Tag herzhaft, geradezu befreit.

„Erwin, Thorsten, Andreas", sagte Linke, zeigte auf Kellner, Stoll, dann auf sich und hob sein Glas. „Und Küssen von Vorgesetzten unterlassen wir mal. Um effizient miteinander zu arbeiten, muss man nicht Knutschen, da braucht's vor allem Respekt."
„Seit wann bist Du so 'n Langweiler", foppte ihn Stoll, „kommt so was vorm zehnten Hochzeitstag?"
„Astrid, freut mich", sie prostete den drei Männern zu. „Was Abschied angeht, würde ick berlinisch sagen: Een Haar inne Suppe is relativ viel. Een Haar uffn Kopp is relativ wenich."